mainbook

Die Autorin

Andrea Habeney, geboren 1964 in Frankfurt am Main, in Sachsen-hausen aufgewachsen. Nach dem Abitur studierte sie in Gießen Veterinärmedizin. 1997 folgte die Promotion. Bis 2013 führte Andrea Habeney im Westen Frankfurts eine eigene Praxis. Heute arbeitet sie als Tierärztin für einen Tierärzteverbund.

Als Autorin hat sie sich einen Namen gemacht mit ihrer Frankfurter Krimi-Reihe um Kommissarin Jenny Becker: „Mörderbrunnen" (Frühjahr 2011), „Mord ist der Liebe Tod" (Herbst 2011), „Mord mit grüner Soße" (April 2012), „Arsen und Apfelwein" (2013), „Verschollen in Mainhattan" (2014), „Apfelwein trifft Weißbier" (2015) und „Abgetaucht" (2017).

Zudem hat Andrea Habeney die Fantasy-Serie „Haus der Hüterin", die derzeit in 9 Bänden vorliegt und fortgesetzt wird, bei mainbook veröffentlicht. Weiterhin liegen von der Autorin die beiden Fantasy-E-Books „Elbenmacht 1: Der Auserwählte" und „Elbenmacht 2: Das Goldene Buch" vor.

Andrea Habeney

Apfelwein auf Rezept

Ein Jenny Becker-Krimi

Handlungen und Personen des vorliegenden Romans sind frei erfunden. Ähnlichkeiten sind rein zufälliger Natur und nicht beabsichtigt.

Das Örtchen Badenhard gibt es wirklich, ebenso den Metzger und auch den Katzenbaum und den Reinholdspad, der im örtlichen Dialekt tatsächlich ohne f geschrieben wird.

Die örtlichen Begebenheiten mit obigen Ausnahmen, die Gebäude und die im Buch vorkommenden Einwohner entspringen allerdings rein der Fantasie der Autorin.

ISBN 978-3-947612-53-6
Copyright © 2019 mainbook Verlag
Alle Rechte vorbehalten
Lektorat: Gerd Fischer
Covergestaltung und -rechte: Lukas Hüttner

Auf der Verlagshomepage finden Sie weitere spannende Bücher:
www.mainbook.de

Kapitel 1

Michael Biederkopf war tot. Zumindest war er das für Jenny. Ihre Beziehung, die so vielversprechend begann, hatte kein Jahr gehalten.

Als wäre es gestern gewesen, erinnerte sich Jenny an den Augenblick, als er mit betretener Miene vor ihr gestanden hatte.

Noch am Tag zuvor hatte sie ihr Auto vollgepackt und den größten Teil ihrer Kleidung und ihrer persönlichen Dinge in sein Haus geräumt.

Zunächst hatte sie gezögert, als er sie gebeten hatte, zu ihm zu ziehen. Ihre Unabhängigkeit war ihr immer wichtig gewesen, und zu schwierig hatte sich der Anfang ihrer Beziehung gestaltet. Jenny war durch vorangegangene Erlebnisse traumatisiert und hatte nur langsam wieder Vertrauen fassen können.

Doch Michael hatte ihr Zeit gelassen und um sie geworben, ohne aufdringlich zu sein.

Sie hatte sich einen Ruck gegeben und beschlossen, ihr Leben an seiner Seite zu verbringen.

Am allerwenigsten hatte sie damit gerechnet, dass er kurz darauf einen Rückzieher machen würde.

Von Freiheit hatte er geredet, davon, dass seine Entführung Narben hinterlassen hätte, dass er sich nicht binden und niemandem Rechenschaft ablegen wolle.

Sie hatte erst nicht verstanden, was er ihr hatte sagen wollen. Nur langsam waren seine Worte zu ihr durchgedrungen. Sie hatte sich im Wohnzimmer umgesehen. Im Regal stand ihre Lieblingsskulptur, ein kleiner steinerner Buddha. Auf dem Sofa lag einer ihrer Pullover und auf dem Tisch ein aufgeschlagenes Buch, in dem sie gelesen hatte.

Mühsam wahrte sie Haltung. Kein Problem sei es, hatte sie gesagt, wenn das Zusammenziehen für ihn zu früh wäre. Dass der Vorschlag von ihm gekommen war, konnte sie sich nicht verkneifen, zu erwähnen.

Er hatte weggesehen. Es ginge ihm nicht ums Zusammenziehen. Sie müsse das verstehen. Er wolle sich gar nicht binden, auch nicht an sie, obwohl sie etwas Besonderes sei.

Sie hatte ihn angestarrt, dann, als ihr langsam klar wurde, was er gesagt hatte, musste sie sich an der Tischkante festhalten. Sie hatte gewartet, auf eine Erklärung, darauf, dass er ihr sagte, dass alles ein Scherz sei. Doch er hatte sich nur abgewandt und war aus dem Zimmer gegangen.

In Jenny war jedes Gefühl erstorben. Schweigend hatte sie begonnen, ihre Sachen zusammenzusuchen. Sie musste mehrmals den Weg zu ihrem Wagen machen, bis sie alles eingepackt hatte. Sie fand Michael auf der Terrasse, wo er mit dem Rücken zu ihr stand und in den Garten hinaus schaute. Sie warf ihm einen letzten Blick zu, dann drehte sie sich wortlos um. Legte ihren Hausschlüssel auf das Schränkchen im Flur und verließ das Haus, das sie noch vor einer halben Stunde als ihr zukünftiges Heim angesehen hatte.

Wie betäubt fuhr sie nach Hause. Mechanisch trug sie ihre Sachen zurück in ihre Eigentumswohnung in Frankfurt-Sossenheim. Ihre Nachbarin begrüßte sie fröhlich, doch Jenny ignorierte sie. In der Wohnung räumte sie sorgfältig alles an seinen Platz.

Sie fühlte nichts. In der Diele lag ein Paketmesser. Sie nahm es in die rechte Hand, starrte darauf und zog es über die Innenfläche des linken Unterarms. Sie betrachtete den Schnitt und die Blutstropfen, die daraus hervorquollen. Plötzlich fröstelte es sie. Ihr Blick richtete sich auf die Badewanne. Sie trat heran und griff nach dem Wasserhahn. In diesem Moment klingelte ihr Telefon. Jenny zuckte zusammen, sah verwirrt auf, als würde sie aus einem Traum erwachen. Wie eine Schlafwandlerin ging sie ins Wohnzimmer und starrte das Telefon an. Es hörte auf zu klingeln, fing jedoch nach einem Moment wieder an. Mit dem Arm, von dem immer noch das Blut tropfte, griff sie nach dem Hörer. Sie hielt ihn vor sich und blickte darauf. Aus dem Lautsprecher klang die Stimme ihrer Freundin Sabine. „Jenny? Jenny bist du dran? Ich höre nichts. Sag doch was. Hallo?"

Gehorsam antwortete sie: „Hallo."

„Ist alles in Ordnung?"

„Ja, alles in Ordnung", sagte sie mechanisch.

Sabine versuchte es erneut. „Jenny? Ich dachte, du wärst bei Michael. Aber er meinte, du seist nach Hause gefahren."

Michael ... der Gedanke berührte etwas in Jenny. „Ich muss jetzt auflegen." Sie ließ den Hörer achtlos auf die Couch fallen und ging zurück ins Bad. Sie drehte den Hahn auf und zog sich aus. Ihr Blick fiel auf den Badezimmerschrank. Sie öffnete die Tür und zog ein paar Utensilien nach vorne. Ganz hinten lag eine Packung Schlaftabletten, die sie damals verschrieben bekommen hatte. Schlafen bedeutete vergessen, wenn auch kurzfristig. Sie drückte einige heraus und schob sie sich in den Mund. Ohne Wasser schluckte sie sie. Sie wollten nicht rutschen, und sie schöpfte etwas Wasser aus dem Strahl, der sich in die Wanne ergoss, und trank. Dann zögerte sie. Sah sich suchend um. Ging in den Flur. Das Paketmesser lag auf der Anrichte, wo sie es abgelegt hatte. Sie nahm es, ging zurück ins Bad und stieg in die Wanne, die sich bereits halb gefüllt hatte. Nachdenklich sah sie auf ihren Unterarm. Die Blutung hatte sich inzwischen gestillt, doch das warme Wasser wusch die getrockneten Reste ab. Fasziniert beobachtete sie die Schlieren, die sich im Wasser verdünnten und auflösten. Sie setzte das Messer wieder an und zog es in Zeitlupe erneut über die zarte Haut. Einmal, zweimal und ein drittes Mal. Es war, als würde sie einem Fremden zusehen. Sie fühlte nichts außer Leere. Dann kam die Müdigkeit.

Den erschrockenen Schrei, den wenig später Sabine, die mit der Nachbarin in die Wohnung kam, ausstieß, hörte sie nicht mehr.

*

Drei Wochen später wurde Jenny aus der psychiatrischen Abteilung der Frankfurter Universitätsklinik entlassen. Die Entlassung erfolgte auf ihren ausdrücklichen Wunsch und gegen die Empfehlung der behandelnden Ärzte. Da es zweifelhaft war, ob es sich um einen Suizidversuch gehandelt hatte, waren ihnen die Hände gebunden. Für ihre Freundin hatte es zunächst so ausgesehen, doch Jenny hatte gerade so viel Schlaftabletten genommen, dass sie einige Stunden geschlafen hätte, und die Schnitte an ihren Armen waren nur oberflächlich. Argument der Ärzte, sie so lange in der Klinik zu halten, war, dass sie mindestens billigend in Kauf genommen hatte, im Schlaf tiefer ins Wasser zu rutschen und zu ertrinken. Jenny selbst wusste nicht mehr, was damals in ihr vorgegangen war. Was sie wusste, war, dass nichts, schon gar nicht die Trennung von einem Mann, sie dazu bringen könnte, sich das Leben zu nehmen. Trotzdem war der Schmerz wohl so groß gewesen, dass sie sich ihm mit aller Gewalt hatte entziehen wollen, wenn auch nur für eine gewisse Zeit.

Jenny hatte niemandem den Zeitpunkt ihrer Entlassung mitgeteilt. Sie hatte auch gebeten, keine Besucher zu ihr zu lassen. Sie wollte niemanden um sich. Niemanden, der ihr gut zuredete, sie tröstete, wo es keinen Trost gab.

Von einer posttraumatischen Belastungsstörung hatte ihr Arzt gesprochen. Die Ursache läge vermutlich im früheren Erlebnis mit dem Serienmörder. Der Auslöser in etwas, das in der Gegenwart passiert sein musste und die Störung getriggert und massiv zum Ausbruch gebracht hatte. Was, wusste der Arzt nicht.

Jenny weigerte sich, mit ihm darüber zu sprechen. Sie sprach überhaupt nur so viel, wie nötig war, damit sie entlassen wurde. Zugute kam ihr, dass sie genügend Straftäter in die Psychiatrie gebracht hatte oder zuhören durfte, wie sie durch ärztliche Gutachten ihrer Gefängnisstrafe entgingen, um das Richtige zur richtigen Zeit zu sagen.

Jetzt musste sie es nur noch schaffen, wieder arbeitstauglich geschrieben zu werden. Doch zuerst musste sie sich in den Griff bekommen. Soviel war ihr klar. Ihre Kollegen, Logo und Sascha, hatten es aufgegeben, sie besuchen zu wollen. Immer wieder hatten sie angerufen oder standen im Geschäftszimmer der psychiatrischen Klinik und forderten Auskunft. Endlich, als es ihr besser gegangen war, hatte Jenny sie selbst angerufen und in ruhigen aber bestimmten Worten darum gebeten, keine Kontaktversuche mehr zu starten. Ohne eine Antwort abzuwarten, hatte sie aufgelegt.

Keiner von beiden wusste, dass sie heute entlassen wurde. Sie nahm sich ein Taxi, das kaum zwanzig Minuten später vor ihrer Haustür hielt, bezahlte schweigend, nahm ihre Tasche, und stieg die Stufen zu ihrer Wohnung hinauf. Niemand begegnete ihr. Als sie aufschloss, ging ihr kurz der Gedanke durch den Kopf, dass sie sich ihre Schlüssel zurückgeben lassen musste. Sowohl ihre Nachbarin als auch ihre Freundin Sabine hatten Ersatzschlüssel und sich in ihrer Abwesenheit um die Wohnung gekümmert. Verloren stand Jenny einen Moment in ihrem Flur. Ihr Blick fiel auf die Tür zum Bad. Sie konnte sich nicht mehr erinnern, was an diesem Tag vorgefallen war. Die Ärzte hatten erklärt, was sie getan hatte. Doch ob sie wirklich vorgehabt hatte, sich umzubringen, oder ob sie sich durch die Einnahme der Tabletten nur zeitweises Vergessen erhoffte, konnte nicht geklärt werden. In ihrem Kopf lagen alle Ereignisse, nachdem sie Biederkopfs Haus verlassen hatte, in einem dichten Nebel.

Sie sah sich um. Sie sollte irgendetwas tun. Was tat man, wenn man nach Hause kam? Sie runzelte angestrengt die Stirn. Dann ließ sie die Tasche von ihrer Schulter achtlos auf den Boden rutschen. Sie ging ins Wohnzimmer und setzte sich auf die Couch, nicht auf ihren üblichen Platz, sondern auf den, der normalerweise Gästen vorbehalten war. Dort saß sie einige Zeit und starrte auf den Tisch. Irgendwann stand sie auf, ging in die Küche, und begann, sich einen Kaffee zu kochen. Mittendrin hielt sie inne und starrte auf die Tasse, die sie in der Hand hatte. Sie hatte vergessen, was sie im Begriff zu tun war.

Es klingelte. Erst nach einiger Zeit drang das Geräusch zu Jenny durch. Mit der Tasse in der Hand ging sie zur Tür und erblickte durch den Spion ihre Nachbarin. Hilfe suchend sah Jenny sich um. Es blieb ihr keine Wahl, sie musste mit ihr reden. Sie öffnete die Tür nur einen Spalt, sodass sie mit einem Auge hinaus schauen konnte.

Ihre Nachbarin lächelte sie besorgt an „Du bist endlich zu Hause. Wie geht es dir?"

Jenny antwortete zunächst nicht. Ihr Mund bewegte sich, doch es kam nichts heraus. Sie schluckte. „Gut … es geht mir … gut."

Das Lächeln ihrer Nachbarin verblasste. „Brauchst du etwas? Kann ich etwas für dich tun?"

Jenny zog die Tür einen Zentimeter weiter auf. „Kannst du mir meinen Schlüssel zurückgeben?"

Jetzt lächelte ihre Nachbarin nicht mehr. „Ja, natürlich. Wenn du das möchtest. Aber … Wenn wieder etwas mit dir ist?"

Jenny starrte sie schweigend an. Die Nachbarin nickte, ging kurz in ihre Wohnung und kam mit dem Schlüsselbund zurück. Jenny öffnete so weit, dass sie ihre Hand durch den Schlitz stecken konnte. Sie nahm die Schlüssel, drückte die Tür zu und hörte nicht mehr, wie später die Tür der Nachbarwohnung ins Schloss fiel.

*

Die nächsten Tage vergingen für Jenny wie in einem Traum. Sie tat wenig mehr, als auf der Couch zu sitzen und ins Leere zu starren. Ab und zu trank sie einen Schluck, meistens Wasser aus dem Hahn, und noch viel seltener dachte sie daran, etwas zu essen. Da sie das Haus nicht verließ, bestanden ihre Mahlzeiten aus Salzstangen und Erdnüssen, von denen ihr schlecht wurde. Zwei oder dreimal klingelte das Telefon und einmal klingelte es an der Tür. Sie ignorierte alles.

Seit sie aus der Klinik entlassen worden war, hatte sie die verordneten Medikamente nicht mehr eingenommen. Sie lagen unberührt in der Tasche, die noch dort im Flur lag, wo sie sie beim Eintreffen in der Wohnung hatte fallen gelassen. Der Nebel, der sie die ganze Zeit umhüllt hatte, lichtete sich nach und nach. Ihre Gedanken wurden klarer, doch mit der Klarheit kam auch der Schmerz.

Am vierten Tag klingelte das Telefon, und der Therapeut, bei dem sie heute einen Termin gehabt hätte, sprach auf ihren Anrufbeantworter. Seine Klinge klang ruhig aber bestimmt. „Frau Becker, wenn Sie Ihren Termin nicht einhalten, muss ich es Ihrer Dienststelle melden. Bitte rufen Sie mich an."

Kapitel 2

Zögernd stieg Jenny aus dem Auto und setzte seit Wochen den ersten Fuß auf den Boden des Polizeipräsidium an der Adickesallee. Eigentlich war es ihr in den letzten Tagen deutlich besser gegangen. Erst hier, im Innenhof des Gebäudes, in dem sich vermutlich Michael Biederkopf aufhielt, kamen ihre Probleme auf einen Schlag zurück. Ihr Herzschlag beschleunigte sich, bis sie das Gefühl hatte, er würde sich überschlagen. Langsam ging sie auf die Glastür zu, die ins Innere des Gebäudes führte. Sie schaffte es, bis sie die Hand hätte ausstrecken können, um den Türgriff zu berühren. Dann blieb sie wie gelähmt stehen.

Ein uniformierter Kollege drängte sich an ihr vorbei, hielt die Tür auf und sah sie fragend an. Nach einem Moment des Wartens zuckte er ärgerlich mit den Schultern und verschwand im Inneren.

Jenny machte einen Schritt rückwärts … dann noch einen … drehte sich um und rannte zurück zum Auto. Ihre Hand zitterte, als sie versuchte, den Zündschlüssel ins Schloss zu stecken. Beim zweiten Anlauf schaffte sie es, startete den Motor und fuhr kurz darauf mit quietschenden Reifen vom Parkplatz.

Als sie ihre Wohnungstür aufsperrte, klingelte ihr Telefon. Sie drückte die Tür mit dem Ellbogen ins Schloss und meldete sich. „Ja?"

Ihr langjähriger Kollege Logo war am anderen Ende der Leitung. Seine Stimme klang besorgt. „Hab ich da irgendwas verwechselt? Wolltest du nicht heute wieder anfangen?"

Jenny ließ sich auf ihre helle Ledercouch fallen. „Ich kann's einfach nicht", erklärte sie müde. „Ich war schon an der Tür vom Präsidium. Aber ich schaffe es nicht. Michael kann mir jederzeit über den Weg laufen. Und die ganzen Kollegen. Sicher lachen sie hinter meinem Rücken über mich. Ich will einfach niemanden sehen."

Es blieb einen Moment still in der Leitung. „Ich verstehe dich. Aber es lacht niemand. Ich glaube, es weiß kaum jemand, was passiert ist. Irgendwann musst du dich allem stellen. Du kannst nicht nur zu Hause sitzen. "

„Ich muss gar nichts", stellte Jenny mit einem Aufflackern ihres alten Temperamentes fest. „Ich komme nicht wieder. Nicht, bevor Biederkopf weg ist!"

„Aber was willst du jetzt machen?", fragte Logo.

„Ich weiß es noch nicht. Vielleicht lasse ich mich irgendwohin versetzen. Erst mal nehme Ich Urlaub. Ich habe noch fast drei Wochen. Ich melde mich!"

Damit legte Jenny auf. Ein Gedanke war in ihr entstanden, den sie sofort weiterverfolgen wollte. Sie zog ihren Laptop heran und startete ihn. Zögerte kurz. Dann wählte sie sich ins Intranet und beantragte ihre Versetzung. Den Zielort ließ sie offen. Alles war ihr recht, nur hier wollte sie nicht bleiben.

Einen Telefonanruf musste sie noch machen. Sie wählte die Nummer ihres Vorgesetzten und bat darum, ihren Resturlaub nehmen zu können. Widerwillig gestattete er es ihr.

Müde ließ sie den Hörer sinken. Vermutlich hatte sie eben den letzten Rest Vertrauensvorschuss, den er ihr noch entgegengebracht hatte, verspielt. Und wie gut sie das verstand. Alle hatten sich darauf verlassen, dass sie heute zurückkommen und ihre Arbeit wieder aufnehmen würde. Aber sie hatte es nicht geschafft, und außerdem wollte sie es nicht. Für Logo und Sascha tat es ihr leid. Andererseits war es Zeit, dass sie auf eigenen Füßen standen. Logo war längst weit genug, seine eigene Abteilung zu leiten, und Sascha würde ebenso seinen Weg gehen. Auch ohne sie.

Aber was sollte sie jetzt machen?

In diesem Moment klingelte ihr Handy. Sie sah auf das Display. „Lars? Alles in Ordnung?"

Ihr ehemaliger Kollege und mittlerweile guter Freund lebte die meiste Zeit in Thailand. Sie schrieben sich zwar öfters, telefonierten aber im Gegensatz dazu selten.

„Ich bin hier, in Deutschland", sagte er aufgekratzt. „Ich wollte dich überraschen. Hast du Lust, dich heute Abend mit mir zu treffen? Deinen Staatsanwalt kannst du ja mitbringen!"

Der altbekannte Schmerz durchzuckte sie, doch sie hatte gelernt, ihn beiseitezuschieben, in irgendein Eck ihres Unterbewusstseins, wo er keinen akuten Schaden anrichten konnte.

„Gerne, aber ich komme alleine!", antwortete sie knapp. „Wann und wo?"

„Im Gemalte in der Schweizer Straße. Um 19 Uhr. Michael kommt später dazu."

„Michael Danner ist auch in Deutschland? Dein ehemaliger Mörder? Den wollte ich schon immer kennenlernen."

Lars lachte. „Also, bis dann!"

Vor einigen Monaten war Lars' beste Freundin ermordet worden. Der Frachtpilot Michael Danner war ihr Hauptverdächtiger gewesen, ganz besonders, nachdem er in Thailand seinen Tod vorgetäuscht hatte. Lars war ihm nachgereist und hatte sich seine Bekanntschaft erschlichen. Letztendlich war Danner jedoch gar nicht der Täter gewesen, sondern nur vor Unterhaltszahlungen geflohen. Lars und er waren gute Freunde geworden, und Lars hatte sich sogar in Thailand ein Haus gekauft und lebte dort einen Großteil des Jahres.

Nach zehn Minuten Kreisen um den Schweizer Platz und die angrenzenden Straßen hatte Jenny aufgegeben und in der Tiefgarage in der Nähe des Südbahnhofes geparkt. Atemlos drängte sie sich um kurz nach sieben durch die voll besetzen Tische im Gemalten Haus, einer alteingesessenen Apfelweinkneipe, die zu gleichen Teilen von Touristen und Einheimischen besucht wurde.

Endlich sah sie, wie Lars von einem Tisch im hintersten Eck winkte. Sie umarmte ihn und quetschte sich auf die Bank ihm gegenüber. Abwesend nickte sie den restlichen Gästen am Tisch zu.

„Sauer?", blaffte ein Kellner sie von der Seite an und hatte das volle Glas schon halb aus dem Ständer gehoben. Sie verzog das Gesicht. „Na gut."

„Es gibt hier inzwischen auch Bier!", erklärte Lars mit einem belustigten Blick auf ihr Geripptes. „Ich weiß doch, wie gerne du Äppler trinkst."

„Sie verzog das Gesicht. „Soll ja Medizin sein laut meines Kollegen, Kommissar Rauscher. Hat er mir schon tausend Mal erklärt, geglaubt habe ich es ihm noch nie. Dann müsste es ihn ja auf Rezept geben! Aber ich hatte Angst, dass der Kellner mir das Glas über den Kopf schüttet, wenn ich ein Bier bestelle." Sie schaute sich um. „Der treibt sich eigentlich auch immer hier rum."

„Wer?"

„Na, Rauscher. Heute scheint er ausnahmsweise nicht hier zu sein." Sie stießen an.

Lars erzählte ihr von seinem neuen Leben in Thailand, und Jenny ließ sich dankbar von ihrem Kummer ablenken. Er verbrachte viel Zeit mit Michael Danner. Beide tauchten regelmäßig zusammen und unternahmen auch sonst einiges miteinander. Lars jobbte ab und zu als Tauchlehrer und bot den Touristenhotels seine Dienste als Detektiv an. Selten ging es bei seinen Aufträgen um mehr als am Strand gestohlene Handys oder abgängige Ehemänner, die zu viel Zeit bei den thailändischen Masseurinnen zubrachten. Doch es reichte ihm als Beschäftigung und das Geld brauchte er sowieso nicht. Jenny fiel auf, dass Lars Ruhe gefunden zu haben schien. Sein Blick war nicht mehr gehetzt, wie er es seit dem Tod seiner Frau so oft gewesen war, und er wirkte allgemein deutlich entspannter.

„Michael ist hier, weil er klar Schiff machen will", erklärte er auf ihre Nachfrage. „Er hat sich mit seiner Frau arrangiert und mit seinen Kindern ausgesprochen. Sie alle bekommen genug Geld, um zufrieden zu sein. Ebenso das Finanzamt und jeder andere, der noch Forderungen an ihn hatte. Er wird wohl eine Strafe bekommen, aber nicht ins Gefängnis müssen. Unter Auflagen darf er sogar zurück nach Thailand, bis sein Prozess stattfindet."

„So ist es sicher für alle das Beste. Immer auf der Flucht ... Und sicher hängt er an seinen Kindern."

„Natürlich. Er ist in den Hunsrück gefahren, um sich um den Verkauf seiner Wohnung zu kümmern. Seine Ehefrau hat sie leer geräumt und neu vermietet, aber der Mieter zieht schon wieder aus, weil ihm die Gegend zu abgelegen ist. Sicher wird es auch nicht einfach, die Wohnung zu verkaufen, so mitten im Nirgendwo."

In Jennys Ohren hörte sich diese Beschreibung momentan gerade zu idyllisch an. Mitten im Nirgendwo würde sie Biederkopf bestimmt nicht über den Weg laufen. Aber sie konnte nicht einfach abhauen. Irgendwann musste sie wieder arbeiten. „Wo liegt die Wohnung genau?", fragte sie beiläufig.

„In einem winzigen Örtchen in der Nähe von St. Goar am Rhein. Aber jetzt sag mal. Wie geht es dir denn? Und deinem Staatsanwalt!"

Da war sie, die Frage, die sie befürchtet hatte und die ihr Herz eiskalt werden ließ. Ihre Hände wurden in Sekundenbruchteilen feucht und klamm, und sie suchte nach Worten, als ein Schatten über sie fiel.

„Hallo Michael", sagte Lars und rutschte weiter in die Bank hinein. „Jenny – Michael. Michael – Jenny."

Erleichtert reichte sie dem hageren Mann, dessen Gesicht sie bereits von Fotos kannte, die Hand. „Hallo. Freut mich. In gewisser Weise kenne ich dich ja schon. Ein bisschen zumindest."

Verlegen nickte er. „Ja, ich weiß. Ich habe dir eine Menge Arbeit gemacht. Lars hat mir erzählt, mit wie vielen Leuten du hast sprechen müssen. Sogar mit dieser Nervensäge, mit der ich in der Schule war."

„Ach vergiss es! Suchen wir etwas zu essen aus? Ich hab echt Hunger."

Da sich niemand entscheiden konnte, bestellten sie eine Frankfurter Platte für drei Personen und blickten nur wenige Minuten darauf über einen Berg Rippchen, Haxen, Blut- und Leberwurst nebst Kraut und Püree. Eine Zeit lang herrschte gefräßige Stille.

Als sich der Berg Essen deutlich verkleinert hatte, tupfte Jenny sich den Mund mit einer Serviette ab und sah den Piloten an.

„Was ist jetzt mit deiner Wohnung?", fragte sie.

„Sie war eigentlich gut vermietet", erklärte er und zerteilte seinen Haspel. „Jetzt ist der Mieter aber kurzfristig versetzt worden und hat mich um Aufhebung des Mietvertrages gebeten."

„Und, hast du zugestimmt?", fragte Lars.

„Ja, ich bin nun mal ein netter Kerl!" Er grinste. „Er lässt die nagelneuen Möbel da, und ich werde die Wohnung als Ferienwohnung möbliert vermieten. So kommt auch regelmäßig Geld rein. Ich muss mir nur noch jemanden im Ort suchen, der sich kümmert."

„Viel Auswahl hast du da aber nicht", gab Lars zu bedenken. Mit einem Seitenblick zu Jenny erklärte er: „Der Ort hat nur um die hundertdreißig Einwohner."

„Idyllisch", seufzte Jenny. In ihr stieg ein Gedanke hoch, den sie aber zunächst für sich behielt.

Das Gespräch plätscherte vor sich hin, bis auf der Platte nur noch Reste von Sauerkraut und Knochen lagen. Sie bestellten jeder ein Mispelchen zur Verdauung, und Jenny fühlte sich seit Wochen zum ersten Mal entspannt. „Wie lange bleibt ihr noch in Deutschland?", fragte sie und hob ihr Glas.

„Noch eine Woche", erklärte Lars. „Dann geht's wieder zurück an den Strand. Komm mich doch mal besuchen. Ich habe genug Platz. Du müsstest nur den Flug bezahlen. Deinen Staatsanwalt bringst du natürlich mit!"

Auf einmal war alles wieder da. Der Schmerz, die Enttäuschung, die Verständnislosigkeit. Wie gerne wäre sie mit Biederkopf nach Thailand gereist, hätte mit ihm am Strand gelegen, wäre mit ihm im warmen Wasser geschwommen, vielleicht sogar getaucht.

„Jenny?" Lars' Stimme holte sie aus ihrer Versunkenheit. „Alles in Ordnung?"

„Ja sicher. Ich glaube, ich muss jetzt nach Hause. Ich muss morgen früh raus."

„Lass stecken", sagte Lars, als sie ihre Brieftasche zückte.

*

Eine halbe Stunde später war sie zu Hause. Sie zog sich etwas Bequemes an, goss sich ein Wasser ein und fuhr ihren Laptop hoch. Dann googelte sie Badenhard, den kleinen Ort, in dem sich Michael Danners Wohnung befand.

Er lag im Rhein Hunsrück-Kreis, fast am Rhein und etwa dreißig Kilometer südlich von Koblenz. Sie starrte einen langen Moment auf die Karte. Rheinland Pfalz, ein anderes Bundesland. Eine Versetzung klappte normalerweise nur, wenn umgekehrt ein Beamter mit entsprechender Ausbildung nach Hessen wechseln wollte. Die Chance war immerhin groß. Viele zog es in die Großstadt Frankfurt, in die vermeintliche Hauptstadt des Verbrechens, und die Warteschlange war meist lang. Aber wollte sie wirklich weg aus Frankfurt? Ja, entschied sie. Immerhin würde sie dort in Rheinland Pfalz sicher niemandem aus ihrem jetzigen Leben begegnen, auf jeden Fall nicht Michael.

Entschlossen wählte sie sich ins Polizeinetz ein und suchte die Tauschbörse. Biete RLP, suche Hessen. Wasserschutzpolizei. Okay, das passte nicht. Bereitschaftspolizei. Auch nicht.

Nach zehn Minuten Suche wurde sie fündig. Ein Hauptkommissar aus Koblenz, der bisher in der Mordkommission gearbeitet hatte, wollte aus privaten Gründen nach Frankfurt versetzt werden. Besser ging nicht. Zufall oder Schicksal? Sie überlegte nicht lange und schrieb ihn an.

Mit dem befriedigenden Gefühl, ihr Leben in die Hand genommen zu haben, klappte sie kurz darauf den Laptop zu und ging schlafen. Das erste Mal seit Biederkopfs Eröffnung schlief sie mehr als vier Stunden am Stück und erwachte um halb sieben halbwegs ausgeschlafen.

Gegen halb neun war die Antwort des Kollegen da. Ja, er war noch interessiert und wollte so schnell wie möglich wechseln. Seine Frau könnte in Frankfurt die kleine Buchhandlung ihrer Eltern übernehmen. Beide erwarteten ihr erstes Kind und er wollte unbedingt in ihrer Nähe arbeiten.

Zehn Minuten später schickte Jenny die offizielle Anfrage ab.

Stand ein Tauschpartner zur Verfügung, konnte nur aus gravierenden Gründen eine Versetzung abgelehnt werden. Jenny ging also davon aus, dass sie bald in Koblenz arbeiten würde. Sie würde Logo und Sascha vermissen. Trotzdem schien die Entscheidung ihr richtig und löste ein Gefühl der Erleichterung bei ihr aus.

Sie rief Lars an und ließ sich die Nummer Michael Danners geben. Er meldete sich nach dem ersten Klingeln und war überrascht, als sie ihren Namen sagte.

„Ich rufe wegen deiner Wohnung an", erklärte sie. „Ich würde sie gerne für eine gewisse Zeit mieten." Sie erzählte ihm von ihrer geplanten Versetzung.

„Natürlich kannst du die Wohnung gerne mieten", antwortete er verwundert. „Aber das kommt so plötzlich. Gestern hast du gar nicht erzählt, dass du dich versetzen lässt."

„Du hast mich erst auf die Idee gebracht", gab sie zu. „Und es war Zufall, dass sich der ideale Tauschpartner gefunden hat. Ich weiß auch noch nicht, wie es auf Dauer weitergehen wird. Deshalb dachte ich an deine Ferienwohnung. Was willst du denn dafür haben?"

„Ich weiß nicht. Du willst sie nur für den Anfang? Als Ferienwohnung soll sie zweihundert die Woche kosten, dauerhaft natürlich deutlich weniger, momentan dreihundertfünfzig kalt pro Monat."

Für Frankfurter Verhältnisse war das extrem günstig. Jenny zögerte. „Ich weiß es ehrlich gesagt noch nicht."

„Ich geb sie dir für dreihundertfünfzig und wenn du dir was anderes suchst oder wieder zurückkommst, ist das auch okay."

„Das ist klasse! Vielen Dank!"

„Ich hab nicht vergessen, dass du dabei geholfen hast, mich zu entlasten", sagte er. „Sag Bescheid, wenn du die Zusage hast, dann bringe ich dir den Vertrag und den Schlüssel."

Kapitel 3

Bereits eine Woche später war es soweit. Der Koblenzer Kollege hatte einen Dringlichkeitsantrag gestellt, und Jennys Chef hatte widerwillig zugestimmt, nachdem sie ihm kategorisch erklärt hatte, so oder so auf keinen Fall in die Frankfurter Dienststelle zurückzukehren.

Den Wagen bis unters Dach mit Kartons und Tüten vollgepackt, fuhr sie auf der A61 Richtung Koblenz. An der Abfahrt Pfalzfeld verließ sie die Autobahn und folgte einer Landstraße bis zur Abzweigung nach Badenhard. Der kleine Ort erstreckte sich hauptsächlich entlang der Hauptstraße, die weiter nach Birkheim führte und dann in einem Bogen zurück zur Landstraße. Mit viel Verkehr war hier nicht zu rechnen. Sie hielt im Ort an und beugte sich vor, um auf die Straßenschilder zu schauen. Der Heckenweg ging hier, wo die Hauptstraße einen Knick nach rechts machte, geradeaus ab. Er war nicht geteert und ihr Toyota protestierte ächzend, als sie in den schlaglochübersäten Feldweg fuhr.

Das Haus war das dritte auf der linken Seite. Dahinter sah Jenny einen Zaun, über den sich grauweiße wollige Köpfe neugierig reckten, als sie auf einem der beiden Stellplätze einparkte.

Alles war dunkel. Die Mieter – oder waren es Eigentümer? – der Wohnung im Erdgeschoss schienen nicht zu Hause zu sein. Jenny stieg aus und sah sich um. Ein kalter Wind blies und brachte den Geruch nach Schafen und Wald mit sich. Still war es hier … obwohl … jetzt, wo sie einen Moment lauschte, hörte sie das Rauschen der Bäume im Wind, Vogelgezwitscher und ab und zu das Blöken eines Schafes. Nur der Verkehrslärm fehlte.

Sie fröstelte, schnappte sich zwei große Taschen aus dem Auto und brachte sie zur Haustür. Der zweite Schlüssel passte und sie betrat ein enges holzgetäfeltes Treppenhaus. Rechts schien eine Tür in den Keller zu führen, geradeaus ein paar Stufen hinauf war die Tür zur Erdgeschosswohnung. Jenny schleppte ihre Taschen die Treppe in den ersten Stock hinauf und schloss feierlich die Tür zu ihrem neuen Zuhause auf Zeit auf.

Ein heller quadratischer Flur empfing sie, von dem Türen in Küche, Wohnzimmer, Schlafzimmer und Bad abgingen. Mehr Räume gab es nicht. Michael Danner hatte die Wohnung nach der Trennung von seiner Frau als Übergang und günstigen Ausgangspunkt zum Flughafen Hahn genutzt.

Erfreut sah Jenny die helle Einbauküche, und auch das Wohnzimmer war in hellen, freundlichen Farben gehalten. Im Schlafzimmer stand ein schmales unbezogenes Bett. Enttäuscht stellte sie fest, dass die Wohnung keinen Balkon hatte. Vielleicht konnte man sich hinter das Haus in den Garten setzen.

Nach und nach trug sie alles hinein. Dann schaltete sie den Kühlschrank ein und erstellte eine Einkaufsliste.

Die Zeiten, wo der Weg zum Supermarkt nur fünf Minuten dauerte, waren vorbei. Der nächste Großmarkt war in Emmelshausen, etwa 15 Kilometer entfernt. Dort befand sich jedoch, wie sie recherchiert hatte, alles Notwendige. Läden, Ärzte, ein Kulturzentrum und alles, was man sonst so brauchte. In Badenhard selbst gab es immerhin einen Metzger, einen Familienbetrieb, der jedoch laut Michael Danner für seine Qualität und seine günstigen Preise weit über die Gegend hinaus berühmt war.

Ihr Blick fiel auf die Heizung. In Frankfurt war es leidlich warm gewesen, hier im Hunsrück schien es an diesem bewölkten Tag deutlich kühler. Sie drehte den Thermostat auf 23 Grad. Dann begann sie mit dem Auspacken.

Eine Stunde später hatte sie alles verstaut und das Bett mit der mitgebrachten Bettwäsche bezogen. Mittlerweile war es angenehm warm und Jenny schaute sich zufrieden um.

Ein Blick auf die Uhr zeigte ihr, dass es schon nach sechzehn Uhr war. Sie hatte Hunger … Es war Zeit zum Einkaufen.

Sie fuhr zurück zur A61 und folgte ihr einige Kilometer bis zur nächsten Ausfahrt. Wenige Minuten später fuhr sie einen Hügel hinab nach Emmelshausen hinein. Neugierig sah sie nach rechts und links. Ein Optiker, ein Friseur, ein Schmuckgeschäft, sogar einen Bioladen gab es. An einem Kreisel sah sie rechts das Logo eines Supermarktes und bog ab. Der Parkplatz war halb leer und auch im Laden herrschte ein eher gemütlicher Betrieb. Nach weiteren zehn Minuten war ihr Einkaufswagen brechend voll. Im letzten Moment stopfte sie noch eine

Flasche Rosé dazu. Dann stellte sie sich an der Kasse an. Nur ein weiterer Kunde war vor ihr. Als sie an der Reihe war, begrüßte die Kassiererin sie mit einem freundlichen Lächeln. Irritiert lächelte Jenny zurück. Sie kam sich vor wie im Urlaub. So entspannt hatte sie in Frankfurt selten einkaufen können.

Als sie nach Badenhard hinein fuhr, war dort deutlich mehr Leben als früher am Tag. Man merkte, dass hier viele Pendler wohnten, die langsam aus Mainz oder Koblenz zurückkamen. Es parkten mehr Autos in den Einfahrten und an der Straße, und hier und da war jemand im Garten zugange.

Sie fühlte, dass einige Blicke ihr folgten, als sie in den Heckenweg abbog. Vor dem Haus stand ein Mann mittleren Alters an der Schafweide und reparierte etwas am Zaun.

„Kann ich Ihnen helfen?", fragte er, als sie einen Einkaufsbeutel nach dem anderen aus dem Auto hob.

„Nett von Ihnen, aber es geht schon. Ich gehe einfach mehrmals."

„Ich kann doch mit anfassen, warten Sie." Mit Leichtigkeit nahm er vier Tüten und deutete mit ihnen aufs Haus. Jenny blieb nichts anderes übrig, als die beiden anderen zu greifen und voranzugehen.

„Wohnen Sie jetzt hier?", fragte er auf halbem Weg die Treppe hinauf.

„Fürs erste", erklärte sie.

„Ferien?" Er wartete, bis sie die Tür aufschloss.

„Hier hinein bitte", sie deutete auf die Küche. „Nein, ich bin nach Koblenz versetzt worden. Ich komme aus Frankfurt."

Er stellte die Taschen auf den Küchentisch und streckte die Hand aus. „Willi ... Willi Huber. Ich wohne schräg gegenüber. In dem gelben Haus. Mir gehören die Schafe."

„Sehr erfreut", antwortete Jenny und schüttelte die dargebotene Hand. „Dann ..."

„Schönen Abend noch! Hoffentlich gefällt es Ihnen bei uns!"

Er wandte sich zum Gehen und Jenny begleitete ihn zur Tür. „Und danke!"

Er brummte etwas Unverständliches.

„Ach ...", fing Jenny an.

Er blieb stehen und sah sie fragend an. „Die Mieter unter mir ...“

„Die sind nur ab und zu am Wochenende hier. Keine Ahnung, ob sie diese Woche kommen.“ Sein Unterton besagte, dass das Verhältnis zu ihnen nicht das Wärmste war.

„Nochmal danke!“, sagte Jenny, und er verschwand die Treppe hinunter.

Jenny räumte alles in die Schränke. Dann kochte sie sich einen Teller Spaghetti mit Öl und Knoblauch und trank ein Glas Rosé dazu.

Den Fernseher hatte sie noch in Frankfurt und so nahm sie sich ein Buch und las, bis ihr die Augen zufielen.

Später lag sie im Bett und konnte nicht schlafen. Irgendwo bellte ein Hund, und ein Schaf blökte schläfrig.

Wind kam auf, und ein merkwürdiges Surren war kurze Zeit zu hören. Irgendwann dämmerte sie weg. Mitten in der Nacht schreckte sie hoch. Bilder ihres Traumes, in dem Michael vor ihr weglief und sie versuchte, ihm zu folgen, flackerten noch einige Momente durch ihren Kopf. Was hatte sie geweckt? Da ... jetzt hörte sie es wieder. Ein lautes quietschendes Pfeifen, wie es sich angehört hatte, wenn sie als Kinder Grashalme zwischen die Finger geklemmt und dagegen geblasen hatten. Es wiederholte sich, kam näher und entfernte sich wieder. Was konnte das sein?

Sie erhob sich und tappte auf nackten Füßen ans Fenster. Vorsichtig schob sie die Gardine zur Seite. Links sah sie die Schafe, die zusammen gedrängt am Zaun standen. Doch da gegenüber war irgendetwas. Sie beugte sich weiter vor. Eine braune Gestalt war dort, nur undeutlich zu erkennen. Jetzt bewegte sie sich, ein weißer Fleck blitzte auf, als das Reh davon sprang. Ein zweites tauchte auf und hastete hinterher.

Kopfschüttelnd ging Jenny zurück ins Bett. Sie lächelte. Rehe direkt vor dem Haus. Es war, als wäre Frankfurt und alles, was damit in Verbindung stand, plötzlich ganz weit weg. Kurze Zeit später schlief sie tief und traumlos.

*

Das restliche Wochenende verbrachte sie mit zwei weiteren Fahrten nach Frankfurt. Endlich hatte sie alles im Auto, was sie mitnehmen wollte. Sie warf einen letzten Blick in alle Zimmer und kontrollierte, dass sämtliche Elektrogeräte, die zurückblieben, ausgestöpselt waren. Dann stellte sie die Heizung auf eine Temperatur, die gewährleisten würde, dass nichts einfror. Ihre Nachbarin, der sie die Schlüssel zurückgegeben hatte, würde ab und zu nach dem Rechten sehen. Jenny würde die Wohnung zunächst behalten und möglicherweise irgendwann vermieten. Die Mieten in Frankfurt hatten astronomische Höhen erreicht, und es würde bei der herrschenden Wohnungsknappheit nicht schwer sein, Mieter zu finden.

Es war eine merkwürdige Empfindung, als sie schließlich auf die A66 Richtung Mainz einbog. Als würde sie mit etwas abschließen und gleichzeitig einem Neuanfang entgegensehen. Sie kostete das Gefühl einen Moment aus wie einen neuen Geschmack auf der Zunge. Ja, es gefiel ihr definitiv.

Abends legte sie ihre Kleidung für den nächsten Tag bereit. Es sollte ihr erster auf der neuen Dienststelle sein. Obwohl sie seit vielen Jahren ihre eigene Abteilung geleitet hatte, würde sie hier zunächst an zweiter Position unter einem gewissen Andreas Sobottki arbeiten. Eine leitende Stelle war nicht frei, hatte man ihr bedauernd mitgeteilt. Ihre Bezüge blieben dadurch jedoch unverändert.

Jenny war es einerlei. Ihr Ehrgeiz war mit dem Moment, als Biederkopf ihr seine Absicht, sich zu trennen, mitteilte, gestorben. Sie würde machen, was ihr gesagt wurde und damit zufrieden sein.

Auf einer Karte, die sie an der Tankstelle gekauft hatte, verschaffte sie sich einen Überblick über Koblenz und seine Stadtteile und sah nach, wie sie zum Polizeipräsidium kommen würde.

Kapitel 4

Am nächsten Morgen stand sie früh auf, um ja nicht zu spät zu ihrem ersten Tag auf der neuen Arbeitsstelle zu kommen. Die A61 war voll, und die Karawane aus Lastwagen mit überwiegend osteuropäischen Kennzeichen und PKW, die häufig gelbe Nummernschilder hatten und Wohnwagen hinter sich, schob sich mit kaum mehr als Tempo achtzig Richtung Koblenz. Richtig schlimm wurde es jedoch, als sie in die Stadt fuhr. Die Straßenführung war auch mit Navi kaum zu durchschauen, und mehrmals musste sie wenden, um wieder auf den richtigen Weg zu kommen. Entnervt fuhr sie kurz vor acht in die Tiefgarage der Dienststelle.

Als sie endlich den richtigen Raum gefunden hatte, war es bereits fünf nach. Sie klopfte an die Tür ihres neuen Abteilungsleiters und wartete. Nichts. Nach ein paar Sekunden klopfte sie noch einmal.

„Morgen. Sie sind sicher die Neue aus Frankfurt?" Die Stimme hinter ihr ließ sie herumfahren. „Nana, ich wollte Sie nicht erschrecken."

Ein älterer Mann mit Bauchansatz und zurückweichendem Haar stand vor ihr, zwei Pappbecher, aus denen es verführerisch nach Kaffee duftete, in der Hand. Er reichte ihr den Ellbogen und wies damit, nachdem sie ihn andeutungsweise geschüttelt hatte, auf die Tür.

Jenny öffnete und ließ ihn vorgehen. Er streckte ihr einen der Becher entgegen. „Für Sie. Dachte, Sie könnten was Warmes vertragen. Ohne Kaffee komme ich morgens gar nicht in die Gänge."

Jenny nahm den Kaffee und stellte sich endlich vor. „Danke, Jenny Becker, das geht mir genauso! Also mit dem Kaffee. Sie sind ...?"

Sie schüttelten sich die Hände. „Sobottki. Herzlich willkommen. Setzen Sie sich doch."

Er wies auf einen Stuhl vor dem Schreibtisch, der schon bessere Jahre gesehen hatte, und ließ sich selbst mit einem Ächzen dahinter nieder. Jenny setzte sich und sah sich im Büro ihres Vorgesetzten um. Ihr Blick fiel auf eine Kaffeemaschine, die auf einer Anrichte neben dem Schreibtisch stand. Sobottki folgte ihrem Blick. „Kaputt. Ich muss endlich eine neue besorgen. Aber Sie wissen ja, wie das ist."

Das wusste Jenny eigentlich nicht, eine Kaffeemaschine hätte sie sofort ersetzt, aber sie verstand, was er ihr sagen wollte.

„Also nochmal herzlich willkommen. Wir werden dafür sorgen, dass Sie sich hier wohlfühlen. Ich hoffe, Sie werden den Großstadttrubel nicht vermissen."

Er ließ es wie eine Frage klingen und Jenny antwortete pflichtgemäß. „Sicher nicht, Herr Sobottki. Außerdem ist Koblenz ja auch eine gar nicht so kleine Stadt. Sicher passiert hier genug. Und Frankfurt ist nicht so schlimm, wie immer behauptet wird."

Er wiegte den Kopf. „Mit Tötungsdelikten und Kapitalverbrechen haben wir hier nur selten zu tun. Warum haben Sie sich denn versetzen lassen?"

Jenny hatte mit dieser Frage gerechnet, trotzdem brachte sie sie kurz aus dem Konzept. Ihr Zögern dauerte einen Moment zu lange, und Sobottki hob fragend eine Augenbraue. „Wenn Sie nicht ..."

„Private Gründe", sagte sie hastig. Die Wahrheit konnte sie kaum sagen und wenn sie angab, eine ruhigere Dienststelle gesucht zu haben, konnte es einen schlechten Eindruck in Bezug auf ihr berufliches Engagement machen.

Sobottki war offensichtlich mit der Antwort nicht zufrieden, sah aber darüber hinweg. „Dann wollen wir Sie mal dem Team vorstellen. Frank und Britta werden Ihnen direkt zuarbeiten und Sie erstatten mir Bericht. Ich weiß, dass Sie lange die Dienststellenleitung innehatten. Wird das ein Problem für Sie?"

„Aber nein. Das wusste ich ja und habe mich bewusst so entschieden. Kein Problem von meiner Seite. Werden die Kollegen Schwierigkeiten haben, mich als Hauptkommissar Wolnys Nachfolgerin zu akzeptieren?"

„Ich glaube nicht. Aber finden Sie es selbst heraus." Er lächelte. Dann brüllte er laut. „Frank! Britta! Kommt mal rüber!"

Als sich die Tür öffnete und die beiden neuen Kollegen dicht nacheinander eintraten, musste sich Jenny ein Schmunzeln verkneifen. Sie wandelte es in ein freundliches Lächeln um und stand auf, um die beiden mit Handschlag zu begrüßen.

Frank Kunkel war eher klein und breit gewachsen, er war etwa so groß wie Jenny und hatte weiches, lockiges Haar. Sein Gesicht war rundlich und erinnerte an die pausbäckigen Gesichter von Renaissance-Engeln.

Seine Kollegin Britta Manger überragte ihn um einige Zentimeter und war gertenschlank. Lange glatte hellblonde Haare umrahmten ein Gesicht, das weniger hübsch als ausdrucksstark war.

Beide grüßten Jenny freundlich, aber zurückhaltend. Abwartend sahen sie zu Sobottki.

Dieser betrachtete die Vorstellung mit väterlicher Miene. „Die Formalitäten können Sie im Geschäftszimmer im Erdgeschoss erledigen, Frau Becker", erklärte er. „Die Kollegen zeigen Ihnen alles. Vielleicht machen Sie sich erst einmal mit den aktuellen Fällen vertraut. Ich hoffe, Sie werden sich hier wohlfühlen. Aber das habe ich, glaube ich, schon einmal gesagt."

Jenny bedankte sich und folgte den neuen Kollegen ins Nebenzimmer. „Hier sitzen wir", erklärte Frank mit einer ausschweifenden Handbewegung.

Das Büro war mittelgroß und unterschied sich kaum von den unzähligen anderen Büros, die Jenny im Laufe ihres Berufslebens schon gesehen hatte. Zwei Schreibtische standen einander gegenüber, und alle Wände waren mit Aktenschränken zugebaut. Auf einem kleinen Beistelltisch stand eine Kaffeemaschine.

Frank sah ihren Blick. „Frisch gekocht, möchten Sie noch einen?", fragte er mit einem Heben der Augenbraue.

„Gerne", nickte Jenny, die zu Kaffee nur sehr selten nein sagte. „Schwarz."

Frank suchte eine saubere Tasse und fand sie schließlich neben dem kleinen Waschbecken, das Jenny zuerst gar nicht gesehen hatte. Britta stand schweigend neben Jenny, während Frank die Tasse vollschenkte und Jenny reichte.

„Vielen Dank!", sagte sie und nahm einen vorsichtigen Schluck. „Gut", setzte sie hinzu.

„Dann können wir Ihnen ja Ihr Büro zeigen." Im Ton der jüngeren Kollegin klang Ungeduld durch, und sie hielt sich extrem gerade, als sie Jenny durch die Verbindungstür in den nächsten Raum winkte.

Ein einziger Schreibtisch nahm etwa ein Drittel des Raumes ein. Es gab auch hier Aktenschränke, ein Waschbecken und ein großes Fenster mit einer Fensterbank voller Orchideen, von denen keine einzige blühte. Auf dem Schreibtisch stand ein kleiner Tulpenstrauß, wie es sie in Supermärkten gab, in einer Plastikvase.

Jenny sah fragend zu Frank, dem eine zarte Röte in das ansonsten blasse Gesicht stieg.

„Zur Begrüßung", murmelte er verlegen. Aus den Augenwinkeln sah Jenny, wie Britta die Augen verdrehte.

„Vielen Dank. Sind das die aktuellen Fälle?", fragte sie mit einem Blick zu einem Aktenstapel, der sich neben den Blumen türmte.

„Aktuelle und ältere. Nur ungelöste natürlich. Selbstverständlich sind alle im PC, aber der Chef will, dass wir parallel eine Papierakte führen. Zur Sicherheit."

Wieder verdrehte Britta die Augen und seufzte.

„Haben Sie ein Problem?", fragte Jenny sie direkt.

Die junge Frau schrak zusammen. „Nein ... wieso?"

Jenny sah sie abwartend an.

„Soll ich Ihnen das Geschäftszimmer zeigen?", fragte Britta schnell.

„Gerne. Und später vielleicht die Kantine? Ich würde gerne zum Einstand ein Frühstück ausgeben."

Sie erledigte die notwendigen Formalitäten und traf ihre beiden Kollegen danach in der Kantine im Erdgeschoss. Mit etwa siebenhundert Mitarbeitern war das Polizeipräsidium etwa ein Drittel so groß wie die Frankfurter Dienststelle.

Bei einem Frühstück aus gummiartigen belegten Brötchen erzählten ihr die beiden mehr über ihren Aufgabenbereich, wobei meistens Frank sprach, und Britta nur ab und zu eine Bemerkung einwarf oder beifällig nickte.

„Hier ist es vermutlich viel ruhiger als in Frankfurt", stellte Frank fest. „Es gibt nur ab und zu einen echten Mordfall, häufiger sind häusliche Streitereien, die ab und zu auch mal in einem Totschlag oder schwerer Körperverletzung enden." Sein Tonfall war beinahe entschuldigend.

„In Frankfurt ist das auch nicht viel anders", stellte Jenny fest. „Vermutlich ist die Banden- und Drogenkriminalität hier nicht so ausgeprägt, aber Morde hatten wir dort auch nicht am laufenden Band."

„Dann wird Wolli aber enttäuscht sein", grinste Frank und Britta ergänzte ernst. „Er hofft sicher auf lauter spektakuläre Fälle."

„Waren Sie nicht damals in den Fall von diesem Serienmörder involviert?", erkundigte sich Frank.

Jenny wurde es eiskalt. Sie hatte nicht erwartet, dass die Geschichte sogar hier in Koblenz bekannt war. Sie hatte so viel versucht, um diese dunkle Seite ihrer Vergangenheit zu vergessen.

„Ich möchte nicht darüber reden", sagte sie leise, aber bestimmt. Frank sah sie betroffen an und setzte zu einer Entschuldigung an, doch Jenny kam ihm zuvor. „Ich weiß ja nicht, wie es hier ist, aber in Frankfurt duzen wir uns alle. Mit ganz wenigen Ausnahmen zumindest. Also?" Sie sah die beiden erwartungsvoll an.

Franks rundes Gesicht leuchtete auf. „Aber gerne!", erklärte er.

Britta nickte und gab ihre Zustimmung.

„Nur anstoßen müssen wir später", stellte Jenny fest. „Sollten wir jetzt nicht zurückgehen? Nicht, dass der Chef meckert."

„Ach der", Frank winkte ab. „Der sagt nie was."

Kapitel 5

Im Frankfurter Polizeipräsidium saß Logo im Büro seines Dienststellenleiters und wartete, dass dieser sein Telefongespräch beendete. Obwohl er seit mehr als zwanzig Jahren hier arbeitete, konnte er ihre Gespräche an einer Hand abzählen. Fachinger war immer wieder über längere Zeit außer Dienst, und man munkelte von einem nicht genauer definierten Suchtproblem.

Wie er jetzt hinter seinem riesigen Schreibtisch saß, das am Kragen offene Hemd in merkwürdigem Gegensatz zu seinem militärisch anmutenden Bürstenhaarschnitt, machte er auf Logo jedoch einen äußerst gesunden Eindruck.

Endlich legte er auf und betrachtete Logo einen Moment stumm. Als er sprach, waren es nicht die Worte, die Logo erwartet hatte.

„Wo bleibt Ihre Bewerbung, Herr Stein?"

„Meine ... Bewerbung?"

„Ja glauben Sie, Sie rücken automatisch auf, weil Frau Becker weg ist? Oder wollen Sie gar nicht Dienststellenleiter werden?"

Nichts anderes ging Logo durch den Kopf, seit Jenny ihnen mitgeteilt hatte, zumindest vorerst nicht mehr zurückzukommen. Er hatte es als selbstverständlich angesehen, dass er auf ihre Position nachrücken würde. Allerdings hatte er Zweifel, ob er als Chef geeignet war. Andererseits konnte er aber auch nicht ewig die zweite Geige spielen. Und wer wusste schon, wen sie ihm vor die Nase setzen würden.

All das ging ihm rasend schnell durch den Kopf, während er eine Antwort auf Fachingers Frage suchte.

„Ich wusste nicht, dass ich mich bewerben muss. Ich dachte ... Gibt es denn aktuell andere Interessenten?"

„Aber sicher. Die Stelle muss ordentlich ausgeschrieben werden, und ich weiß von mindestens zwei Beamten, die sie gerne hätten. Nur weil Sie kommissarisch eingesetzt worden sind ..."

„Ich habs verstanden ...", knurrte Logo. „War das alles? Dann gehe ich jetzt und schreibe meine Bewerbung."

„Tun Sie das. Ich werde Sie wohlwollend ... Andererseits wollen wir den Frauenanteil ja erhöhen ..."

Logo reichte es. Er erhob sich, nickte zum Abschied und marschierte aus dem Büro.

*

„Was ist los?", wurde er im Büro von seinem Kollegen begrüßt. Sascha war vor einigen Jahren noch grün hinter den Ohren zu ihnen gestoßen und schnell zu einem wertvollen Mitglied ihres Teams geworden.

„Eine Bewerbung ...", knurrte Logo. „Ich soll eine Bewerbung schreiben."

Zunächst fiel ihm nicht auf, dass Sascha nicht antwortete. „Wer sonst sollte die Stelle denn bekommen? Weißt du, wie lange ich schon hier arbeite? Wie fändest du es, wenn sie jemanden von außen nehmen, der uns dann sagt, was wir zu tun haben?" Er wartete Saschas Antwort nicht ab. „Außerdem bin ich schon lange überfällig. Jenny war Jahre früher Abteilungsleiterin. Nur weil sie eine ..." Er hielt inne und rieb sich die Augen.

„Nee, das ist natürlich Quatsch. Jenny war einfach gut. Ist gut, meine ich. Wir haben seit Jahren die beste Aufklärungsquote von allen." Jetzt erst fiel ihm auf, dass Sascha immer noch stumm war.

„Was ist denn los? Hast du gar nichts dazu zu sagen?"

Sascha blickte auf seinen Schreibtisch und schob Blätter hin und her.

„Ey, ich rede mit dir."

Endlich sah sein Kollege auf. „Ist dir nie in den Sinn gekommen, dass sich noch jemand auf die Stelle bewerben könnte?"

„Nee!", polterte Logo von Neuem los. „Reicht schon, dass der Ersatz für Jenny nächste Woche aufschlägt. Das ist unser Team, da brauchen wir niemanden von außen."

„Es muss ja nicht unbedingt jemand von außen sein", sagte Sascha leise.

Logo starrte ihn einen Moment verwirrt an. „Reden wir aneinander vorbei? Jenny ist weg. Dann bleiben doch nur noch wir beide."

„Eben."

Endlich dämmerte Logo, was Sache war. „Du? Du hast dich auf die Leiterstelle beworben? Hinter meinem Rücken?"

„Hast du nicht immer gesagt, du willst die Stelle nicht?", konterte Sascha. „Ist das nicht besser, als wenn sie uns jemanden von außen vor die Nase setzen, wie du eben so schön angeführt hast?"

„Aber ... aber ..." Logo schnappte nach Luft. „Ich habe viel mehr Dienstjahre auf dem Buckel! Viel mehr Erfahrung! Ich meine, ich erinnere mich noch, als wär's gestern gewesen, als du angefangen hast. Du hast Wochen gebraucht, bis du dich getraut hast, einen von uns zu duzen!"

„Und jetzt bin ich ein erfahrener Beamter, der maßgeblich dazu beigetragen hat, wichtige Fälle zu lösen. Ich bin ebenso wie du Hauptkommissar und berechtigt, mich auf die Stelle zu bewerben. Du wirst sie sowieso bekommen, aber ich wollte es wenigstens versuchen."

„Hinter meinem Rücken?", wiederholte Logo und ließ sich schwer auf seinen Stuhl fallen.

„Ich wollte zunächst sehen, ob ich überhaupt eine Chance habe. Und wie gesagt, du hast vor Kurzem noch behauptet, eine leitende Stelle wäre nichts für dich."

„Aber für dich, ja?", fuhr Logo auf. „Soll ich dann vielleicht Befehle von dir entgegennehmen? So weit kommt es noch."

Sascha seufzte. „Warte es doch einfach ab. Du bekommst die Stelle sicher. Du hast doch viel mehr Erfahrung. Ich bin dann vielleicht beim nächsten Mal dran."

Doch Logo war nicht zu besänftigen. Er schnappte sich einen Ordner und vergrub sich darin, ohne in der nächsten Viertelstunde ein einziges Mal aufzuschauen.

Sascha seufzte vernehmlich und wandte sich, als keine Reaktion kam, seinen eigenen Unterlagen zu.

Als das Telefon klingelte, hob er erleichtert ab. „Meister, K11", meldete er sich und hörte einen Moment aufmerksam zu.

„Wir sind unterwegs", sagte er knapp und legte auf.

„Ein Toter in der Ruine des Goetheturms", erklärte er.

„Was?", fragte Logo entsetzt. „Als ob es nicht schon reichen würde, dass unser Wahrzeichen abgebrannt ist. Ich dachte, ich höre nicht richtig, als sie es in den Frühnachrichten gesendet haben."

Er stand auf und griff nach seiner Jacke.

„Die SOKO Feuerteufel ist seit heute Nacht vor Ort, aber die Brandermittler konnten die Brandstelle erst heute Morgen, als alles abgekühlt war, untersuchen. Und dabei haben sie eine Leiche gefunden", erklärte Sascha.

„Und warum rufen sie dann die Mordkommission?"

„Vermutlich weil es Brandstiftung und somit Mord war?"

*

Durch den Berufsverkehr dauerte es fast eine halbe Stunde, bis sie die Stelle im Süden des Stadtteils Sachsenhausen erreicht hatten, an der sich bis gestern die Holzkonstruktion des Goetheturms erhoben hatte. Als sie auf dem nahegelegenen Parkplatz ausstiegen, drang ihnen der Gestank nach Rauch in Nase und Augen. Die Sachsenhäuser Kollegen hatten den Bereich großzügig mit Flatterband abgesperrt. Der Waldspielplatz direkt neben der Brandstelle war geschlossen.

„Zum Glück hat das Feuer sich nicht ausgebreitet", bemerkte Sascha, als sie sich unter der Absperrung hindurch duckten. Ein uniformierter Beamter kam ihnen rasch entgegen, und Logo hielt ihm kommentarlos seinen Ausweis hin.

Nach einem kurzen Blick darauf winkte er sie weiter zu einem Feuerwehrwagen, neben dem zwei Feuerwehrmänner in Uniform standen und diskutierten. Hinter ihnen lagen die Reste des verbrannten Turmes. Hier und da stiegen noch kleine Rauchfäden nach oben. Auf dem Boden neben dem Wagen war etwas mit einer schwarzen Plane abgedeckt. Ein Fotograf machte Fotos von den Turmresten, und zwei Männer der Spurensicherung zogen sich gerade ihre Schutzanzüge an.

Logo und Sascha grüßten, traten dann zu den Feuerwehrleuten und stellten sich vor.

Der ältere Feuerwehrmann hielt eine Kladde in der Hand. „Griebenteich. Ich bin der Brandermittler. Mein Kollege Bensen. Gut, dass Sie da sind. Sowas sieht man zum Glück selten." Er rieb sich die Stirn, die feucht glänzte.

„Was genau haben wir?", fragte Logo geschäftsmäßig.

Wortlos ging Griebenteich zur Plane, bückte sich und hob eine Ecke davon hoch.

Logo machte unwillkürlich einen Schritt zurück, während Sascha sich im Gegensatz dazu neugierig vorbeugte.

„Er lag oben in den Trümmern. Vermutlich hat er sich auf der Plattform befunden, während der Turm abgebrannt ist. Irgendwann ist dann alles zusammen gebrochen."

Einen Moment starrten sie schweigend auf die verkohlte und verkrümmte, kaum noch als Mensch erkennbare Gestalt. Sascha, der großes Interesse für alles, was Gerichtsmedizin betraf, an den Tag legte, stellte die naheliegende Frage. „Sie gehen von einem Mord aus?"

Griebenteich rieb sich das Kinn. „Es wäre natürlich auch möglich, dass er sich selbst hinter dem Rücken gefesselt und dann den Turm angezündet hat ..."

Stirnrunzelnd sah Sascha von Griebenteich zu den verbrannten Überresten. „Das können Sie trotz des Zustandes der Leiche erkennen? Ich meine, dass er gefesselt war?"

„Die Haltung", erklärte Griebenteich geduldig. „Bei einem Brand ziehen sich die Sehnen und Bänder zusammen. Man nimmt eine fötale Haltung ein. Seine Arme sind aber straff nach hinten gezogen."

„Seine Fesselung ist demnach nicht oder erst spät verbrannt", erklärte Sascha.

Logo, dessen Gesicht außergewöhnlich blass war, mischte sich ein. „Das ist doch jetzt egal. Wo bleibt denn nur der Prof?"

„Unser Gerichtsmediziner", erklärte Sascha auf Griebenteichs fragenden Blick.

„Dr. Schwind! Er kommt von außerhalb, wurde mitgeteilt, und kommt so schnell er kann."

Logo seufzte. „Es war also Brandstiftung."

„Ganz sicher", bestätigte Griebenteich. „Natürlich dauern die Untersuchungen noch an, aber es sieht so aus, als gäbe es gleich mehrere Brandherde, jeweils an den Ecken des Turmes und auf den untersten Treppenstufen. Ich bin zuversichtlich, dass wir dort Brandbeschleuniger nachweisen können. Laut Zeugen ist der Brand gegen drei Uhr nachts ausgebrochen. Erst heute Morgen war alles so weit abgekühlt, dass wir die Brandstelle betreten konnten."

An der Absperrung fuhr ein silberner Wagen entlang, hielt kurz und bog dann ab auf den Parkplatz.

„Das war er doch, oder?", sagte Logo. „Hat er schon wieder ein neues Auto?"

Alle vier beobachteten interessiert, wie der Gerichtsmediziner sich aus dem flachen Sportwagen kämpfte.

„Ist er immer so angezogen?", fragte Griebenteich überrascht.

Dr. Schwind trug kurze karierte Hosen, weiße Socken in Tennisschuhen und ein Polohemd in einem schrillen Gelb.

„Kein Wort", zischte er statt einer Begrüßung und musterte Logo mit finsterem Blick. „Da nimmt man einmal Überstunden und trifft sich zu einem morgendlichen Tennis-Match! Aber Sie! Sie gönnen mir nicht einmal dieses harmlose Vergnügen!"

Seine Stimme war immer lauter geworden, und Griebenteich und sein Kollege waren vorsichtshalber einen Schritt zurück getreten.

Sascha ließ sich nicht einschüchtern. Er strahlte den übelgelaunten Gerichtsmediziner freundlich an. „Guten Morgen, Prof … ich meine Dr. Schwind. Ein herrlicher Tag, oder? Und eine Brandleiche. Faszinierend."

„Ah, Sie sind ja auch da. Wenigstens einer, der meine Arbeit zu würdigen weiß. Und Sie? Wer sind denn Sie?"

Sascha beeilte sich, die Feuerwehrleute vorzustellen.

„Jaja, so genau wollte ich es gar nicht wissen. Was haben wir denn? Decken Sie das Opfer endlich auf!"

Er beugte sich über die Leiche und inspizierte sie von allen Seiten. „Was ist das da an seinen Handgelenken? Das braune Zeugs?"

Griebenteich räusperte sich und erläuterte seine Fesseltheorie.

„Ja, sicher war er gefesselt. Spricht immerhin für Sie, dass Sie das erkannt haben. Sind schon genug Fotos gemacht worden? Dann lasst uns die Überreste einpacken." Er sah hoch. „Da kommt ja endlich mein Assistent. Wird auch Zeit."

Logo näherte sich ihm vorsichtig. „Fahren Sie zurück zum Tennis, oder obduzieren Sie ihn heute noch?"

„Natürlich fahre ich NICHT zurück zum Tennis. Im Gegensatz zu anderen Mitarbeitern nehme ich meine Arbeit ernst! Wenn Sie dabei sein wollen ...“ Er sah Sascha an. „In zwei Stunden hab ich ihn auf dem Tisch.“

Sascha zögerte und blickte Logo an. Der erwiderte den Blick mit undurchdringlicher Miene.

„Ich glaube, heute wird es leider nicht klappen“, sagte Sascha an den Prof gewandt.

„Ihr Schaden“, antwortete dieser und zuckte mit den Achseln. „Also dann.“

*

Nachdem der Prof samt seinem Assistenten mit der Leiche verschwunden war, wandte sich Logo an den Leiter der Spurensicherung. „Habt ihr irgendwas Interessantes gefunden?“

„So schnell geht das nicht. Ist ja alles mehr oder weniger verbrannt. Oder durch das Löschwasser aufgeweicht. Wir werden Stück für Stück akribisch durchsieben müssen.“

Logo kratzte sich am Kopf und seufzte. „Ausgerechnet ein Brand. Ich hasse diesen Gestank. Den kriegt man ewig nicht aus den Klamotten und den Haaren.“

„Du musst ja nicht in den Matsch!“, warf Sascha ein.

„Nee, das dürfen wir, und ihr erntet die Lorbeeren, wenn wir etwas finden!“, knurrte der Mann von der Spusi und wandte sich ab. „Passt bloß auf, dass ihr euch nicht die Hände schmutzig macht.“

Logo und Sascha sahen ihm verdutzt nach.

„Hat der eine Laune“, brummte Logo. „Lass uns die Zeugen befragen. Vielleicht hat jemand gesehen, wie das Opfer hergebracht wurde.“

Griebenteich nannte ihnen den Namen des Mannes, der den Brand gemeldet hatte, und einige Minuten später klingelten sie an der Tür seines kleinen Reihenhauses im Wendelsweg.

Sascha warf einen Blick in die Runde. „Von hier aus sieht man den Turm normalerweise nicht. Das Haus daneben und die hohen Bäume verdecken alles. Aber ich bin sicher, der Brand hat den ganzen Himmel erhellt."

„Ach was", stichelte Logo, als sich auch schon die Tür öffnete, und ein kleiner Mann in Jogginghosen und einem ausgeleierten Pullunder ihnen öffnete.

Als er Logo und Sascha sah, trat er schnell einen Schritt nach draußen und zog die Tür hinter sich zu.

„Herr Adamski?", fragte Logo und zeigte gleichzeitig seinen Ausweis.

„Sprechen Sie leise", flüsterte der Mann fast unhörbar und strich die wenigen verbliebenen Haarsträhnen nach hinten. „Meine Frau regt sich immer so leicht auf."

Logo und Sascha wechselten einen Blick.

„Sie haben den Brand heute Nacht gemeldet?", fragte Logo.

„Ja. Leider isser ja wohl trotzdem abgebrannt. Eine Schande is das."

„Man sieht den Turm doch von hier aus gar nicht?", stellte Logo fest.

Zu seiner Überraschung wurde der Mann rot.

„Ich war nicht hier. Ich war im Garten."

„Um ..." Logo sah auf seinen Notizblock. „Um halb zwei nachts?"

Herr Adamski warf einen besorgten Blick über die Schulter. „Meine Frau nimmt Schlaftabletten. Und dann schnarcht sie. Ich mache oft, wenn ich nicht schlafen kann, noch einen Spaziergang in meinen Schrebergarten. Schaue fern. Trinke ein, zwei Bier. Sie verstehen? Da hab ich draußen das Licht gesehen. Und ein Krach war da plötzlich. Da bin ich heim gerannt und hab die Bul ... die Polizei angerufen."

„Wieso denn die Polizei und nicht die Feuerwehr?", wollte Sascha wissen.

„Ich kann mir nicht merken, wer die 110 und wer die 112 hat", gab Adamski zu. „Hab einfach irgendwo angerufen. Die haben's dann ja auch weitergegeben."

„Haben Sie denn noch irgendjemand am Tatort gesehen?", fragte Logo.

„Tatort? Dacht ich mir schon, dass den jemand angezündet hat. Wie die Kindergärten. Wer macht sowas bloß? Man ist ja seines Lebens nicht mehr sicher!"

Adamski fuchtelte bei dieser Aussage so wild mit den Händen, dass Logo vorsichtshalber einen Schritt zurücktrat.

„Sie haben also niemanden gesehen? In der Nacht oder vielleicht am Abend vorher? Jemanden, der sich verdächtig benommen hat oder einen Wagen, der dort nicht hingehört?"

Der Mann hatte sich so schnell wieder beruhigt, wie er sich aufgeregt hatte. Nachdenklich kratzte er sich am Kinn. „Da sind ja dauernd Leute unterwegs. Die ganze Nacht geht das. Irgendwelche Teenager, die zum Knutschen kommen. Oder zum Chillen, wie das heute heißt. Kann mich an niemanden speziell erinnern."

Sascha schaltete sich ein, was ihm einen unwilligen Seitenblick von Logo einbrachte. „Sind Sie dann sofort nach Hause gegangen oder dageblieben, um der Feuerwehr beim Löschen zuzusehen?"

Ein bedauernder Ausdruck ging über Adamskis Gesicht. „Dachte mir, dass meine Alte trotz der Tabletten von dem Lärm wach wird. Sie hat's nicht gerne, wenn ich nachts in den Garten gehe. Will mich neben sich im Bettchen haben. Sie verstehen?" Er lachte wiehernd.

Logo und Sascha verabschiedeten sich und gingen langsam die Straße zurück Richtung Goetheturm.

„Der Brand wird in Frankfurt enormes Aufsehen verursachen", dachte Sascha laut. „Der Turm ist ... war ... ein wichtiges Wahrzeichen. Wir könnten das nutzen, falls wir irgendwann die Öffentlichkeit einschalten wollen. Vielleicht hat jemand etwas gesehen. Irgendwie muss der Täter ja die Leiche zum und auf den Turm geschafft haben. Ich sage bewusst er. Ich kann mir nicht vorstellen, dass eine Frau körperlich dazu in der Lage ist. Wenn er allerdings noch am Leben war ..."

„Wir würden Tausende von Antworten bekommen", gab Logo zu bedenken.

„Besser als keine!", konterte Sascha.

Methodisch befragten sie die Anwohner der dem Turm nächstgelegenen Häuser. Alle waren durch den Lärm der Feuerwehr aufgewacht. Die meisten waren zwar nach draußen gelaufen, um den Löscharbeiten aus sicherer Entfernung zuzusehen, hatten aber im

Dunkeln im Schein der Flammen kaum etwas von ihrer Umgebung geschweige denn andere Gaffer erkennen können.

„Lass uns zurückfahren. Vielleicht haben wir schon eine Vermisstenmeldung. Und der Prof könnte auch bald erste Ergebnisse haben."

„Können wir unterwegs noch etwas frühstücken?", fragte Sascha hoffnungsvoll.

Logo wollte verneinen, überlegte es sich aber anders. „Ich hab tatsächlich auch Hunger. Lass uns an der Kleinmarkthalle anhalten."

„Super! Wir waren schon ewig nicht mehr bei der Wurst-Ilse!"

Zwanzig Minuten später hielten sie im Halteverbot vor der Kleinmarkthalle. Logo legte seinen Ausweis so hinter die Windschutzscheibe, dass sein Dienstgrad lesbar, sein Name aber verdeckt war. „Das kannst du nicht machen!", sagte Sascha empört, lehnte sich entschieden zurück und verschränkte die Arme.

„Stell dich nicht so an", antwortete Logo. „Für irgendwas muss das Polizistendasein doch gut sein. Es könnte immerhin sein, dass wir hier dienstlich ermitteln. Ich hab echt keine Lust, ins Parkhaus zu fahren. Das ist jetzt um die Uhrzeit proppenvoll."

Sascha seufzte und stieg aus. „Dann lass uns aber schnell machen."

Sie sahen die Schlange an dem berühmten Wurststand schon von weitem. Logo stöhnte.

„Kannst ja auch hier versuchen, mit deinem Ausweis zu wedeln. Ach ja, hast ihn ja im Auto gelassen", stichelte Sascha.

„Die Wurst-Ilse würd mir was erzählen. Egal, da müssen wir jetzt durch. Wenn wir schon hier sind, geh ich sicher an keinen anderen Stand."

„Kommt gar nicht in Frage", bestätigte Sascha, ausnahmsweise mit seinem Kollegen einig.

Sie stellten sich an und zehn Minuten später biss jeder von ihnen in ein großes Stück Frankfurter Fleischwurst.

„Mmmmhhh", sagte Logo verzückt und wischte Brötchenkrümel vom Kinn. „Ich glaube, die wird immer besser."

Sascha, der den Mund voll hatte, nickte nur.

Kaum hatten sie fertig gegessen, klingelte Logos Handy. Er sagte nicht mehr als: „Mmm .... okay ... interessant."

„Was ist?", fragte Sascha neugierig, als Logo aufgelegt hatte. „Und wisch dir den Senf vom Kinn!"

Logo fuhr sich mit dem Handrücken übers Gesicht. „Die Spusi hat in den Brandtrümmern eine Notfallkapsel gefunden. Eine von diesen wasser- und feuerfesten Metallkapseln, in denen die Krankengeschichte des Besitzers gespeichert ist, sodass Ärzte und Rettungssanitäter im Notfall gleich Zugriff auf wichtige Krankendaten haben."

„Und wem gehört sie?", fragte Sascha gespannt.

„Das wissen sie noch nicht. Der Inhalt dürfte zwar unversehrt sein, aber der Öffnungsmechanismus wurde beschädigt. Sie wollen es im Labor vorsichtig aufsägen. Immerhin können wir uns jetzt auf Vermisste mit einer Krankenakte konzentrieren. Lass uns zurückfahren. Wir haben schon zu viel Zeit vertrödelt."

Als sie ans Auto kamen, stieß Logo einen lauten Fluch aus. Hinter dem Scheibenwischer klemmte ein blauer Strafzettel. Aufgebracht suchte er mit seinen Blicken die Straße ab und sah einige Wagen weiter eine Politesse, die etwas in ihr Eingabegerät tippte.

„Logo", mahnte Sascha, doch sein Kollege rannte schon im Laufschritt zu der jungen Frau.

Sascha folgte ihm hastig und bekam gerade noch mit, wie Logo die Politesse anging. „... und überhaupt: Unter Kollegen macht man so was nicht. Wenn man Sie überhaupt so nennen kann. Zur Polizistin hat's wohl nicht gereicht!"

„Logo", sagte Sascha jetzt energischer und packte ihn fest am Arm. Er wandte sich zu der jungen Frau, die ihn ungerührt ansah. „Es tut mir leid. Mein Kollege regt sich schnell auf. Er meint es nicht so. Natürlich ist es Ihr Recht, uns einen Strafzettel auszustellen."

„Haben Sie tatsächlich hier ermittelt?", fragte sie mit hochgezogener Augenbraue.

Bevor Logo etwas sagen konnte, schüttelte Sascha den Kopf. „Nein, wir haben schnell etwas gegessen, weil wir schon in aller Frühe zum Goetheturm mussten. Wussten Sie schon, dass er heute Nacht abgebrannt ist?"

„Was? Das ist ja furchtbar! Auf dem Waldspielplatz hab ich schon als Kind gespielt!"

Sascha nickt betrübt. „Ich auch. Deshalb sind wir auch sehr erregt. Wir wollten ganz rasch etwas essen und uns dann in die Ermittlungen stürzen."

Die Politesse warf einen abwägenden Blick auf Logo, der die Lippen zusammen kniff und widerwillig nickte.

„Na, dann will ich nicht so sein. Ich lösche das Ticket. Finden Sie das Schwein, das unseren Turm angesteckt hat!"

Sascha strahlte sie an. „Danke vielmals! Das machen wir. Und wenn wir mal etwas für Sie tun können ..."

Auch Logo quetschte ein Danke heraus, und beide eilten zurück zum Wagen.

Auf der Fahrt zum Präsidium sprachen sie zunächst kein Wort, bis Logo endlich sagte. „Ja, ich weiß. Kannst mir ruhig Vorwürfe machen! Ich hätte nicht da parken sollen, und ich hätte die Tussi nicht so angehen sollen. Das weiß ich auch."

„Dann isses doch gut", antwortete Sascha. „Wir haben jetzt echt Wichtigeres zu tun. Und den Ausdruck Tussi hab ich nicht mehr gehört, seit ich Kind war."

„Ja meine Güte, was sagt man denn heute? Ich scheine echt alt zu werden."

„Politesse?", schlug Sascha grinsend vor.

„Blödmann!"

Kapitel 6

Als Jenny und ihre neuen Kollegen endlich von der Kantine zurück in ihre Büros gekommen waren, erwartete sie tatsächlich ein neuer Fall. Sobottki fing sie schon auf dem Gang ab.

„Da seid ihr ja. Ein Arzt wird seit gestern vermisst. Nehmt ihr euch bitte der Sache an? In der Vermisstenabteilung geht die Grippe um." Frank nickte und streckte die Hand nach der Akte aus.

„Kümmern sich die Kollegen gut um Sie, Frau Becker?", fragte Sobottki gutmütig.

„Aber ja, sehr gut", bestätigte Jenny und fühlte Brittas Blick.

„Und jetzt noch ein neuer Fall zur Begrüßung!", schwadronierte Sobottki weiter. „Sicher mussten Sie sich in Frankfurt nicht um Vermisstenfälle kümmern."

„Mir war durchaus klar, dass hier anders gearbeitet wird", erklärte sie. „Das ist für mich völlig in Ordnung."

„Gut, gut", murmelte er. „Halten Sie mich auf dem Laufenden."

Jenny folgte den Kollegen in ihr Büro. Sie sah sich um, ging dann kurzentschlossen in ihren eigenen Raum und zerrte den Besucherstuhl heraus. Sie stellte ihn neben Franks Schreibtisch und beugte sich erwartungsvoll vor. „Also, was haben wir?"

Frank hatte die Akte schon aufgeschlagen. „Dr. Hirschhausen, Onkologe, Leitender Chefarzt in der Katherinen-Klinik in Koblenz. Hat die Klinik gestern Abend gegen neunzehn Uhr verlassen, ist aber nie zu Hause angekommen. Die Ehefrau hat ihn vermisst gemeldet."

„Erst heute Mittag?"

„Ja, merkwürdig", stellte Frank fest. „Wer soll hinfahren?" Er sah Jenny erwartungsvoll an. Sie überlegte kurz. Sollte sie Frank mitnehmen oder lieber die zurückhaltende Britta besser kennenlernen? Oder konnte sie es ganz den beiden überlassen?

„Ich würde gerne selbst mit der Frau reden. Frank, du kommst mit und du, Britta, versuch bitte mehr über den Mann herauszufinden."

Frank sprang auf, während Britta knapp nickte und in ihren PC starrte.

„Du fährst", erklärte Jenny, als sie auf den Parkplatz kamen.

Frank steuerte auf einen recht neuen Audi A4 zu. „Wir haben letztes Jahr neue Wagen bekommen", erklärte er. „Das wurde auch echt Zeit. Jetzt sind sie aber zu klein für die neue Ausrüstung und auch nicht stark genug gefedert. Hätten sie im Ministerium mal lieber nicht gespart. In anderen Bundesländern gab's gleich eine Autoklasse größer. Die haben solche Probleme jetzt nicht."

„In Hessen sparen sie die Polizei auch kaputt", erklärte Jenny bitter. „Und wundern sich dann, wenn etwas schiefgeht."

Sie fuhren Richtung Süden nach Oberwerth, einem gutsituierten Stadtteil auf einer Halbinsel an der linken Rheinseite. Vor einer eindrucksvollen Villa hielten sie an und stiegen aus. Dafür, dass sie mitten in der Stadt waren, schien es Jenny sehr ruhig. Von weitem kam Kinderlachen und vom Rhein her hörte sie das Horn eines Frachters.

„Auf der Spitze der Halbinsel ist ein Schwimmbad", erklärte Frank und wies in die Richtung. „Koblenz hat einige schöne Wohngegenden zu bieten. Das hier dürfte die nobelste in der Innenstadt sein."

Jenny nickte und folgte ihm zum Tor. Obwohl eine Gegensprechanlage installiert war, öffnete es sich auf ihr Klingeln umgehend.

Die Eingangstür der Villa schwang auf und eine gänzlich weiß gekleidete Frau kam ihnen eiligen Schrittes über den Kies der Auffahrt entgegen. „Haben Sie ihn gefunden?", rief sie atemlos und sah dabei Frank an. „Wo ist er? Ist ihm etwas passiert?"

Jenny sah amüsiert, wie ihr Kollege einen hastigen Schritt zurück machte und beschwichtigend die Hände hob. „Leider wissen wir noch nicht, wo Ihr Mann ist", erklärte er schnell. „Wir haben zunächst einige Fragen an Sie."

Hilfesuchend sah er zu Jenny, die bereitwillig einsprang und die Hand ausstreckte. „Hauptkommissarin Becker", stellte sie sich vor. „Das ist mein Kollege, Oberkommissar Kunkel. Können wir vielleicht hinein gehen?"

„Aber sicher. Entschuldigen Sie bitte. Kommen Sie."

Frau Hirschhausen schien Anfang fünfzig zu sein und wirkte auf Jenny überaus attraktiv. Ihre blondgefärbten Haare waren zu einem modernen asymmetrischen Bob geschnitten und betonten ihre hohen Wangenknochen. Sie drehte sich um und eilte ihnen voran ins Haus. Sie durchquerten eine Eingangshalle und gelangten in ein Wohnzimmer, das eine interessante Mischung aus modernen und antiken Möbeln und Einrichtungsgegenständen bot.

„Bitte", sie machte eine ausladende Handbewegung. „Setzen Sie sich. Einen Kaffee? Ein Wasser?"

Jenny zögerte. „Ach bitte, machen Sie sich keine Umstände."

„Wissen Sie was? Kommen Sie einfach mit in die Küche. Da ist es eh gemütlicher."

Ohne eine Antwort abzuwarten, ging sie zurück in die Halle und durch eine weitere Tür. Sie trug eine Art weißen Kaftan – nannte man das so?, überlegte Jenny –, der lose ihre schlanke Figur umspielte.

Die hochmoderne Küche war in Schwarz- und Weißtönen gehalten. Frau Hirschhausen dirigierte sie zu einer Theke, um die sich drei Hocker gruppierten und hantierte an einem Kaffeevollautomaten. „Schwarz, Milchkaffee, Cappuccino, Latte macchiato?", ratterte sie herunter.

„Tee", warf Frank ein, bevor Jenny etwas sagen konnte. Auf ihren bösen Blick hin setzte er hinzu. „Ach nein. Einen Cappuccino bitte."

Ein Nicken und einige Knopfdrücke später standen drei mit perfektem Milchschaum getoppte Tassen vor ihnen. Mit einem Seufzer glitt ihre Gastgeberin auf den dritten Hocker. Jenny fiel erst jetzt auf, wie groß die Frau war. Gemessen an Jennys eigener Größe maß sie mindestens 1,80 m.

Jenny zog ihr Notizbuch heraus. „Wann haben Sie Ihren Mann zum letzten Mal gesehen?"

„Gestern Morgen. Wir haben gestritten. Ich hatte für abends Gäste eingeladen, die Sebastian nicht sonderlich mochte. Journalisten. Sie sind wichtig für Sebastians Arbeit, aber er würde am liebsten gar nichts mit ihnen zu tun haben. Ich dachte ..." Ihre Stimme verklang für einen Moment und sie spielte unruhig mit ihrem Kaffeelöffel. Dann gab sie sich einen Ruck. „Ich dachte, er wäre aus Trotz abends nicht nach Hause gekommen. Manchmal schläft er in der Klinik. Es war sehr peinlich, obwohl ich versucht habe, ihn mit einem Notfall zu entschuldigen. Vermutlich hat mir niemand geglaubt." Sie starrte ins Leere.

„Und Sie haben erst heute festgestellt, dass er verschwunden ist?", half Jenny nach.

„Zu der Zeit, wo er normalerweise Mittagspause macht, wenn überhaupt, habe ich ihn in der Klinik angerufen. Man sagte mir, er habe am Abend vorher ganz normal um 18.30 Uhr das Haus verlassen und sei heute nicht wieder gekommen."

„Hat ihn denn niemand an seiner Arbeitsstelle vermisst?"

Sie schüttelte den Kopf. „Er übernimmt hauptsächlich leitende und organisatorische Aufgaben und kommt und geht, ohne jemandem Rechenschaft abgeben zu müssen. Niemand hat sich etwas dabei gedacht, dass er heute nicht im Büro war."

Jenny warf einen Seitenblick zu Frank, der seinen Milchschaum löffelte und völlig zufrieden zu sein schien, ihr das Reden zu überlassen.

„Haben Sie versucht, ihn auf dem Handy zu erreichen?"

„Es ist ausgeschaltet. Ich habe alle seine Mitarbeiter angerufen, seine Bekannten, ja sogar ..."

„Ja?", hakte Jenny nach, als die Frau nicht weitersprach.

„Sogar seine Geliebte." Eine zarte Röte breitete sich auf ihrem Gesicht aus, und Jenny sah aus den Augenwinkeln, dass Frank auf- und dann verlegen wegblickte.

Jenny nickte verständnisvoll. „Ich gehe davon aus, dass die Dame auch nichts von ihm gehört hat."

„Sie hat es mir zumindest glaubwürdig versichert. Es hat den Anschein, dass sie sich immer Mittwochs getroffen haben. An den anderen Tagen gab, vielmehr gibt es wohl kaum Kontakt. Oh Gott, ich rede schon, als ob er tot wäre."

Sie schlug für einen Moment die Hände vors Gesicht, rieb sich die Augen und sah Jenny direkt an. „Ich wusste schon lange von der Affäre. Ich liebe meinen Mann und ich weiß, dass auch er mich liebt. Ich habe immer gehofft, dass es irgendwann einfach zu Ende ist."

Frank räusperte sich. „Wir bräuchten den Namen und die Adresse", sagte er freundlich. „Und bitte auch gleich die von seiner Arbeitsstätte und von anderen Freunden."

„Was genau macht Ihr Mann beruflich?", fragte Jenny, nachdem Frau Hirschhausen Frank die Daten diktiert hatte.

„Mein Mann ist ein berühmter Onkologe." In ihrer Stimme lag Stolz. „Natürlich behandelt er noch, insbesondere schwierige Fälle. Er sammelt jedoch auch Gelder für die Forschung und tut alles, damit Fortschritte in der Bekämpfung dieser schrecklichen Krankheit gemacht werden. Er ist leitender Oberarzt der Klinik und daneben noch beratend in anderen Krankenhäusern tätig. Ebenso ist er Verfasser mehrerer Lehrbücher und doziert an der Universität."

Jenny gab sich beeindruckt und überlegte, wie er neben all diesen Aufgaben noch Zeit für eine Ehefrau und eine Geliebte hatte. „Haben Sie Kinder?"

„Das war uns leider nicht vergönnt", war die Antwort. „Eierstockkrebs. So habe ich Sebastian übrigens kennengelernt. Vor fast zwanzig Jahren." Sie schluckte. „Bitte finden Sie ihn. Es muss ihm etwas passiert sein. Er würde mich nie so in Sorge bringen."

„Könnten irgendwelche Freunde oder gemeinsame Bekannte etwas über seinen Verbleib wissen?"

Frau Hirschhausen sah einen Moment ins Leere. „Freunde ...", sagte sie dann leise. „Er hat immer gearbeitet. Da blieb nicht viel Zeit, Freundschaften zu pflegen. Ich wüsste niemanden."

Jenny versicherte, dass sie alles tun würden, was in ihrer Macht stünde, und fühlte selbst, wie hohl diese Worte für die besorgte Ehefrau klingen mussten. Dann bat sie sie noch um ein aktuelles Foto.

Ihr Blick fiel auf einen gutaussehenden Mann Mitte fünfzig, hochgewachsen, schlank mit leicht vornübergebeugter Körperhaltung. Seine Haare waren mehr grau als braun und sein stechender Blick schien den Fotografen aufzufordern, endlich in die Pötte zu kommen.

Jenny bedankte sich. „Bitte bleiben Sie zu Hause, wenn möglich, damit jemand da ist, falls er sich melden sollte."

„Fahren wir als nächstes in die Klinik?", fragte Frank, als sie aus der Villa traten.

„Ja, und ruf Britta an, ob sie etwas herausgefunden hat."

Über die Freisprechanlage hörten beide mit, was ihre Kollegin zu berichten hatte. „Ich habe Wagen- und Handynummer, aber leider ist der Wagen nicht aufzufinden und die Handynummer nicht zu orten. Vermutlich ausgeschaltet. Es ist schwierig, etwas Persönliches über den Mann herauszufinden, dafür gibt es gefühlt eine Million Interneteinträge über seine beruflichen Erfolge. Er scheint gleich mehrere neue Behandlungsmöglichkeiten gegen Krebs entwickelt zu haben. Daneben engagiert er sich in etlichen sozialen Projekten. Ich habe überhaupt nichts Negatives über ihn finden können."

„Mr. Perfect?", fragte Jenny trocken.

„Genau. Was allerdings nicht ganz dazu passt, ist, dass er Jäger ist und eine eigene Jagd in Bayern hat."

Verachtung lag in Brittas Stimme, und Jenny sah Frank fragend an. Er verdrehte die Augen. „Sonst noch was Interessantes?", fragte er.

„Im Moment nicht. Aber ich bleibe dran."

Bevor Jenny fragen konnte, gab Frank ihr die Erklärung. „Britta ist passionierte Tierschützerin. Isst nur vegetarisch und Bio und so."

„Das ist ja nichts Schlechtes", sagte Jenny. „Ich bewundere Menschen mit genug Willenskraft. Bio kaufe ich natürlich auch, wo immer möglich, aber fleischlos. Nee, das schaff ich nicht. Ich schau halt, was ich kaufe. Diese Billig-Fleischangebote in den Supermärkten finde ich gruselig."

„Jetzt, wo du auf dem Land wohnst, kannst du ja beim Erzeuger kaufen. Da kennst du das Rind vielleicht persönlich." Er grinste zu ihr herüber.

Jenny sah ihn erschrocken an. „Was für eine schreckliche Vorstellung. Allerdings hab ich tatsächlich in den winzigen Dorf, wo ich momentan wohne, ein Hinweisschild gesehen, auf dem ‚Metzger' stand."

„Siehste!"

Kurz darauf fuhren sie auf den Parkplatz der Katharinen-Klinik und parkten vor einer großen Tafel, auf der unter anderem der Weg zur Onkologie ausgeschildert war.

Das Sekretariat war nicht besetzt, und so warteten sie einen Moment und sahen sich in dem kleinen Raum um. Auf dem Schreibtisch stand ein Namensschild Mathilde Heidt. An den weiß getünchten Wänden hingen Fotos, die Hirschhausen auf verschiedenen offiziellen Veranstaltungen zeigten, Hände schüttelnd, Preise überreichend und einmal beim Durchschneiden eines Absperrbandes.

„Hat er da eine ... was ist das?"

Frank trat neben sie. „Das ist die Hängeseilbrücke von Geierlay. Bis letztes Jahr war sie die längste Hängeseilbrücke Deutschlands. Dann haben sie irgendwo eine noch längere gebaut."

Jenny schüttelte sich bei der Vorstellung. Sie hatte es nicht so mit großen Höhen. Und dann eine schwankende ...

In diesem Moment kam eine ältere, streng aussehende Frau ins Zimmer gehastet. Sie trug einen Stapel Ordner und ließ sie mit einem erleichterten Schnaufen auf ihren Schreibtisch fallen. Dann nahm sie dahinter Platz und nickte ihnen zu. „Womit kann ich helfen?"

Jenny zeigte ihren brandneuen Ausweis und stellte sich und Frank vor. „Sie wissen vielleicht, dass Professor Hirschhausen vermisst wird?"

„Nein, wieso vermisst? Seine Frau rief am späten Vormittag an und suchte ihn, aber mir war nicht klar, dass er vermisst wird. Ich dachte, er hätte seinen Vormittagstermin vergessen. Obwohl das gar nicht zu ihm passt. Aber entschuldigen Sie, ich plappere. Wie kann ich helfen?"

„Gab es irgendetwas Auffälliges? Irgendetwas, das einen Hinweis liefern könnte, wo er gestern Abend hin gegangen oder warum er nicht nach Hause gefahren ist?"

Sie überlegte. „Ich habe mir natürlich schon Gedanken gemacht, wo er sein könnte. Er hat so nebenbei erwähnt, dass er keine Lust auf das Gespräch mit den Journalisten hat, das seine Frau organisiert hat. Aber es hat sich nicht so angehört, als wollte er ernsthaft nicht daran teilnehmen."

„Gab es ansonsten irgendetwas Besonderes in letzter Zeit? Hatte er Streit mit jemandem, Sorgen? Haben Sie etwas mitbekommen, oder hat er Ihnen etwas anvertraut?"

Frau Heidt überlegte diesmal etwas länger. „Nein, also, er hat einmal am Telefon sehr laut mit jemandem geredet. Fast, als würden sie sich streiten. Aber ich weiß nicht, wer am anderen Ende war, und er hat auch nicht darüber gesprochen. Wenn ich eine Vermutung anstellen müsste ..."

„Ja?", drängte Jenny.

„Da gibt es diese verrückte Esoterikerin. Sie ruft immer wieder an und schreibt und versucht, den Professor auf jede denkbar mögliche Weise zu diskreditieren. Ich musste sie sogar einmal aus dem Büro werfen! Aber das ist ewig her."

„Eine Esoterikerin? Was hat sie gegen Professor Hirschhausen?"

„Persönlich vermutlich gar nichts. Aber sie ist gegen Chemotherapien, Medikamente allgemein, Schulmedizin im besonderen … Sie kennen solche Leute und die kruden Theorien, die Sie aufstellen, vielleicht."

„Haben Sie einen Namen für uns?"

„Aber ja", erklärte Frau Heidt und blätterte in einem altmodischen Rollodex. „Name und Telefonnummer schreibe ich Ihnen auf. Aber die Frau ist harmlos. Denke ich zumindest. Was sollte sie mit dem Verschwinden des Professors zu tun haben? Falls er überhaupt verschwunden ist. Bestimmt ist er nur dienstlich unterwegs und hat vergessen, Bescheid zu sagen. Seine Frau hat vielleicht gar nicht gemerkt, dass er heute Nacht …" Sie biss sich auf die Unterlippe und sah verlegen zur Seite.

„Sind Sie sehr vertraut mit dem Professor?", fragte Jenny beiläufig.

Ein Lächeln ging über das Gesicht der Frau. „Aber ja. Ich bin seit fast zwanzig Jahren seine Sekretärin. Da wird man irgendwann wie ein altes Ehepaar."

„Dann wissen Sie sicher, wie es um seine Ehe bestellt ist?"

Frau Heydts Gesicht verschloss sich. „Normalerweise würde ich keine Auskunft über Professor Hirschhausens Privatleben geben. Aber da er verschwunden ist … Ich kann sagen, dass die Ehe sehr glücklich ist. Die beiden passen perfekt zusammen. Ich hatte nie den Eindruck, dass es irgendwelche Probleme gibt."

„Nun wissen wir aber, dass der Professor eine Geliebte hat …"

Die Frau wurde knallrot. „Ich … äh … davon weiß ich nichts."

„Das bezweifle ich. Er trifft sie immer Mittwochs. Da sie so vertraut miteinander sind und obendrein noch seinen Terminkalender führen, bin ich absolut sicher, dass Sie darüber Bescheid wissen."

„Nun gut, ja. Ich wusste davon. Ich fand es … unangemessen, aber wer bin ich, mir ein Urteil darüber zu erlauben?"

„Gut", sagte Jenny, „bitte übergeben Sie uns seinen Terminkalender. Und dann würden wir gerne sein Büro ansehen. Er hat doch sicher einen PC. Haben Sie das Passwort?"

Frau Heidt fand schnell zu ihrer ursprünglichen Professionalität zurück. „Den Terminkalender drucke ich Ihnen sofort aus. Das Passwort entzieht sich allerdings meiner Kenntnis."

Während Frank mit der Sekretärin die Termine der letzten Tage durchging, sah Jenny sich in Hirschhausens Büro um.

Ihr erster Eindruck war, dass sie noch nie einen so aufgeräumten Arbeitsraum gesehen hatte. Nichts lag herum, der Schreibtisch war, abgesehen von einem ausgeschalteten Monitor, leer. An den Wänden befanden sich geschlossene Schränke mit einheitlicher weißer Front, und auf der Fensterbank stand eine einzige blühende Orchidee, von der Jenny nicht wusste, ob sie echt war. Sie drückte den Startknopf des PCs und der Bildschirm erwachte zum Leben.

Ärgerlich wandte sie sich ab, als als erstes eine Eingabeaufforderung für ein Passwort erschien. Darum würde sich die IT-Abteilung kümmern müssen. Es sei denn ... Sie tippte den Vornamen von Frau Hirschhausen ein. Nichts. Dann versuchte sie es mit ‚Passwort'. Frustriert gab sie es auf und begann, die Schubladen zu durchsuchen. Vielleicht hatte er das Passwort irgendwo vermerkt. Sie fühlte auch unter der Tischplatte. In einem Krimi hatte sie gelesen, dass jemand dort einen Zettel mit dem Passwort versteckt hatte. In der Realität war ihr das noch nie untergekommen. Es wäre ja auch blödsinnig. Jede Putzfrau, die den Mülleimer unter dem Schreibtisch leerte oder dort putzte, könnte den Zettel finden.

In den Schubladen herrschte dieselbe akribische Ordnung wie im Rest des Raumes. Sie durchsuchte alles, fand aber nichts, das auf den ersten Blick einen Hinweis auf Hirschhausens Verschwinden liefern konnte. Sie fand weder Akten noch sonstiges Vertrauliches oder Wertvolles, was erklärte, warum keine der Schubladen verschlossen gewesen war. Wenn er nicht bald wieder auftauchte, würden sie sein Haus durchsuchen müssen. Doch dazu brauchten sie das Einverständnis seiner Frau. Noch war er nicht lange genug vermisst, und alles konnte eine harmlose Erklärung finden. Vielleicht hatte er auf dem

Heimweg einen Unfall gehabt. Doch dann hätte ihn schon längst jemand finden müssen.

Jenny gab das Spekulieren auf und ging zurück ins Vorzimmer, wo Frank ihr mit einem Kopfschütteln zu verstehen gab, dass er im Terminkalender auf keine Hinweise gestoßen war.

„Danke Frau Heidt", verabschiedete sich Jenny. „Bitte informieren Sie uns, falls Ihnen noch etwas einfällt. Ein paar Kollegen von unserer Computer-Abteilung kommen später vorbei und kümmern sich um die Inhalte des PCs. Vielleicht könnten Sie schon einmal in Ihrer IT-Abteilung Bescheid sagen, dass Sie Zugriff auf die Laufwerke brauchen werden. Bitte lassen Sie bis dahin niemanden an den PC."

In der Tür stießen sie mit einem bulligen, ganz in weiß gekleideten Mann zusammen.

„Holla", sagte er und musterte Jenny anerkennend. „Nicht so schnell, junge Frau."

Jenny maß ihn mit einem prüfenden Blick. Auf einem Schild an der Brusttasche stand Dr. Reginald Wölter. Er war auf eine grobe Weise attraktiv, hatte eine Glatze geschoren und Augen, die so blau waren, dass sie wie Eis wirkten.

„Dr. ... Wölter", sagte sie gedehnt und betrachtete das Namensschild mit zusammen gekniffenen Augenbrauen. „Sie wollen zu Professor Hirschhausen?"

„Ich ... wer sind Sie?", fragte er und trat zur Seite, um sie vorbei zu lassen. Jenny blieb jedoch stehen und versperrte weiter die Tür zum Büro. Frank stand hinter ihr, und sie spürte seinen Atem im Nacken.

Rasch zog sie ihren Ausweis aus der Gesäßtasche und zeigte ihn Wölter. „Können wir uns drinnen kurz unterhalten?", fragte sie.

Er betrachtete ihren Ausweis aufmerksam, sah ihr dann in die Augen und nickte. „Natürlich. Worum geht es denn?"

Sie antwortete erst, als sie im Büro waren und sich vor Frau Heidts Schreibtisch versammelten. „Herr Dr. Wölter", begann sie eine Erklärung. „Die Polizei ..."

Jenny hob die Hand, und die Frau verstummte.

„Sie sind ein Kollege von Professor Hirschhausen?"

„Sein Oberarzt", antwortete er knapp. „Aber worum geht es hier überhaupt? Ist etwas mit dem Professor?"

„Wie gut kennen Sie ihn? Treffen Sie sich auch privat?"

Sein Gesicht wurde ausdruckslos. „Nein. Wir sind Kollegen, sonst nichts."

„Was ist er für ein Mensch?", wollte Jenny wissen.

Wölter hob die Schultern. „Ein großartiger Arzt, ein großzügiger Mäzen, Retter der Witwen und Waisen. Was wollen Sie noch mehr wissen?", erklärte er leichthin.

Jenny sah kurz zu der Sekretärin, die mit versteinertem Gesicht den Wortwechsel verfolgte. Dann trat sie einen Schritt auf Wölter zu. „Sie mögen Ihren Chef nicht besonders?"

„Aber doch. Absolut! Ich bewundere ihn sehr. Er ist so ein guter Mensch. Während ich mehr ... das Enfant terrible bin." Er zwinkerte ihr zu. „Aber jetzt sagen Sie mir doch bitte, was eigentlich los ist."

„Ein andermal", erklärte Jenny und lächelte charmant. „Auf Wiedersehen."

Sie ließ den verblüfften Oberarzt einfach stehen und ging, gefolgt von einem nicht weniger verblüfften Frank hinaus.

*

Draußen blieben sie einen Moment auf dem Parkplatz stehen. Jenny atmete tief die frühlingshaft riechende Luft ein, die hier weniger als in der Innenstadt von Autoabgasen durchsetzt war.

„So, wie gehen wir weiter vor?", fragte sie Frank, der sie, statt zu antworten, erschrocken ansah. Von seiner Rektion überrascht wartete sie, doch außer, dass er zweimal den Mund öffnete, wie um zum Sprechen anzusetzen, passierte nichts.

„Keine Idee?", fragte sie freundlich.

„Vielleicht sollten wir ... Also, wenn du meinst, es wäre richtig, könnten wir mit der Geliebten sprechen. Nur so für alle Fälle", setzte er hinzu und schwieg dann, offensichtlich verlegen.

„Genau. Das wäre auch mein nächstes Vorgehen", bestätigte Jenny und registrierte, dass Frank erleichtert ausatmete.

„Wie hat denn Wolny das Team geleitet?", fragte sie gerade heraus.

„Wolly war schon okay", beeilte Frank sich zu versichern. „Er hatte es nur nicht so gerne, wenn wir eigenständig gearbeitet haben. Er hat gerne alles bestimmt."

So ähnlich hatte Jenny es sich vorgestellt. Da würde er sich allerdings ebenso umstellen müssen wie sie. Logo und Sascha würden sich von ihm kaum vorschreiben lassen, was sie zu tun und zu lassen hätten. Wenn er allerdings Dienstgruppenleiter würde, sähe die Sache anders aus. Nach einem Tausch war es jedoch zunächst für eine Karenzfrist nicht möglich, Leiter einer Ermittlungsgruppe zu werden. Nicht auszudenken, wenn er irgendwann Logo und Sascha vor die Nase gesetzt werden würde. Sie musste lächeln. Das würde Mord und Totschlag geben. Momentan mussten die beiden ihre Revierkämpfe wenigstens nur untereinander führen.

Sie konzentrierte sich wieder auf Frank. „Nun, ich habe es gerne, wenn eigenständig gearbeitet wird. Wir sind ein Team und am erfolgreichsten, wenn jeder seine Ideen einbringt. Also dann, lass uns zu der Geliebten ... sie sah in ihr Notizbuch ... Sabine Senger fahren. Sie wohnt in Mülheim-Kärlich."

*

Es dauerte eine gute halbe Stunde, bis sie durch den Koblenzer Verkehr über die B 9 nach Mülheim-Kärlich gefahren waren. Sie passierten das riesige Gewerbegebiet, in dem Jenny einige interessante Outlets entdeckte.

In einem Neubaugebiet hielten sie vor einem niedrigen weißen Bungalow. Die Frau, die ihnen öffnete, sah anders aus, als Jenny erwartet hatte. Sie war klein und zierlich, hatte dünne mausgraue Haare und war alles andere als hübsch. Alles in allem war sie das genaue Gegenteil von Frau Hirschhausen. Vielleicht lag gerade darin der Reiz für den Professor.

Es schien, als hätte Frau Senger sie bereits erwartet.

„Polizei, oder?", sagte sie mit leiser Stimme und hielt die Tür auf. „Bitte. Hat man Sebastian immer noch nicht gefunden?" Auf Jennys

Blick ergänzte sie: „Freu Heidt hat mich eben angerufen. Bitte kommen Sie. Also weiß man noch nicht ...?"

Sie gingen an ihr vorbei in einen hellen Flur mit Kiefermöbeln und einem Korbstuhl, auf dem eine Katze schlief.

„Leider nein", sagte Jenny und sah sich um.

„Möchten Sie in die Küche kommen? Ich habe gerade Tee aufgesetzt."

Auch in der Küche dominierte ein ländlicher Stil mit karierten Decken, Korbmöbeln und Rüschengardinen an den Fenstern.

Sie setzten sich an den Tisch und Sabine Senger stellte Teetassen und eine getöpferte Schale mit Kandis vor sie hin.

Nachdem sie einen Schluck getrunken hatte, fragte Jenny geradeheraus. „Sie sind die Geliebte des Professors?"

Die Frau sah ihr ohne Verlegenheit ins Gesicht. „Ja, seit fast zwei Jahren."

„Wann haben Sie ihn das letzte Mal gesehen?"

„Mittwoch." Ihre Stimme war fest, aber so leise, dass Jenny sie kaum verstand. „Wir sehen uns immer Mittwochs."

„Haben Sie irgendeine Idee, warum oder wohin er verschwunden sein könnte?"

„Nein", kam die Antwort ohne Zögern. „Ich habe keine Ahnung. Ich mache mir sehr große Sorgen."

Jenny fing Franks Blick auf und nickte ihm zu. Frank beugte sich vor und fragte mit einfühlsamer Stimme. „Wollte er seine Frau verlassen?"

Sabine Senger wandte sich ihm überrascht zu. „Aber nein. Sicher nicht. Er liebte seine Frau sehr."

„Aber ..." Jetzt sah Frank hilfesuchend zu Jenny.

„Trotzdem war er mit Ihnen zusammen. Und das schon seit zwei Jahren", sprang Jenny in die Bresche. „Wollten Sie nicht mehr von ihm als nur die Mittwoche?"

„Er hat mir von Anfang an gesagt, dass er seine Frau liebt und nie verlassen würde. Das mit uns ... Ich weiß nicht, was das mit uns ist. Aber es bedeutet uns beiden sehr viel. Ich bin glücklich so, wie es ist."

Jenny hatte da ihre Zweifel, aber schließlich waren sie nicht deswegen hier. „War er in der letzten Zeit anders als sonst? Besorgt zum Beispiel?"

Die Frau wollte schon den Kopf schütteln, hielt dann jedoch inne. „Jetzt, wo sie es sagen. Er war einige Male abwesend, was sehr ungewöhnlich für ihn war. Als ich ihn fragte, antwortete er ausweichend. Er sei da an etwas dran, über das er nicht reden könne. Meinen Sie, das hat vielleicht etwas mit seinem Verschwinden zu tun?"

„Ich habe keine Ahnung", antwortete Jenny wahrheitsgemäß.

Kapitel 7

„Bingo", rief Sascha zur selben Zeit im Frankfurter Präsidium. „Ich habe etwas." Stirnrunzelnd las er den Text der Vermisstenmeldung. „Helmut Roth, neunundvierzig Jahre, vermisst seit gestern, schwer krank, braucht dringend Medikamente, trägt einen Notfallanhänger."

Sascha sah auf. „Das könnte er sein."

„Versuch, alles über ihn heraus zu finden. Alles, was dem Prof helfen könnte, ihn zu identifizieren", wies Logo ihn an. „Wer weiß, ob sie den Anhänger öffnen können und ob der Inhalt lesbar ist."

Sascha sah erstaunt auf. „Wir brauchen doch nur DNA von dem Vermissten besorgen. Dann kann der Prof sie sofort abgleichen. Gebissaufnahmen von seinem Zahnarzt wären auch hilfreich."

„Geht das mit der DNA denn auch bei einem Brandopfer?", fragte Logo erstaunt. „Verschmort da nicht alles?"

Sascha schüttelte den Kopf. „Wie lange machst du den Job schon? So was müsstest du eigentlich wissen. Auch bei völlig verbrannten Leichen lässt sich in der Regel noch DNA nachweisen."

„Du weißt doch, dass ich diesen Kram hasse. Dann mach dich auf den Weg und besorg das Zeug."

„Jawohl Chef!" Sascha salutierte und verließ grußlos das Büro.

Die Adresse des Vermissten lag im Frankfurter Stadtteil Gallus, einem aus vielen ehemaligen Arbeitersiedlungen bestehenden Gebiet zwischen den Gleisen des Hauptbahnhofs und des Güterbahnhofs.

Sascha fuhr an den gleichförmigen Wohnblöcken vorbei und reckte den Hals, um die Hausnummern lesen zu können. Er quetschte den Dienstwagen in eine winzige Parklücke.

Eine verhärmt aussehende Frau öffnete ihm die Tür. Ihr Blick leuchtete für eine Sekunde hoffnungsvoll auf. Offensichtlich erkannte sie jedoch schnell, dass Sascha ihr keine glückliche Nachricht überbringen würde.

„Haben Sie Helmut gefunden?", fragte sie, ohne ihn hereinzubitten.

„Darf ich reinkommen?", fragte Sascha.

Frau Roth machte die Tür wie in Trance weiter auf. „Er ist tot, oder?", sagte sie und schlurfte auf ausgetretenen Pantoffeln voran in die gute Stube.

Sascha hatte das Gefühl, sich bücken zu müssen, so niedrig schien ihm das kleine, vollgestellte Wohnzimmer mit seinem Nippes und seinen Schondeckchen. Obwohl alles blitzsauber war, roch es irgendwie muffig. An eine Wand gequetscht stand ein unbenutztes Krankenhausbett mit einem Plastiküberzug.

Sie blieben neben der Eckcouch stehen. Frau Roth bot ihm keinen Platz an.

„Es ist so ...", begann Sascha unbehaglich. Dann fing er nochmal anders an. „Hat Ihr Mann einen Notfallanhänger?"

Die Frau schlug eine Hand vor den Mund. Dann ließ sie sie langsam sinken. „Sie haben ihn gefunden? Sie haben Helmut gefunden? Er ist tot, oder?"

„Wir haben einen Toten gefunden, der noch nicht identifiziert werden konnte. Er hatte einen solchen Anhänger. Es könnte sich um Ihren Mann handeln."

Frau Roth schwankte und Sascha griff schnell nach ihrem Ellbogen und stützte sie. Er schob sie zur Couch und half ihr, sich zu setzen. Dann ließ er sich neben ihr nieder und wartete, bis sie sich etwas gefangen hatte.

„Er wäre sowieso bald gestorben", sagte sie tonlos. „Lungenkrebs. Dabei hat er nie geraucht."

„Wann haben Sie ihn das letzte Mal gesehen?", fragte Sascha behutsam.

„Gestern Abend. Nach dem Abendessen war's. Wir sehen immer diese Quizsendung. Als sie fertig war, wollte er nochmal weg. Spazieren. Er ist einfach nicht wieder gekommen. Er geht sonst nie abends weg. Wo ist er denn bloß hin?" Sie brach in Tränen aus und lehnte sich an Sascha, der unbeholfen ihren Rücken streichelte und gleichzeitig in seiner Tasche nach einem Taschentuch kramte.

„Sein ganzes Leben hat er hart gearbeitet", redete die Frau mit tränenerstickter Stimme weiter. „Immer Schicht. Damals war's noch die Höchst AG. Dabei wollt er das Abi nachmachen. Aber dann kam gleich

Elli, das ist unsre Älteste, und da war das nix mehr mit der Abendschule. Und ein Jahr später dann gleich der Alex. Und jetzt, wo die Kinder aus dem Haus sind und wir's uns hätten schön machen können …"

Sascha wusste nicht, was er sagen sollte, doch Frau Roth erwartete offensichtlich keine Antwort. Sie putzte sich die Nase und redete weiter. „Vor vier Jahren war's. Da hat er nachts immer so geschwitzt. Und gehustet. Und der Arm hat ihm wehgetan. Helmut, sag ich, Helmut, du musst zum Arzt gehen und er sagt, nee Frieda, das is nix, das geht schon vorbei. Und dann, als es nich mehr anders ging und er doch hin musste, da war's zu spät. Kleinzelliges Adenokarzinom", sprach sie so sorgfältig aus, als hätte sie es auswendig gelernt, was vermutlich auch der Fall war. „Er hat schon fünf Chemos bekommen. Fünf! Und es is immer schlechter mit ihm geworden. Nur noch zu Hause rumsitzen konnte er. Es hat ihn verrückt gemacht. Das muss doch besser werden, hat er gesagt. Wofür denn sonst die ganze Behandlung? Sagen Sie mir, wofür die ganze …?" Ihre Stimme brach, und sie begann, haltlos zu schluchzen.

„Wie gesagt, wir wissen noch nicht genau, ob es Ihr Mann ist", erklärte Sascha hilflos. „Soll ich jemanden für Sie anrufen? Ihre Kinder?"

„Die Kinder … ich muss es ihnen sagen … die leben in Berlin, alle beide." Zu seinem Schrecken merkte Sascha, dass Frau Roth weiß im Gesicht wurde und in sich zusammen sackte. Schnell half er ihr, sich auf die Couch zu legen, und rief einen Notarzt.

Zehn Minuten später übergab er Frau Roth erleichtert in die Hände der Besatzung eines Rettungswagens. Der herbeigerufene Notarzt hatte ihr eine Injektion verabreicht und sich für ihre stationäre Aufnahme ausgesprochen. Obwohl die Frau kaum mehr ansprechbar war, hatte Sascha sich doch die Erlaubnis holen können, DNA Proben sicher zu stellen. Er ging ins Bad und nahm Helmut Roths Rasierer an sich. Da er nicht wusste, welche der beiden Zahnbürsten seine war, steckte er kurzerhand beide ein. Vorher hatte er sich vergewissert, dass eine Ersatzzahnbürste bereit lag.

Sein nächster Weg führte ihn in die Gerichtsmedizin in Frankfurt, wo er die Proben in der Hoffnung auf neue Informationen direkt dem Prof überreichte.

„Na, haben Sie es doch nicht ohne eine feine, aufgeschnittene Leiche ausgehalten?" Professor Schwind schien bester Laune zu sein. „Die hier ist allerdings schon ein bisschen kross. Kommen Sie ruhig näher. Ich weiß ja, dass Sie nicht so einen schwachen Magen haben wie Ihr Kollege!"

Sascha fühlte sich verpflichtet, Logo in Schutz zu nehmen. „Es kann ja nicht jeder so abgebrüht sein. Logo ist halt eher der sensible."

„Herr Stein?", fragte der Prof ungläubig. „Na, wenn Sie es sagen. Was macht überhaupt Frau Becker? Ich glaub ja nicht, dass sie es lange in der Provinz aushält."

„Sie hat sich nur einmal kurz gemeldet. Da ging es ihr gut."

Der Prof wollte etwas sagen, zögerte dann aber und wandte sich der Leiche zu.

„Männlich, circa fünfzig, wurde erwürgt."

„Erwürgt?", fragte Sascha überrascht. „Also war er schon tot, als der Brand ausbrach?"

Der Prof nickte. „Gefesselt, auf den Turm geschleppt, erwürgt, Turm angezündet. Die Reihenfolge ist reine Vermutung. Vielleicht auch unten erwürgt und tot hoch geschleppt. Wäre aber einfacher gewesen, wenn er noch gelaufen wäre."

Sascha dachte einen Moment nach. „Also hat man nicht versucht, den Tod als Unfall darzustellen. Sonst hätte man ihn hinuntergeworfen und die Fesseln entfernt."

„Würde ich annehmen, aber wer bin ich, Ihren Job zu machen. Auf jeden Fall konnte ich DNA sicherstellen. Haben Sie Vergleichsproben?"

Sascha überreichte seine Probenbeutel.

„Gut, gut. Morgen Abend könnten wir Ergebnisse haben. Vielleicht auch erst übermorgen. Aber wir konnten diese Notfallkapsel öffnen. Der Inhalt ist durch die Hitze beschädigt, aber man konnte noch ein paar Wörter lesen. Sie liegt da hinten auf dem Tisch."

Gespannt ging Sascha zu dem Stahltisch und betrachte die verfärbten Papierschnipsel, die einzeln unter Glas gepresst aufgereiht waren. Daneben lagen die teilweise geschmolzenen Teile der Kapsel in einer Schale. Sascha beugte sich über die Schnipsel und kniff die Augen zusammen. Dann nahm er eine Lupe, die danebenlag, und versuchte, die Schrift zu entziffern. Einen Moment später richtete er sich auf und seufzte. Wenn Helmut Roth seinen Anhänger nicht verliehen hatte, war er identifiziert.

Sascha winkte dem Prof zu, betrachtete noch einmal neugierig die verkohlten Überreste der Leiche und machte sich dann auf den Weg zurück ins Präsidium.

*

Jenny und Frank waren ins Koblenzer Präsidium zurückgekehrt und hatten ihre Ergebnisse mit Brittas abgeglichen. Die Suche nach Hirschhausen lief, und da sie momentan nicht mehr tun konnten, machten sie gegen achtzehn Uhr Schluss.

Als Jenny eine halbe Stunde später vor ihrem Haus hielt, schallte laute Schlagermusik aus dem Erdgeschoss. Ihre Nachbarn waren offensichtlich eingetroffen. Die Schafe hatten sich an das entfernte Ende der Weide zurückgezogen, wofür Jenny vollstes Verständnis hatte.

Sie ging ins Haus und überlegte, ob sie sich vorstellen sollte, ließ es dann jedoch. Vermutlich hatten sie Besuch. Besuch mit einem fragwürdigen Musikgeschmack.

Erleichtert schloss sie ihre Eingangstür hinter sich und lehnte sich dagegen. Nur um gequält aufzustöhnen.

Die Isolierung schien in diesem Haus ausgesprochen dünn zu sein. Die Musik war ein Stockwerk höher und hinter geschlossener Tür fast unverändert laut.

Eine Stunde später war sie kurz davor, verrückt zu werden. Sie hatte versucht, fernzusehen, zu lesen, im Internet zu recherchieren, doch der infernalische Krach aus der Wohnung unter ihr machte es unmöglich, einen klaren Gedanken zu fassen.

Entschlossen marschierte sie nach unten und klingelte.

Ein blonder Hüne mit strubbligen blonden Haaren riss die Tür auf und strahlte sie an.

„Sie sind bestimmt die neue Nachbarin von oben!", rief er mit dröhnender Stimme. „Kommen Sie rein. Wir essen gerade zu Abend. Essen Sie mit. Svantje!", brüllte er über die Schulter. „Leg noch einen Teller auf!"

Jenny versuchte, etwas zu sagen, doch er fiel ihr ins Wort. „Kommen Sie, kommen Sie!"

Sie hob abwehrend die Hand und er hielt für einen kurzen Moment inne. Bevor er weiter brüllen konnte, sagte sie schnell. „Die Musik. Könnten Sie sie wohl etwas leiser machen?"

„Was?" Er war völlig verblüfft. „Ist sie zu laut? Natürlich machen wir sie leiser. Svantje, komm doch mal."

Eine dralle Mittdreißigerin mit ebenso flachsblonden Haaren kam, einen Kochlöffel in der Hand, aus dem Inneren der Wohnung. „Hallo! Sie wohnen oben, ja? Dann auf gute Nachbarschaft. Wollen Sie mitessen? Es gibt Frikandellen!"

„Nein, bitte nicht", sagte Jenny schwach. „Ich meine, ich habe schon gegessen. Nur die Musik."

„Schön, gell?", lachte Svantje.

„Sie ist …" Der Hüne zog fragend die Augenbrauen zusammen. „Wie heißt du eigentlich?"

„Becker", sagte Jenny fest. „Jenny Becker."

„Jenny", er lachte schallend. „Ich bin der Luuk."

„Also, was ich sagen wollte, Svantje. Die Musik ist der Jenny zu laut."

„Wirklich? Dann machen wir sie gleich leiser. Du willst wirklich nicht mitessen?"

„Wirklich nicht", sagte Jenny bestimmt. „Ich muss auch wieder nach oben und noch etwas arbeiten."

Svantje verschwand und die Musik wurde auf ein erträgliches Maß gedämpft. Erleichtert ging Jenny in ihre Wohnung und setzte sich in der Absicht, noch etwas am Laptop zu arbeiten, auf die Couch. Kaum hatte sie ihn aufgeklappt, setzte das Wummern von unten wieder ein. Lauter als zuvor. Entnervt ließ sie Arbeit Arbeit sein, zog sich ihre dicke Jacke an und verließ das Haus. Sie würde einen langen Spaziergang machen und wenn es noch so laut wäre, wenn sie wieder käme, würde sie Klartext reden.

Sie folgte der unbefestigten Schotterstraße, die einige hundert Meter hinter der Schafweide in ein Waldgebiet führte. Hier standen weit zurückgesetzt und halb versteckt hinter Bäumen vereinzelte Gebäude. In einigen brannte Licht, andere lagen dunkel da und machten einen unbewohnten Eindruck.

Nachdem sie die letzten Häuser hinter sich gelassen hatte, bog sie an einer Weggabelung rechts ab und folgte einem Waldweg, der stetig bergauf führte. Bald war sie außer Atem und verlangsamte ihr Tempo.

Sie passierte eine Stelle, an der ein alter imposanter Baumstumpf prangte. Neben ihm luden zwei Bänke und ein Tisch zum Ausruhen ein. Neugierig trat sie näher. Ein Schild bezeichnete den Stumpf als ehemaligen Katzenbaum. Ein neuer, junger Baum neben ihm sollte den alten wohl ersetzen.

Nachdem sie verschnauft hatte, wanderte sie weiter. Still war es hier. Sie begegnete niemandem und hörte nichts außer Vogelstimmen. Langsam dämmerte es, und sie blieb zögernd an einer Abzweigung stehen. Sollte sie versuchen, hier links zu gehen und so einen anderen Weg zurück zu nehmen? Da es jetzt schnell dunkel wurde, entschied sie sich dagegen und nahm denselben Weg zurück, den sie gekommen war. Es war fast neun, als sie sich ihrem Haus näherte. Alles war dunkel und still. Erleichtert kramte sie nach ihrem Schlüssel.

Um ein Uhr nachts schrak sie aus dem Schlaf. Lautes Schreien und Trampeln hallte durch das ganze Haus. Ihre Nachbarn kamen offensichtlich nach Hause. Jenny zog sich das Kissen über den Kopf. Viel brachte es nicht, doch nach einer halben Stunde trat endlich Ruhe ein.

Kapitel 8

Sascha machte sich auf den langen Weg durchs Polizeipräsidium. Von den Räumen des K11, der Mordkommission, zu den Büros der Staatsanwaltschaft lief man, selbst wenn man ein zügiges Tempo vorlegte, fast zehn Minuten. Vor vorneherein war ihm klar gewesen, dass Logo ihn schicken würde, statt den Fall selbst dem zuständigen Staatsanwalt vorzulegen. Vermutlich war Biederkopf für den Fall eingeteilt. Hatte Logo schon früher Jennys Freund distanziert betrachtet, so war er jetzt, wo dieser Jenny so schnöde hatte sitzen lassen, endgültig schlecht auf ihn zu sprechen.

Auch Sascha war wütend auf den Staatsanwalt, konnte jedoch auch immer noch nicht richtig glauben, was da passiert war. Sollte er sich so in ihm getäuscht haben?

Er klopfte und Biederkopfs Sekretärin, Frau Wiegand, rief, schroff wie immer: „Herein!"

„Herr Meister", begrüßte sie ihn, nachdem er eingetreten war, und die Tür hinter sich geschlossen hatte. „Was kann ich für Sie tun?"

„Der neue Fall ... der Tote vom Goetheturm. Ist Staatsanwalt Biederkopf zuständig?"

Sie tippte einen Moment auf der Tastatur.

„Herr Biederkopf wird einige Wochen nicht hier sein. Dr. Lüders vertritt ihn und wird Ihre Ansprechpartnerin sein. Moment, ich frage, ob sie Zeit hat."

Sie stand auf und öffnete die Tür am anderen Ende des Vorzimmers gerade so weit, dass sie den Kopf hindurch stecken konnte. Sascha hörte einen leisen Wortwechsel, dann drehte Frau Wiegand sich um.

„Sie können hineingehen."

Sie stieß die Tür auf und ging zu ihrem Platz zurück. Sascha ging energischen Schrittes in Biederkopfs Büro. Zu seiner Überraschung saß hinter dem Schreibtisch eine ältere Frau mit grauen Haaren und einer unvorteilhaften Brille mit dickem Rand.

„Kommen Sie", sagte sie, ohne zu lächeln, und winkte ungeduldig. „Los, los, ich habe nicht den ganzen Tag Zeit."

Sascha ging rasch näher und streckte die Hand aus. „Sascha Meister, K 11."

Sie drückte sie kurz, aber energisch, und nickte zum Besucherstuhl.

„Also, was haben wir?" Erwartungsvoll beugte sie sich vor.

Sascha gab ihr die Kurzfassung, achtete jedoch darauf, alle Fakten lückenlos darzulegen. Allzu viele waren es ja nicht.

Dr. Lüders hörte aufmerksam zu. „Was ist das für ein Quatsch?", fragte sie dann. „Wer schleppt denn jemanden auf den Goetheturm, um ihn dann zu ermorden und den Turm anzustecken?" Bevor Sascha etwas sagen konnte, sprach sie weiter. „Da liegt die Lösung des Falls. Wenn Sie herausfinden, warum der Mörder so gehandelt hat, haben Sie ihn. Bitte halten Sie mich auf dem Laufenden."

Damit war Sascha entlassen. Er schloss die Tür zum Vorzimmer fest hinter sich und stellte sich neben Frau Wiegands Schreibtisch. „Wo ist denn Staatsanwalt Biederkopf hin?"

„Darüber darf ich keine Auskunft geben."

Sascha verdaute das einen Moment. „Und Frau Dr. Lüders? Woher kommt sie so plötzlich?"

„Sie ist kürzlich aus Kassel nach Frankfurt gezogen. Noch etwas?"

Sascha schüttelte den Kopf. Er verabschiedete sich nachdenklich und machte sich auf den weiten Rückweg. Unterwegs bog er kurz in die Kantine ab und kaufte zwei belegte Brötchen mit Ahle Worscht.

Logo blickte nur kurz auf, als Sascha ins Büro kam. Er las stirnrunzelnd einen Bericht, schnupperte dann jedoch und sah Sascha direkt an. „Was riecht hier so gut?"

„Das", erklärte Sascha und legte ihm ein Brötchen mit einer Serviette auf den Schreibtisch.

„Wahnsinn. Danke. Das kommt gerade recht!", rief Logo, schnappte sich das Brötchen und biss herzhaft hinein. „Ahle Worscht?"

„Ja", bestätigte Sascha. „Dieselbe übrigens, die's auch im Kaufhaus Hessen gibt. Wurde kürzlich prämiert!"

„Und die gibt's bei uns in der Kantine?", wunderte sich Logo. Dann tippte er auf das Blatt vor ihm. „Die Spusi hat einen vorläufigen Bericht geschickt. In der Nähe des Goetheturms befand sich eine Art Lager in einem Gebüsch. Jemand scheint sich dort längere Zeit aufgehalten zu haben. Im Gras lag ein Bonbonpapier."

„Vielleicht hat das gar nichts mit dem Fall zu tun. Da treiben sich auch viele Jugendliche herum", sagte Sascha zweifelnd.

„Vielleicht aber doch. Warten wir einfach die Untersuchungen ab. Was hast du rausgefunden?"

Sascha informierte ihn über die Ergebnisse und auch über den Besuch bei Staatsanwältin Lüders.

„Wo ist Biederkopf bloß?", wunderte sich Logo. „Vielleicht ist er Jenny hinterher und versucht, sie zurückzuholen."

„Dazu braucht er kaum mehrere Wochen. Vielleicht macht er einen langen Urlaub."

„Ob er ne Neue hat?", überlegte Logo laut. „Das könnte der Grund sein, dass er Jenny ..." Er seufzte. „Wir werden es irgendwann erfahren. Lass uns überlegen, wie wir weiter vorgehen."

„Wir sollten das Umfeld des Verstorbenen weiter beleuchten", schlug Sascha vorsichtig vor. „Irgendjemand weiß vielleicht, warum Roth sich so ungewöhnlich verhalten hat und abends noch mal weg wollte."

„Sicher", bestätigte Logo und sah auf die Uhr. „Wie weit ziehen wir den Kreis? Unterhältst du dich noch einmal mit der Ehefrau, dem Rest der Familie und möglichen Freunden? Ich spreche mit den Ärzten und mache mir ein genaues Bild von dem Verlauf seiner Behandlung."

„Gut. Aber erst esse ich mein Brötchen!"

Kapitel 9

Nachdem er den letzten Bissen herunter geschluckt hatte, erkundigte sich Sascha telefonisch im Sachsenhäuser Krankenhaus nach Frau Roth und erfuhr, dass sie noch einen Tag zur Beobachtung würde bleiben müssen. Ihr Zustand war noch bedenklich und ihr Arzt riet von einer Befragung zu diesem Zeitpunkt ab. Ihre Tochter war auf dem Weg von Berlin nach Frankfurt und würde spät am selben Abend eintreffen.

Ohne sich viel Hoffnung zu machen, durchsuchte er die sozialen Netzwerke nach Einträgen zu Helmut Roth und wurde zu seiner Überraschung fündig.

„Roth war im Vorstand des Frankfurter Katzenschutzvereins. Vielleicht sollte ich mich dort umhören. Der Arzt möchte momentan nicht, dass ich mich mit Frau Roth unterhalte."

„Ob du da heute noch jemanden erwischst?", meinte Logo wenig optimistisch.

„Ich probier es einfach", antwortete Sascha und griff nach seiner Jacke.

Der Frankfurter Katzenschutzverein befand sich in einer kleinen Sackgasse, die von der Mainuferstraße in Höhe Oberrad abging. Das Tor war geschlossen, auf dem Gelände war jedoch ein Mann zu sehen, der den Weg fegte. Sascha klingelte und winkte, als der Mann herübersah. „Sprechstunde ist nur bis 15.30 Uhr!", rief er mit genervtem Unterton.

„Für mich nicht!", rief Sascha zurück und hob seinen Ausweis in die Höhe.

Der Mann kam, den Besen in der Hand, näher. Als er direkt am Zaun stand, kniff er die Augen zusammen und studierte den Ausweis ausgiebig.

„Polizei? Was ist denn? Geht es um ein Fundtier?"

„Ich möchte jemanden sprechen, der Herrn Roth kennt."

„Der is nich hier."

Langsam wurde es Sascha zu bunt. „Lassen Sie mich jetzt bitte herein."

Widerwillig öffnete der Mitarbeiter die Tür. „Ich mach hier nur sauber. Freiwilliges Soziales Jahr. Naja, ist gar nicht so schlecht hier."

Er schlurfte voran zu einem Nebenbau und wies auf eine Tür. „Gehn Sie ruhig rein. Das Büro ist gleich links."

Auf Saschas Klopfen reagierte niemand, und so öffnete er die Tür und ging in den kleinen, vollgestellten Raum. Zunächst dachte er, dass er bis auf die abgenutzten Möbel leer wäre, dann sah er jedoch, dass in einem etwa einem mal einem Meter großen Klappkäfig eine schwarze Katze mit weißen Pfötchen und einem weißen Latz lag. Er hockte sich vor sie und legte die Hand auf das Gitter. Die Katze starrte teilnahmslos vor sich hin. Sie sah schlecht aus, mager und struppig. Der Futternapf in der Ecke schien unangetastet.

„Sie ist blind", sagte unerwartet eine Stimme hinter ihm.

Erschrocken fuhr er hoch und konnte das Gleichgewicht nur halten, indem er sich an dem Käfig festhielt. Die Katze quittierte die Erschütterung mit einem zaghaften Maunzen, das ihm direkt in die Seele drang.

„Blind? Was ist ihr passiert?", wollte er wissen und blickte in die Augen einer Frau.

„Nichts. Sie ist nur alt geworden und ihren Besitzern zur Last gefallen. Sie haben sie einfach hier abgeliefert. Dabei ist es eine ganz liebe. Ich weiß nicht, ob sie es schafft. Sie trauert sehr. Wir brauchen dringend ein Zuhause für sie."

Sascha war fassungslos. „Das gibt es doch gar nicht. Ich weiß ja, dass Menschen zu vielem fähig sind. Aber wer gibt denn seine alte blinde Katze ins Tierheim?"

Sie zuckte mit den Schultern. „Was ich so alles zu sehen bekomme … Aber Sie ja sicher auch. Sie sind von der Polizei, sagt Peter?"

„Kommissar Meister", stellte er sich vor. „Und Sie sind?"

„Ich bin die zweite Vorsitzende, Martina Schnabel. Was kann ich für Sie tun?"

Sascha hatte Mühe, sich auf den eigentlichen Grund seines Hierseins zu konzentrieren. „Es geht um Herrn Roth", erklärte er.

„Helmut? Ich habe ihn seit Monaten nicht gesehen."

„Aber ist er denn nicht im Vorstand des Vereins?"

„Doch", bestätigte sie. „Aber als es mit seiner Lunge schlimmer wurde, hat er die Katzenhaare und den Staub von den Katzenklos nicht mehr vertragen. Als letztes hab ich ihn bei der Weihnachtsfeier gesehen, und da ist er nicht lange geblieben."

„Steht ihm irgendjemand hier näher? Können Sie mir irgendetwas über ihn erzählen?"

„Warum fragen Sie das überhaupt? Was ist denn mit ihm?"

Sascha erklärte es ihr. Die Frau, deren Namen er immer noch nicht wusste, wurde blass und ließ sich auf den Stuhl sinken. „Helmut ist tot? Ich meine ... wir wussten ja alle, dass er todkrank war. Aber er- ermordet?"

„Nochmal zu meinen Fragen ..."

Sie schüttelte den Kopf. „Wir haben uns gerade neulich unterhalten, dass niemand mehr richtigen Kontakt zu Helmut hat. Wir sind ja sowieso nur wenig feste Mitarbeiter und ein paar ehrenamtliche, die hier oder da helfen. Auch sonst weiß ich nicht viel über ihn. Er hatte seine Familie ... früher noch seine Katze, bis sie eingeschläfert werden musste. Aber sonst ..."

„Ein Hobby vielleicht?"

„Ach je, er war ja schon Jahre krank."

„Wissen Sie zufällig, ob er in eine Selbsthilfegruppe ging?"

Ihr Gesicht hellte sich auf. „Aber ja. Das weiß ich. Im Sachsenhäuser Krankenhaus!"

Sascha bedankte sich. Dann blieb er unschlüssig in der Tür stehen.

Zehn Minuten später verließ er das Büro, hundert Euro ärmer, einen Schutzvertrag in der Tasche und eine Einkaufsliste für Haustierzubehör.

Kapitel 10

Morgens fuhr Sascha direkt ins Krankenhaus und erhielt vom Arzt die Erlaubnis, mit Frau Roth zu sprechen. Noch am Abend vorher war ihr mitgeteilt worden, dass es sich bei dem Toten um ihren Mann handelte. Sie saß aufrecht in den Kissen und schob ihr Essen auf dem Frühstückstablett hin und her.

Am Bett saß eine etwa vierzigjährige Frau, deren Ähnlichkeit mit ihrer Mutter frappierend war.

„Guten Morgen", grüßte Sascha und trat näher. „Geht es Ihnen ein bisschen besser?"

Frau Roth nickte. „Ja, schon. Obwohl ich das alles immer noch nicht glauben kann."

Die jüngere Frau war aufgestanden und streckte ihm die Hand hin. „Breuer. Ich bin die Tochter. Wissen Sie schon mehr?"

„Noch nicht", erklärte Sascha. „Die Ermittlungen laufen auf vollen Touren, aber es dauert, bis Ergebnisse da sind." Er wandte sich wieder an Frau Roth. „Ist Ihnen noch irgendetwas eingefallen? Zum Beispiel, wo Ihr Mann hinwollte?"

Die Frau hatte inzwischen das Tablett zur Seite geschoben und knetete mit arthritischen Fingern den Rand der Bettdecke.

„Er war schon ein paar Monate so komisch", begann sie. „Ich glaube fast ..." Sie warf einen entschuldigenden Blick zu ihrer Tochter. „Ich glaube, er ist langsam senil geworden. Vielleicht durch die Medikamente."

„Papa senil?" Die Tochter schien diese Meinung nicht zu teilen. „Wenn ich mit ihm telefoniert habe, war er völlig klar. Und als wir an Weihnachten da waren ..."

„Wie viele Monate ist das jetzt her?", antwortete ihre Mutter mit einem scharfen Unterton. „Du hast ihn nicht Tag für Tag erlebt. Zuerst war er sicher, dass er wieder gesund wird. Aber dann ... wo die Behandlung so gar nicht anschlug ..."

„Wie genau hat sich seine Senilität geäußert?", fragte Sascha.

„Er hat sich zurückgezogen. Hat Briefe geschrieben, die ich nicht sehen durfte. Er ist weggegangen, ohne mir zu sagen, wo er hingeht.

Einmal hat er mir gesagt, er sei beim Arzt, aber als ich dort angerufen habe, weil er etwas vergessen hatte, war er gar nicht da."

„Das hört sich eher an, als habe er etwas verbergen wollen?", gab Sascha zu bedenken.

„Aber was?", rief Frau Roth aufgeregt. „Welche Geheimnisse sollte er vor mir haben? Ich war immer für ihn da. Auch wenn es ihm nach der Chemo schlechtging! Immer!"

Sie atmete schwer und ihre Tochter streichelte ihr den Arm. „Mama, beruhig dich, denk an dein Herz!"

Ihre Mutter zog unwillig den Arm weg.

Sascha sagte vorsichtig. „Ich lasse Sie gleich in Ruhe. Aber ich würde mich gerne bei Ihnen umschauen. Vielleicht finde ich einen der Briefe, die Ihr Mann geschrieben hat. Einen PC hatte er nicht, oder?"

Frau Roth schüttelte den Kopf. „Helmut war gegen diese Sachen. Er hat alles mit der Hand geschrieben."

Die Tochter stand auf. „Ich gehe mit Ihnen in die Wohnung. Mama, das ist dir doch recht, oder?"

*

Sie fuhren in Saschas Wagen in den Gallus. Eine Frage ging Sascha durch den Kopf. „Hatte Ihr Vater irgendeine Beziehung zum Goetheturm?"

Ein Lächeln erhellte ihr Gesicht. „Aber ja. Wir waren als Kinder oft dort. Es war unser Familienausflug. Mit dem Fahrrad sind wir zum Goetheturm gefahren, durften auf dem Spielplatz spielen und manchmal gab's ein Eis oder eine Bratwurst in der Goetheruh. Meist haben wir aber etwas zu essen mitgenommen und dort gepicknickt."

„Haben Sie eine Idee, was er in dieser Nacht dort wollte?"

Sie schwieg einen Moment, ehe sie zögernd sagte: „Nein, aber wenn ich ehrlich bin ..."

Sascha wartete, bis sie weitersprach.

„Ich war kaum hier in den letzten zwei Jahren. Ich konnte das Elend einfach nicht sehen. Nicht ertragen, wie er sich von Therapie zu Therapie kämpfte. Dieses Krankenhausbett ..." Sie schüttelte sich.

Kurz darauf waren sie in der Wohnung, die noch muffiger zu riechen schien als am Tag vorher. Simone Breuer stand mitten im Wohnzimmer, starrte einen langen Moment auf das Krankenbett und schüttelte sich dann. „Das muss als erstes weg", erklärte sie. „Am besten noch bevor Mama heimkommt. Es war schon für … naja, für die letzte Zeit. Schrecklich, oder? Wissen Sie, wo man so etwas los wird?"

„Leider nein." Sascha zuckte mit den Achseln. „Hatte Ihr Vater einen Schreibtisch oder irgendetwas, wo er seine persönlichen Sachen aufbewahrt hat?"

„Höchstens in seinem Nachtschrank oder in unserem alten Kinderzimmer."

„Lassen Sie uns zuerst im Nachtschrank nachsehen."

Außer einer Vielzahl angebrochener Medikamentenpackungen und loser Beipackzettel fand sich hier nichts. Als sie das ehemalige Kinderzimmer betraten, kratzte Sascha sich am Kopf. „Oha", war sein einziger Kommentar. Ein altes Bett stand hier, das nach Jugendzimmer aussah. Darauf stand ein Wäschekorb mit schmutziger Wäsche, daneben türmte sich ein Stapel, der offensichtlich gerade gebügelt worden war. Neben dem Bett stand ein Bügelbrett. Der Rest des winzigen Zimmers war mit einer Mischung aus Getränkekisten, Gartenstühlen und einem Vorratsregal mit Konserven vollgestellt.

Simone Breuer sah seinen Blick. „Wenn ich zu Besuch kam, habe ich hier geschlafen. Mama hat den Raum dann leer geräumt. Sonst ist er Bügelzimmer, Vorrats- und Abstellkammer in einem. Kaum vorstellbar, dass mein Bruder und ich hier zusammen groß geworden sind."

„Kommt Ihr Bruder auch?", wollte Sascha wissen.

„Er ist auf Geschäftsreise in Vietnam. Er kommt, sobald er kann."

„Na gut", sagte Sascha und rieb sich die Hände. „Es hilft nichts. Gehen Sie ruhig hinaus. Ich muss alles durchsuchen."

„Warten Sie", sagte Frau Breuer. „Mir kommt ein Gedanke. Mama wühlt ständig hier herum. Wenn Papa etwas vor ihr hätte verstecken wollen, dann sicher nicht in diesem Raum. Aber sie ist nie in den Keller gegangen. Sie findet ihn gruselig!"

Saschas Gesicht leuchtete auf. „Zeigen Sie ihn mir!"

Der altmodische Schlüssel hing am Schlüsselbund neben der Wohnungstür, und kurz darauf schloss Sascha das Vorhängeschloss vor der aus Holzlatten bestehenden Tür zu einem Kellerverschlag auf. Der erste Blick verriet Sascha, dass er kaum genutzt wurde. An einer Seite befand sich ein alter Holztisch, an der Wand darüber hingen eine rostige Säge und ein Hammer. Auf dem Tisch stand ein Plastikschränkchen mit kleinen Schubladen für Schrauben und Nägel. In einer Ecke lehnte ein altes Kinderfahrrad mit platten Reifen.

Er blieb einen Moment stehen und sah sich in dem schlecht beleuchteten Raum um. Sein Blick fiel auf die Schubladen in der Front des Holztisches. Er ging zu ihm und zog sie auf. Ein einzelner schwarzer Ordner lag darin. Im Gegensatz zu allem anderen im Raum sah er neu aus.

Sascha fühlte Aufregung in sich hochsteigen. Lauerte hier die Erklärung für das Verschwinden und den verfrühten Tod des kranken Mannes? Er schrak zusammen, als Frau Breuer versuchte, ihm über die Schulter zu spähen. „Was ist das?", fragte sie neugierig.

Sascha schlug den Ordner auf und blickte verwirrt auf das erste Blatt. Schnell blättert er eine Seite weiter und noch eine. „Ich nehme den Ordner mit", erklärte er dann, ihre Frage ignorierend.

Er legte ihn zunächst zur Seite und durchsuchte die andere Schublade, in der er jedoch nur Schraubenzieher und Bleistiftstummel fand.

Sascha wollte sich schon abwenden, als ein merkwürdiges Gefühl, das er nicht einordnen konnte, ihn dazu brachte, nochmal die erste Schublade aufzuziehen. Er steckte die Hand tief hinein und fand tatsächlich ein kleines Kästchen, das er vorher übersehen hatte. Der Ordner hatte es ins hinterste Eck geschoben. Sascha öffnete es vorsichtig. Auf weinrotem Samt lag ein silberner Anhänger in Form eines Drachens, der einen länglichen Kristall in seinen Klauen hielt. „Wissen Sie, was das ist?", fragte er Frau Breuer.

„Nein. Hab ich noch nie gesehen. Ist das ein Schmuckstück? Vater trug nie Schmuck."

„Haben Sie etwas dagegen, wenn ich auch das mitnehme?", fragte Sascha. „Sie bekommen es natürlich zurück."

„Selbstverständlich. Nehmen Sie es ruhig mit."

Mehr fanden sie nicht. Sascha ließ Frau Breuer in der Wohnung zurück und brachte die Sachen ins Präsidium.

Kapitel 11

Logo kochte vor Wut. Seit zwei Stunden wartete er jetzt im Onkologischen Zentrum in der Nähe der Stresemannallee in Frankfurt Sachsenhausen. Weder Freundlichkeit noch Beharrlichkeit noch das Vorzeigen seines Ausweises hatten die Empfangsdame dazu bewegen können, ihn zu Dr. Bahrami, Roths behandelndem Arzt, vorzulassen. Langsam reichte es ihm. Er trat erneut an den Tresen. „Der Doktor kann doch nicht immer noch die selbe Patientin untersuchen?"

„Sie sehen doch, was hier los ist!" Das Lächeln der Mittfünfzigerin war eisig. „Unsere Patienten sind alle schwer krank. Soll ich sie warten lassen, weil Sie ohne Termin hier herein geschneit kommen? Nehmen Sie sich doch einen Kaffee."

Logo knallte die Hand so fest auf den Tresen, dass die darauf stehende Blumenvase in die Höhe sprang. „Ich ermittle in einem Mordfall. Sie bringen mich jetzt sofort zu diesem Arzt, oder ich lasse ihn mit einem Streifenwagen abholen!"

Logos Ansage wischte endlich das professionelle Lächeln aus ihrem Gesicht. „Beruhigen Sie sich. Ich wusste nicht, dass es so eilig ist."

Logo knirschte mit den Zähnen und umklammerte den Rand des Tresens.

Die Frau griff nach dem Telefon, wartete einen Moment und sprach dann leise hinein. Endlich sah sie auf und setzte wieder ihr professionelles Lächeln auf. „Dr. Bahrami hat gleich Zeit für Sie. Bitte gehen Sie durch die Tür dort rechts und warten Sie in Sprechzimmer drei."

„Endlich", knurrte Logo und folgte ihren Anweisungen. Zimmer drei war leer und statt sich auf einen der beiden Stühle vor dem Schreibtisch zu setzen, tigerte Logo auf und ab, bis sich endlich, eine gefühlte Ewigkeit später, die Tür zum nächsten Zimmer öffnete und ein kleiner, indisch aussehender Mann hereinkam.

Er grüßte knapp und setzte sich hinter den Schreibtisch. „Was kann ich für die Polizei tun?"

„Es geht um Helmut Roth", erklärte Logo und setzte sich auf den Besucherstuhl.

Der Arzt sah ihn erwartungsvoll an.

Logo ergänzte ungeduldig. „Helmut Roth, ein Patient von Ihnen. Er wurde ermordet."

Nun zeigte sich doch eine Gefühlsregung auf dem Gesicht des Arztes. „Ermordet?"

„Was können Sie mir über den Mann erzählen?"

Dr. Bahrami zog die Tastatur heran und tippte den Namen ein. „Nun, auch nach dem Tod eines Patienten greift die Schweigepflicht. Ausnahmen gibt es nur, wenn die Angehörigen ein besonders Interesse nachweisen können und die Patientenunterlagen anfordern."

„Hören Sie", sagte Logo und beugte sich vor. Es war ihm offensichtlich anzumerken, wie mühsam er die Fassung wahrte. „Es geht hier um Mord, und natürlich ist es im Interesse seiner Frau und seiner Kinder, dass der Mord aufgeklärt wird und sie ihren Frieden machen können. Also geben Sie mir jetzt Informationen, oder muss ich wirklich die Angehörigen in ihrer Trauer damit belästigen?" Seine Stimme war zuletzt so laut geworden, dass man ihn wahrscheinlich im Wartezimmer hatte hören können.

Bahrami schluckte, sah auf seinen Schreibtisch und schob ein paar Blätter hin und her. „Nun gut", sagte er schließlich. „Er war seit mehreren Jahren wegen eines Lungenkarzinoms in Behandlung. Zuerst sprach er gut auf die Therapie an, später nicht mehr. Zuletzt hat er, bedingt durch die Chemo, ein Nierenversagen entwickelt. Die Prognose war infaust."

„Das bedeutet?", fragte Logo unwirsch.

„Er hätte die nächsten drei Monate nicht überlebt."

Der Arzt sagte das so ungerührt, als würde er über die Wetteraussichten sprechen. Logo erschauderte unwillkürlich. „Wie ging Herr Roth damit um?"

„Wie meinen Sie das?" Dr. Bahrami entfernte einen Fussel von seinem blütenweißen Kittel.

„Wie ging es ihm? Hat er sein Schicksal hingenommen? Hat er gehadert?", fragte Logo. Dann setzte er noch hinzu: „Hatte er eigentlich Schmerzen?"

„Gegen etwaige Schmerzen hat er Medikamente bekommen. Ansonsten kann ich Ihnen nicht weiterhelfen. Ich sehe täglich unzählige Patienten. Es kann sein, dass Herr Roth sich einmal aufgeregt hat, weil die Chemotherapie nicht mehr anschlug, möglicherweise ist es aber auch jemand anderes gewesen. Sie müssen verstehen, viele der Patienten, die wir behandeln, werden nicht mehr gesund. Jeder hadert irgendwann mehr oder weniger mit seinem Schicksal. Warum ich? Warum nicht jemand anders? Warum heilt der Arzt mich nicht?" Dr. Bahramis Stimme hatte einen Unterton, den sogar Logo, der sonst für unterschwellige Stimmungen nicht sehr empfänglich war, als Langeweile erkannte.

Folgerichtig war die nächste Frage des Doktors. „Kann ich dann wieder zu meinen Patienten? Das Wartezimmer ist brechend voll, und ich muss noch ins Krankenhaus."

„Für den Moment", sagte Logo widerwillig. „Möglicherweise habe ich später noch Fragen."

Dr. Bahrami stand auf und ging zur Tür, die ins benachbarte Sprechzimmer führte. „Wenden Sie sich doch an diese Selbsthilfegruppen. Helmut Roth war sicher auch in einer. Da wird doch über alles Mögliche gesprochen. So sind die Leute wenigstens beschäftigt."

Logo ging grußlos und schwor sich, hier nie als Patient vorstellig zu werden. Überhaupt, der ganze Krankenkram machte ihn ganz kribbelig. Wann war er eigentlich das letzte Mal zum Durchchecken gewesen? Er wischte den Gedanken mit einer ärgerlichen Handbewegung beiseite. Ab sofort würde er Sascha zu den Ärzten schicken.

Kapitel 12

Jenny schreckte um fünf Uhr früh aus dem Schlaf. Erst hatte sie Mühe, sich zu orientieren. Was hatte sie geweckt? Machten die Nachbarn unter ihr schon wieder Krach? Dann lichtete sich der Nebel, und sie erkannte das Klingeln ihres Festnetztelefons. Sie würde den Ton ändern müssen, dachte sie, als sie sich aufrappelte und in die Küche hastete. „Becker?", meldete sie sich und lauschte. Ein ihr noch unbekannter Kollege vom Kriminaldauerdienst war in der Leitung. „Ein Leichenfund am Rheinufer bei Spay", erklärte er. „Da unser Dienst eh in zwei Stunden zu Ende ist, dachte ich, ich sag Ihnen gleich Bescheid. Und wo Sie doch die neue Kommissarin aus Frankfurt sind, wo sicher viele Morde ..."

„Ja ja, ist schon in Ordnung", sagte sie und unterdrückte ein Gähnen. „Sie sind sicher, dass es sich um einen Mord handelt?"

„Vielleicht hat er seinen Kopf ja beim Kegeln verloren!", erklärte der Kollege und wieherte über seinen eigenen Witz.

Jenny seufzte. „Ja, wirklich lustig. Wo genau muss ich hin?"

*

Eine Dreiviertelstunde später bog sie auf den Parkplatz am Rheinufer in Spay, einem kleinen Ort zwischen Boppard und Koblenz. Eine Menschentraube hatte sich gebildet und drängte sich an die Absperrung, die ein Stück des Ufers abtrennte. Mehrere Uniformierte sorgten dafür, dass niemand die Absperrung durchbrach. Ein Fotograf packte gerade seine Ausrüstung aus, und ein Krankenwagen wartete in der Nähe. Der Fahrer lehnte an der Motorhaube und rauchte, sein Kollege stand am Ufer und blickte aufs Wasser.

Jenny wies sich aus und bückte sich unter dem Flatterband hindurch. Sie ging auf die Stelle zu, an der ein zweiter Sanitäter auf einen leblosen Körper starrte. Zu ihrer Überraschung war er nicht alleine. Ein älterer Mann kniete, eine Arzttasche neben sich, auf dem Boden. Er sah hoch, als er sie bemerkte, und stand auf.

Jenny wollte etwas sagen, hörte jedoch in diesem Moment Franks' Stimme neben sich. „Das ist Dr. ..." Er sah auf den kleinen Block in seiner Hand. „Trösch. Er hat seine Praxis in Rhens. Die Kollegen haben ihn gerufen, um den Tod festzustellen."

Jenny sah auf die Leiche. „Den Tod festzustellen?", wiederholte sie. „Er hat keinen Kopf!"

Frank folgte ihrem Blick. Dr. Trösch streckte die Hand aus und Jenny schüttelte sie. „Es wird Sie dann wohl kaum überraschen, dass er wirklich tot ist", stellte er trocken fest. „Für weitergehende Untersuchungen bin ich als einfacher Hausarzt nicht kompetent genug. Ich kann allerdings keinerlei sonstige Verletzungen sehen. Der Kopf wurde sauber abgetrennt. Sieht nicht nach Schiffsschraube aus."

„Danke!", sagte Jenny. „Auch dass Sie so schnell gekommen sind."

„Jetzt würde ich aber gerne zurück in meine Praxis. Ich habe gleich Sprechstunde. Den Krankenwagen schicke ich weg, wenn's recht ist."

„Natürlich." Jenny trat an die Leiche und ging in die Hocke. „Wer hat ihn gefunden? Und wie?", fragte sie, ohne jemanden anzusehen.

Eine tiefe Stimme antwortete. „Ein pensionierter Förster, der seinen Hund ausgeführt hat. Die Leiche schwamm im Rhein und hat sich nicht weit vom Ufer an einer der kleinen Sandbänke verfangen."

„Wer hat sie aus dem Wasser geholt?"

Als ihr niemand antwortete, sah sie hoch. Ein vierschrötiger Beamter stand vor ihr und sah betreten zu Frank.

„Nun?"

„Der Hund." Er schüttelte den Kopf, als könne er es selbst nicht glauben.

„Der Hund?", echote Jenny. „Was für ein Hund?"

„Na sein Hund. Ein ... ja, ich weiß auch nicht, was für ein Hund es ist."

„Ein irischer Wasserspaniel!" Die Stimme erklang direkt hinter Jenny, und sie verlor fast das Gleichgewicht, als sie erschrocken hochfuhr. Sie stand auf und machte sorgfältig einen Schritt rückwärts, weg von der Leiche. Dann drehte sie sich herum. „Jeder ... und ich meine absolut jeder außer mir geht jetzt hinter die Absperrung!"

Vor ihr stand ein etwa sechzigjähriger Mann mit einem großen braunen Hund, der in ihren Augen wie ein Pudel aussah, an einer langen Leine. „Halt!", rief sie, als sie sah, dass der Hund Anstalten machte, die Hand der Leiche abzulecken. „Sofort hinter die Absperrung! Alle!"

Ohne große Eile zog sein Besitzer den Hund zurück und ging gemütlich zum Flatterband. Frank und die Uniformierten waren ihrer Aufforderung wesentlich schneller gefolgt. Selbst der Fotograf wartete auf der anderen Seite des Flatterbandes, den Fotoapparat gezückt.

„Sie können wieder rein", sagte Jenny. „Das heißt, Moment. Sie sind doch der Polizeifotograf?"

Er war gerade dabei, sich unter dem Band hindurch zu bücken, richtete sich jedoch noch einmal auf. „Ja natürlich, warum?"

„Hätte ja sein können, dass Sie aus einem Fotoladen in Rhens sind."

Frank grinste, wurde jedoch sofort ernst, als ihr Blick auf ihn fiel.

„Und nun zu Ihnen", sagte Jenny an den Hundebesitzer gewandt.

„Die Rasse verbeißt die Beute nicht. Da müssen Sie keine Angst haben", erklärte er hilfreich.

Jenny zählte innerlich bis zehn. Dann setzte sie ein freundliches Lächeln auf, das Logo und Sascha dazu bewogen hätte, zwei Schritte zurückzutreten.

„Sie haben doch sicher schon einmal etwas von Spuren gehört, oder? DNA und so? Glauben Sie, es wäre hilfreich, wenn wir am Opfer Hunde-DNA finden?" Ihre Stimme war bei den letzten Worten schneidend geworden, und das Lächeln des Mannes verblasste etwas.

„Ja, wenn Sie es so sagen. Aber der Bruno hat die Leiche ja sowieso schon rausgezogen. Klasse hat er das gemacht. Immerhin ist sie viel größer als seine sonstige Beute. Obwohl ..." Er sah abschätzend zu dem Körper hin. „Ohne Kopf ist er ja nicht ganz so groß."

„Ist Ihnen irgendetwas aufgefallen? Haben Sie etwas verändert?"

„Nein, nichts. Ich habe einen Körper im Wasser gesehen, den Bruno geschickt, damit er nicht wegschwimmt, ihn dann aus dem Wasser auf den Strand gezogen und Sie angerufen."

Jenny zog eine ihrer neuen Visitenkarten aus der Tasche. „Bitte kommen Sie morgen ins Präsidium nach Koblenz, damit wir Ihre Aussage aufnehmen können. Sie können jetzt gehen. Und Bruno auch." Dann wandte sie sich an Frank. „Lass sofort von der Wapo den Rhein absuchen. Vielleicht schwimmt irgendwo der Kopf." Dann fragte sie vorsichtig. „Habt Ihr eigentlich einen Gerichtsmediziner?"

„Nein", antwortete Frank bedauernd. Einen Moment später grinste er jedoch. „Eine Gerichtsmedizinerin. Frau Dr. Marius. Sie sollte auf dem Weg sein."

Und schon kam auf dem schmalen Weg vom Parkplatz eine junge Frau mit einer Arzttasche in der Hand in einem Regenmantel, der ihr mindestens zwei Nummern zu groß war, anmarschiert. Einer der Beamten hob ihr die Absperrung hoch, sodass sie darunter hindurch schlüpfen konnte.

Jenny ging zu ihr. „Guten Morgen, ich bin Kommissarin Becker."

„Marius!" Eine kleine Hand wurde ihr forsch entgegen gestreckt. „Was haben wir?"

Jenny fasste knapp zusammen, was sie bisher wussten, so wenig es auch war. Dann sah sie zu, wie Dr. Marius die Leiche untersuchte. Jenny trat an die Absperrung und winkte Frank zu sich. „Bist du sicher, dass sie schon fertig studiert hat?"

Frank lachte. „Ich weiß, warum du das fragst. Aber sie ist älter, als sie aussieht. Und kompetent! Übrigens ist die Wapo schon unterwegs. Sie suchen die Flussufer bis Koblenz ab."

„Gut. Sobald Frau Dr. Marius fertig ist, fahren wir. Das heißt, wenn der Leichenwagen eintrifft."

Die Gerichtsmedizinerin brauchte nur wenige Minuten. Sie trat auf Jenny zu und zog die Latexhandschuhe aus. „Er lag mindestens zwei Tage im Wasser. Ich kann hier keine Hinweise auf die Todesursache finden. Am besten, wir bringen ihn so schnell wie möglich in die Gerichtsmedizin. Ich entnehme DNA, und sobald Sie mir Vergleichsproben bringen, kann ich Ihnen auch ohne Kopf sagen, ob es Ihr vermisster Professor ist."

Frank rief. „Der Leichenwagen ist da. Ich lasse ihn einladen."

Kurz darauf waren sie unterwegs nach Koblenz.

*

Auf dem Weg ins Büro bog Frank ab. „Ich hole in der Kantine Frühstück, okay?"

Britta saß bereits an ihrem Platz und las mit missmutigem Gesichtsausdruck etwas auf ihrem Bildschirm. Ihr „Guten Morgen" klang nach schlechter Laune, und sie sah kaum auf, als Jenny grüßte. „Alles in Ordnung?", fragte Jenny freundlich. „Gibt's etwas Neues in unserer Vermisstensache?"

„Liegt alles auf deinem Schreibtisch", war die knappe Antwort.

Jenny blieb neben Britta stehen. „Ich hätte aber gerne, dass du mir erzählst, wie der aktuelle Stand ist."

Britta seufzte tief und begann: „Es gibt nach wie vor keine Spur von Professor Hirschhausen. Seine Frau, seine Geliebte und seine Sekretärin haben schon angerufen, und es ist noch nicht mal Viertel nach acht. Ich habe mit zig Mitarbeitern in allen Kliniken, in denen er verkehrte, gesprochen. Niemand hat eine Idee, wo er sein könnte. Von Auto, Handy und PC keine Spur. Nur diese Esoterikerin konnte ich noch nicht erreichen, da läuft nur ein Band und eine Adresse finde ich nirgends."

„Gute Arbeit", lobte Jenny. „Heute Morgen wurde eine Leiche im Rhein bei Spay angetrieben. Frau Dr. Marius vergleicht schnellstmöglich die DNA. Vielleicht handelt es sich bei dem Toten um Professor Hirschhausen."

„Ich weiß", war Brittas Antwort.

Ah, daher wehte der Wind, dachte Jenny. „Wie ist das bei euch geregelt?", fragte sie. „Warum war Frank heute am Tatort?"

„Weil ich an der Reihe war", kam seine Stimme von der Tür her. Er balancierte einen Pappkarton, wie er in Baumärkten abgegeben wurde, um Blumentöpfe zu transportieren, mit drei Kaffeebechern und mehreren Papiertüten. „Wir wechseln uns ab."

„Der letzte Mord ist zwei Jahre her und es gab keinen Tatort", murrte seine Kollegin.

„Mord ist Mord", erklärte Frank und stellte den Karton auf seinem Schreibtisch ab.

„Leute", sagte Jenny kopfschüttelnd. „Das ist doch Kinderkram. Wir sind ein Team. Da sollte es einerlei sein, wer welche Aufgabe übernimmt. Und jetzt her mit dem Kaffee."

Während sie ihn trank und dabei die Unterlagen zum Vermisstenfall überflog, dachte sie an Logo und Sascha. Die Zusammenarbeit mit ihnen war über Jahre eingespielt, und jeder setzte seine Stärken ein und konnte in Bezug auf seine Schwächen mit der Unterstützung der anderen rechnen. Es würde dauern, bis sie aus Frank, Britta und sich ein Team gemacht hätte. Und Sobottki war ein Faktor, den sie bisher noch gar nicht einschätzen konnte.

„Größe und Statur stimmen", dachte sie laut. „Und Hirschhausen ist mittlerweile zu lange weg, als dass man noch von einer harmlosen Erklärung ausgehen könnte."

„Ob seine Frau ihn ohne Kopf identifizieren kann?"

Jenny sah Britta an. „Vermutlich, aber ich würde es ihr ungern zumuten. Ruf doch bitte sie und gegebenenfalls seine Geliebte an, ob er am Körper irgendwelche unverwechselbaren Merkmale hat. Ein Muttermal oder eine Narbe. Aber sag noch nichts von dem Leichenfund."

„Vielleicht brauchen wir die Information gar nicht mehr!", sagte Frank, der im Hintergrund ein Telefongespräch angenommen hatte. „Der Kopf wurde gefunden!"

„Wo?", fragten Britta und Jenny wie aus einem Mund.

„Das glaubt ihr nicht!", erwiderte er kopfschüttelnd. „Auf dem Schoß der Loreley!"

„Diese Figur am Rhein? Bei St. Goarshausen?", hakte Britta nach.

„Genau die", bestätigte Frank. „Dem Kapitän eines Ausflugsschiffes ist aufgefallen, dass die Figur irgendwie anders aussah als sonst. Er hat mit dem Fernglas gesehen, dass ein Kopf auf ihrem Schoss lag. Zuerst dachte er an einen Scherz, eine Karnevalsmaske, dann hat er aber doch die Polizei angerufen. Die Kollegen fragen, was sie machen sollen."

„Das muss ich sehen", erklärte Jenny und legte ihr Brötchen weg. „Britta kommt jetzt mit. Dann habt ihr euch die Leiche geteilt und müsst euch nicht mehr streiten."

Kaum eine halbe Stunde später kraxelten Jenny und ihre Kollegin über die rauen Steine zu der Statue, die auf einem Podest etwa einen

Meter über ihren Köpfen thronte. Das Boot der Wasserschutzpolizei hatte flussabwärts angelegt, und zwei Beamte sicherten den Zugang. Ein Stück entfernt wartete eine japanische Reisegruppe und knipste, was das Zeug hielt. Der Lärm, den sie veranstalteten, war ohrenbetäubend.

Jenny grüßte die Kollegen, wies sich aus und bat als erstes: „Könnt ihr die Touristen ein Stück weiter wegbringen? Man versteht ja sein eigenes Wort nicht mehr."

Kurz darauf war die Gruppe bis zum Anfang der Mole zurückgedrängt worden, und Jenny sah zur Loreley hoch, die nach der alten Sage unzählige Schiffer in den Tod gelockt hatte. Der Rhein war hier besonders schmal, die Strömung stark. Noch heute war er schwer schiffbar, obwohl bereits vor fast einem Jahrhundert Teile des Loreley-Felsens weggesprengt worden waren, um die Fahrrinne zu verbreitern. Von hier unten konnte Jenny nicht sehen, was im Schoß der Statue lag. Allerdings meinte sie, einen leichten Verwesungsgeruch wahrzunehmen.

Einer der Kollegen von der Wasserschutzpolizei näherte sich, eine Leiter über der Schulter. „Die Spurensicherung ist sicher unterwegs?", fragte er.

„Klar", erklärte Jenny. „Ich frage mich, wo sie bleiben."

Doch da sah sie schon, wie sich zwei Gestalten in Schutzkleidung durch die Japaner drängten. Im Schlepptau hatten sie den Fotografen, den Jenny schon vom Morgen kannte.

Schnell waren die Aufnahmen gemacht, und die wenigen Spuren, die sich auf dem den Witterungen ausgesetzten Felsen finden ließen, gesichert. Jenny lief in dieser Zeit ungeduldig auf und ab. Endlich war sie an der Reihe, die wackelige Leiter hochzuklettern.

Der Kopf sah auf den leicht gespreizten Schenkeln der bronzenen Figur klein und unscheinbar aus. Es schien, als würde sie mitleidig auf ihn herabsehen. Oder auch besitzergreifend, als wären es die Überreste eines ihrer Opfer, die sie in den Tod gerissen hatte.

Auch dem Kopf sah man an, dass sein Besitzer schon einige Zeit tot war. Das Gesicht war nach oben gedreht, die Züge aufgequollen und verzerrt. Auf den ersten Blick hätte Jenny nicht sagen können, ob es sich um Hirschhausen handelte. Nur, dass es ein Mann war, schien ihr sicher.

Sie stieg wieder herunter, rief die Gerichtsmedizinerin an und schilderte ihr den Fund. „Ich denke nicht, dass Sie herkommen müssen", stellte sie abschließend fest. „Die Spusi kann den Kopf eintüten und Ihnen bringen."

„In Ordnung. Dann habe ich endlich eine ganze Leiche. Halbe Sachen liebe ich gar nicht."

Jenny verzog das Gesicht. Gerichtsmediziner hatten anscheinend immer denselben schrägen Humor. Dr. Marius hatte noch mehr zu sagen: „Todesursache könnte eine Überdosis Kalium sein. Es stehen aber noch Untersuchungen aus. Und mit dem Kopf dürfte die Identifizierung ja kein Problem mehr sein. Trotzdem: Er hatte eine lange Narbe am linken Oberschenkel. Ein komplizierter Bruch, der aufwendig gerichtet wurde. Am Knochen ist eine Platte verblieben."

Jenny dankte ihr und legte auf. „Hier an der Fundstelle können wir nicht viel machen", sagte sie zu Britta, die alles aufmerksam beobachtete. „Wir sind fast achthundert Meter von den nächsten Häusern weg. Trotzdem fragen wir die Anwohner, ob ihnen etwas aufgefallen ist. Lange kann der Kopf auf jeden Fall noch nicht hier gelegen haben. Jeder Tourist hätte ihn entdeckt."

„Aber von hier unten sieht man ihn doch gar nicht?", wandte Britta ein.

„Aber von der Straße aus", sagte Jenny. „Jeder, der dort langfährt, müsste direkt drauf schauen."

Britta nickte und drehte sich einmal im Kreis. „Da drüben ist St. Goar, oder?", fragte sie und deutete zur anderen Rheinseite. „Dann wohnst du doch ganz in der Nähe?"

„Ich glaube schon. Bisher bin ich die Strecke zum Rhein noch nicht gefahren."

Sie sahen zu, wie der Kopf verpackt und abtransportiert wurde. Dann liefen sie die Mole entlang zurück zum Ort. Sie befragten den Reiseleiter der japanischen Gruppe, doch nach einigem aufgeregtem Gezeter unter den Teilnehmern teilte er ihnen mit, dass niemand etwas Verdächtiges bemerkt hatte. Angelockt durch den Trubel waren auch einige Einheimische herangekommen, doch alle schüttelten auf ihre Fragen den Kopf. Fremde Autos standen hier täglich in Massen und nein, niemandem war jemand, der herum schlich und einen Kopf dabei hatte, aufgefallen.

„Wir fahren in die Gerichtsmedizin. Ich will mit Frau Dr. Marius sprechen", erklärte Jenny endlich.

„Du weißt schon, dass wir dafür nach Mainz müssen? In Koblenz gibt es keine Gerichtsmedizin."

„Nach Mainz? Aber Dr. Marius war doch heute Morgen ruck-zuck am Fundort."

„Ich glaube, sie wohnt irgendwo zwischen Mainz und Koblenz."

*

Als sie fast eine Stunde später ankamen, packte die Medizinerin gerade den Kopf aus. Ein Assistent führte sie in den Sektionssaal und gab ihnen Schutzkleidung zum Überziehen.

„Das ist aber seltener Besuch", bemerkte Dr. Marius, als Jenny und Britta nähertraten. „Tut mir leid, dass ich Ihnen nicht die Hand gebe. Aber wir haben uns ja auch erst vor Kurzem gesehen."

Jenny trat näher heran. Der Kopf lag mit dem Gesicht nach oben auf dem metallenen Tisch. Die Augen waren weit offen und milchig trüb. Die Augenfarbe war nicht mehr zu erkennen. „Nach dem Vermisstenfoto könnte ich nicht sagen, ob es sich um Professor Hirschhausen handelt", erklärte sie.

„Ich könnte den Kopf zurechtmachen und zur Identifikation freigeben."

Jenny musterte ihn kritisch. „Vielleicht per Foto. Ich möchte der Ehefrau diesen Anblick lieber nicht zumuten."

„Natürlich. Ich schicke Ihnen die Fotos aufs Handy. Der Kopf ist übrigens äußerst fachmännisch abgetrennt worden. Eher mit einem Skalpell oder einem anderen kleinen, sehr scharfen Messer als mit einer Axt oder ähnlichem."

„Ein Arzt?", fragte Britta und kam damit Jenny zuvor.

„Oder ein Metzger. Manchmal ist da ein Unterschied!" Sie grinste über ihren eigenen Witz, und Jenny nahm sich fest vor, sie irgendwann dem Prof, ihrem Frankfurter Gerichtsmediziner, vorzustellen. Die beiden würden sich prächtig verstehen.

Auf dem Weg zum Auto fragte Jenny Britta: „Wenn es nicht Hirschhausen ist, können wir die Bilder über die sozialen Netzwerke online stellen. Habt ihr dafür extra Leute?"

„Ja klar. Du hältst uns echt für Provinzler, oder?"

„Nein, aber ich halte dich für ganz schön überempfindlich. Koblenz hat nun mal eine wesentlich kleinere Dienststelle als Frankfurt."

*

Noch bevor sie in Koblenz waren, ging auf Jennys Handy eine Mail mit dem Foto des Kopfes ein. Sie hielt auf dem nächsten Rastplatz und öffnete den Anhang. Die Gerichtsmedizinerin hatte ganze Arbeit geleistet. Der Kopf war so fotografiert, dass man die Schnittstelle nicht sah, die Augen waren geschlossen, das Haar gekämmt.

„Nicht schlecht. So können wir es seiner Frau zeigen."

Frau Hirschhausen öffnete die Tür sofort, kaum hatte Jenny den Klingelknopf gedrückt. Die Stunden des Wartens hatten ihre Spuren hinterlassen. Zwar war sie auch heute untadelig gekleidet und frisiert, ihr Gesicht wies jedoch tiefe Falten auf, und sie hatte dunkle Ringe unter den Augen.

„Haben Sie ihn gefunden? Geht es ihm gut?", fragte sie mit panischem Unterton.

„Lassen Sie uns hineingehen", bat Jenny.

Die Frau brach in Tränen aus. „Er ist tot, ich wusste es." Sie zitterte und versuchte sichtlich, sich zusammen zu reißen. Nach einem Moment putzte sie sich die Nase mit einem zerknüllten Papiertaschentuch, das sie in der Hand geknetet hatte, und stieß die Tür weiter auf. „Kommen Sie."

Im Flur blieb sie stehen und drehte sich um. „Sagen Sie es mir! Alles ist besser als diese Ungewissheit."

„Wir haben einen Toten gefunden", erklärte Jenny geradeheraus. „Aber wir wissen nicht, ob es Ihr Mann ist. Hatte er eine Operation am Bein?"

Dir Frau schlug die Hand vor den Mund. „Er hat sich vor Jahren bei einem Autounfall den Oberschenkel gebrochen."

Jenny senkte den Kopf. „Es tut mir leid. Trotzdem müssten Sie noch eine Identifikation vornehmen. Ich habe hier ein Foto." Sie öffnete das Bild auf dem Handy und Frau Hirschhausen riss es ihr fast aus der Hand. Sie wischte sich die Augen und starrte lange darauf. Dann sagte sie langsam: „Soll das ... Aber das ist nicht mein Mann. Gut, vielleicht gibt es eine gewisse Ähnlichkeit. Aber das ist er nicht! Ist das ein übler Scherz?"

„Sind Sie sich ganz sicher?", vergewisserte sich Jenny und sah die Frau prüfend an. „Vielleicht täuschen Sie sich. Der Mann hat eine Narbe am Oberschenkel und eine Platte im Bein. Auf dem Foto könnte er verändert aussehen."

„Das ist ganz sicher nicht mein Mann", bekam sie zur Antwort. Frau Hirschhausen gab ihr das Handy wieder und sah sie verzweifelt an. „Aber wo ist er bloß?"

Kapitel 13

Es war kurz nach zwanzig Uhr, als Sascha schlecht gelaunt durch die Glastür des Sachsenhäuser Krankenhauses trat. Eigentlich hatte er andere Pläne für den Abend gehabt, aber Logo hatte ihn überredet, noch am selben Tag die Teilnehmer der Selbsthilfegruppe, die Helmut Roth besucht hatte, zu befragen. Die einzige Gruppe dieser Art im Sachsenhäuser Krankenhaus traf sich heute, es musste also diejenige sein, an der Roth teilgenommen hatte. Am Empfang erkundigte er sich nach dem Raum, in dem die Versammlung stattfand, und hastete durch den Innenhof zum Nebengebäude. Er war spät dran und hoffte, dass noch alle Teilnehmer da wären.

Die Tür des Raumes war geschlossen, und er atmete erleichtert auf. Während er noch überlegte, ob er klopfen sollte, ging sie auf, und Sascha prallte erstaunt zurück. Jeden hätte er hier erwartet aber nicht Michael Biederkopf, den Mann, der vor wenigen Wochen so schnöde mit Jenny Schluss gemacht hatte.

„Herr Staatsanwalt? Was machen Sie hier?"

Biederkopf erbleichte und packte Sascha am Arm. „Sie dürfen niemandem sagen, dass Sie mich hier gesehen haben! Niemandem! Versprechen Sie es!"

Sascha braucht einen Moment, um die Situation zu begreifen. Sein Blick wanderte über Biederkopf, während er versuchte, zu verstehen, wieso er ausgerechnet hier über den Staatsanwalt gestolpert war.

Biederkopfs Gesicht war eingefallen und wies eine ungesunde Gesichtsfarbe auf. Er hatte abgenommen, das Sweatshirt, das er trug, schlackerte an ihm herum. Saschas Blick fiel auf das Blatt, das an die Tür geklebt war. ‚Onkologische Selbsthilfegruppe' stand, handschriftlich mit einem schwarzen Filzmarker geschrieben, darauf.

Sascha wurde es eiskalt. „Sie ...", stammelte er und versuchte es noch einmal. „Sie haben ..."

Biederkopf nickte und zog ihn ein Stück zur Seite. „Ich habe. Und ich will nicht, dass irgendjemand davon erfährt. Und schon gar nicht Jenny!"

„Aber ...", wandte Sascha ein.

„Nichts aber!", fiel Biederkopf ihm ins Wort. „Bitte achten Sie meinen Wunsch! Den Wunsch eines ..."

Sascha vervollständigte in seinem Kopf den Satz und keine der möglichen Endungen gefiel ihm.

„... ehemaligen Kollegen", schloss Biederkopf lahm und blickte zu Boden. Dann sah er Sascha in die Augen. „Bitte. Versprechen Sie es!"

Widerstrebend nickte Sascha.

„Warum sind Sie überhaupt hier?", fragte Biederkopf mit einem Aufblitzen von Interesse.

„Der Tote vom Goetheturm war in dieser Selbsthilfegruppe. Ich wollte den Leiter befragen. Eventuell auch andere Teilnehmer. Sind Sie ... schon lange dabei?"

„Erst seit vier Wochen. Wer ist das Opfer? Was ist überhaupt passiert? Ich habe nur wenige Informationen aus den Zeitungen."

Sascha informierte ihn in knappen Worten.

„Roth", murmelte Biederkopf. „Ich erinnere mich an ihn, aber nur flüchtig." Er sah sich um. „Ich muss mich setzen. Gehen Sie ruhig rein. Yannik spricht noch mit Irina."

Sascha zögerte, dann nickte er. Biederkopf sagte auf seine unausgesprochene Frage. „Ich warte auf Sie."

Erleichtert ging Sascha in den Raum und wurde sofort an ein Schulzimmer erinnert. Die Einrichtung war karg und bestand nur aus einem Schreibtisch, der in eine Ecke geschoben worden war und etwa zehn, in einem Kreis aufgestellten, Stühlen.

Vier ältere Männer und eine Frau standen beisammen und unterhielten sich. Neben einem der Stühle beugte sich ein etwa vierzigjähriger Mann in einem lilafarbenen Hemd über eine junge Frau, deren Kopf von einem turbanartig gewickelten Tuch bedeckt war.

Sascha blieb gleich hinter der Tür stehen und wartete in respektvoller Entfernung höflich ab, bis sie ihr Gespräch beendet hatten. Die anderen Teilnehmer verließen nacheinander den Raum und warfen ihm neugierige Blicke zu. Endlich umarmte der Mann die junge Frau. Sie schien zu weinen und umklammerte ein Taschentuch. Kurz darauf machte sie sich los und lief hastig aus dem Zimmer.

„Sind Sie der Gruppenleiter?", fragte Sascha den Mann, der zuerst zur Tür ging und sie schloss und sich ihm dann erwartungsvoll zuwendete.

„Yannik Lemhofer, möchten Sie unserer Gruppe beitreten?"

Unwillkürlich machte Sascha einen Schritt zurück. „Nein, auf keinen Fall. Ich will nicht ... also, was ich meine ... ich habe nicht ..." Er riss sich zusammen und zeigte seinen Ausweis vor. „Ich habe nur einige Fragen zu einem Teilnehmer."

„Polizei?", fragte der Mann verwundert. „Schießen Sie los!"

„Es geht um Helmut Roth", erklärte Sascha. „Wie lange kam er zu Ihnen?"

„Warten Sie", überlegte Lemhofer. „Das müssen fast vier Jahre sein. Warum? Was ist mit ihm?"

„Er wurde tot aufgefunden. Ermordet, um genau zu sein."

Entsetzen spiegelte sich in den Zügen des Gruppenleiters. „Was? Aber wer ermordet denn einen todkranken Mann?"

„Genau diese Frage stellen wir uns auch. Können Sie mir etwas über ihn erzählen? Natürlich nur, was nicht unter die Schweigepflicht fällt."

Lemhofer zögerte. „Ich bin kein Arzt und unterliege nicht der Schweigepflicht. Wobei ich natürlich trotzdem normalerweise nicht über die Krankengeschichte meiner Patienten spreche. Aber wenn er ..." Er schluckte. „Helmut war recht verschlossen. Es hat gedauert, bis er sich geöffnet hat. Zuerst hat er mit seinem Schicksal gehadert. War wütend auf alles und jeden. Dabei hatte er gute Chancen, gesund zu werden. Im Gegensatz zu einigen anderen."

Sascha sah zur Tür, durch die die junge Frau mit dem Turban verschwunden war.

Yannik nickte. „Bei so jungen Menschen sind Krebserkrankungen meist besonders aggressiv. Nun, wie gesagt. Helmut hatte gute Heilungschancen. Er kam auch nur ab und zu. Bis sich sein Zustand vor einem halben Jahr stark verschlechterte. Nach der letzten Chemo baute er rapide ab, und der Krebs wuchs schneller als vorher. Außerdem versagten seine Nieren. Ab diesem Zeitpunkt kam er regelmäßig."

„Hatte er da noch Heilungschancen?"

„Die Ärzte haben ihm keinerlei Hoffnung mehr gemacht. Aber man sollte sie trotzdem nie gänzlich aufgeben. Es hat angeblich schon

Wunder geben." Er zuckte mit den Achseln. „Ich habe noch keines gesehen."

„Wie ist er mit der Prognose umgegangen?"

„Nicht gut. Er hat überall nach Schuldigen gesucht. Bei den Ärzten, den Apothekern, den Medikamenten. Nun, jeder geht anders mit so etwas um."

„Also hatte niemand schuld?"

„Natürlich nicht. Beim einen schlägt die Behandlung an, beim anderen nicht. Man weiß bisher noch erschreckend wenig darüber."

Sascha runzelte die Stirn. „Aber es gibt doch unterschiedliche Medikamente? Kann es da nicht passieren, dass jemand etwas Falsches bekommt oder etwas, das zu schwach ist? Es können doch zum Beispiel Fehler bei der Herstellung vorkommen."

„Ich sehe, Sie haben sich noch nicht wirklich mit der Materie beschäftigen müssen." Lemhofer lächelte traurig.

„Zum Glück", bestätigte Sascha.

„Ich halte es für extrem unwahrscheinlich, dass ein Kranker eine falsche oder zu schwache Therapie bekommt. Es gibt unzählige bewährte Behandlungsprotokolle und die Medikamente, meist Chemotherapeutika, die per Infusion verabreicht werden, werden standardisiert und unter hohen Qualitätsauflagen hergestellt. Immerhin kostet eine Therapie viele Tausend Euro. Aber was hat das alles mit dem Mord an Helmut zu tun?"

„Vielleicht gar nichts", antwortete Sascha. „Ich versuche nur, mir ganz allgemein ein Bild zu machen. Dazu gehört auch, wie Herrn Roths Behandlung aussah."

„Er hat insgesamt vier oder fünf Chemotherapien bekommen. Dazu musste er jeweils für einige Tage ins Krankenhaus. Es gibt viele Patienten, die die Chemo schlecht vertragen."

Sascha nickte nachdenklich, war aber in Gedanken schon einen Schritt weiter. „Ich wusste nicht, dass diese Therapien so teuer sind."

„Je weiter die Forschung voranschreitet, desto mehr und teurere Therapien gibt es. Vielleicht sollten Sie die Krankenkassen zum Kreis der Verdächtigen hinzuzählen."

Er lächelte müde über seinen Witz, und auch Sascha verzog nur leicht das Gesicht. „Hatte er mit jemandem hier besonderen Kontakt? Könnte einer der Teilnehmer mehr wissen?"

Yannik überlegte einen Moment. „Ich glaube, ich habe ihn öfter mit Kris sprechen sehen. Leider ist er jedoch vor einigen Wochen verstorben. Das hat Helmut sehr zugesetzt." Er sah auf die Uhr. „Ich müsste jetzt los. Haben Sie noch Fragen?"

Sascha verneinte. Sie tauschten ihre Visitenkarten und Lemhofer fügte hinzu: „Rufen Sie mich jederzeit an, wenn Sie noch etwas wissen möchten. Kommen Sie mit hinaus? Ich muss den Raum abschließen."

Vor der Tür wartete Biederkopf und nickte Yannik zu. „Michael. Wolltest du mich sprechen?"

„Nein, ich warte auf Herrn Meister. Wir kennen uns von der Arbeit."

„Ach so. Na dann bis bald. Und toi toi toi."

Biederkopf sah Sascha an. „Wollen wir uns kurz gegenüber ins Bistro setzen? Ich würde gerne etwas trinken, und Sie haben bestimmt Fragen. Wenngleich ich nicht versprechen kann, sie zu beantworten."

Sascha stimmte zu, und wenige Minuten später betraten sie die urige Kneipe auf der anderen Straßenseite. Sie fanden einen Zweiertisch am Fenster. Im Hintergrund lief leise Bluesmusik. Viele Tische waren besetzt, einige Gäste kamen eindeutig aus dem Krankenhaus. Eine Frau hatte sogar einen Infusionsständer neben sich. Gerade prostete sie ihrem Begleiter mit einem Weizenbierglas zu.

Biederkopf bestellte bei der blutjungen Bedienung ein alkoholfreies Bier, studierte die überschaubare Karte einen Moment und fügte dann noch eine Tagessuppe hinzu. „Kürbis", erklärte er mit einem schiefen Lächeln. „Mein Magen verträgt momentan nicht allzu viel. Übrigens sind die Burger hier fantastisch." Er sah Saschas Gesichtsausdruck. „Nein, nein, essen Sie nur. Es macht mir gar nichts."

Sascha bestellte und formulierte dann die Frage, die ihm, seit er den Staatsanwalt erkannt hatte, auf der Zunge lag. „Was ...?" Zu seiner Verlegenheit fühlte er, wie er errötete.

„Magen", erklärte Biederkopf lakonisch. „Schlechte Prognose."

Sascha dachte einen Moment darüber nach. Die Getränke kamen, und Biederkopf nahm einen vorsichtigen Schluck.

„Haben Sie sich deshalb von Jenny getrennt?", fragte er endlich.

Biederkopf nickte. Ein schmerzvoller Ausdruck ging über sein Gesicht. „Ich wollte ihr das nicht zumuten. Sie hat so viel durchgestanden. Soll sie mir beim Sterben zusehen?"

Er trank noch einmal und verzog das Gesicht.

„Ich bin sicher", sagte Sascha langsam, „Jenny hätte lieber an Ihrer Seite sein wollen. Sie hat furchtbar unter der Trennung gelitten. Leidet vermutlich immer noch."

„Ich weiß", sagte Biederkopf. „Ich war mehrmals kurz davor, ihr alles zu erzählen. Aber so ist es am Besten." Er sah Saschas Blick. „Ich wollte es ihr zunächst sagen. Als ich die Diagnose bekam, war sie gerade eine Woche auf Bildungsurlaub. Da war die Prognose noch gut. Die erste Chemo habe ich bekommen, als sie auf diesem Schießlehrgang war."

Die Bedienung stellte die Suppe vor ihn hin, und er aß zwei Löffel.

„Danach ging es mir schlechter, und die Krankheit hat einen richtiggehenden Schub bekommen, statt zurückgedrängt zu werden. Die Ärzte konnten mir wenig Hoffnung machen und haben mir auch von der eigentlich geplanten Operation abgeraten. Da war mir klar, dass ich diesen Weg alleine gehen muss. Ich weiß, dass ich ihr sehr weh getan habe. Aber sie ist stark. Sie hat schon ganz anderes überstanden. Bald wird sie mich vergessen haben. Und irgendwann wird sie alles verstehen."

Plötzlich fasste er Saschas Arm, und dieser war geschockt, wie schwach der Griff war, und wie heiß und trocken sich die magere Hand anfühlte. „Ich beschwöre Sie, Sie dürfen es ihr nicht sagen! Niemandem! Auch Herrn Stein nicht! Schwören Sie mir das?"

„Aber", begann Sascha, hatte dann aber dem brennenden Blick Biederkopfs nichts entgegenzusetzen. Er senkte den Kopf. „Also gut, ich schwöre es. Aber ich denke immer noch, es wäre besser ..."

„Danke", sagte Biederkopf, stand auf und legte einen Zwanzigeuroschein auf den Tisch. „Sie haben mich nie gesehen!"

Sascha rührte seinen Burger, der in diesem Moment serviert wurde, nicht an. Er saß noch eine Zeit lang schweigend da und starrte auf den Geldschein und die nur halb gegessene Suppe. Was für ein Schlamassel!

*

„*Sind Sie verrückt geworden? Es hieß, kein Aufsehen, und was haben Sie veranstaltet? Es war heute in allen Nachrichten!*" *Die Stimme klang verzerrt aus dem Hörer des Mobiltelefons.*

„*Regen Sie sich ab. Niemand wird eine Verbindung zu Ihnen oder mir herstellen können.*"

„*Trotzdem. Ich hoffe, Sie haben den anderen Auftrag diskreter erledigt!*"

„*Machen Sie sich keine Sorgen.*"

Es blieb einen Moment still. „*Gut. Ihr Geld ist bereits angewiesen.*"

„*Natürlich.*" *Er legte auf.*

Ob sie wirklich dachten, er mache sich Sorgen um seine Bezahlung? Er kicherte in sich hinein. Als ob jemand riskieren würde, ihn zu verärgern. Und was die Ausführung des anderen Auftrags anging. Kreativität war sein Markenzeichen und er würde sich nicht in seine Arbeit reinreden lassen.

Kapitel 14

Jenny saß an ihrem Schreibtisch und studierte den vorläufigen Bericht der Spurensicherung. Da es sich bei dem Toten nicht um Hirschhausen zu handeln schien, stand seine Identifizierung jetzt im Vordergrund. Auf die DNA würden sie noch warten müssen, aber sein Bild würde bald schon auf allen sozialen Netzwerken erscheinen.

Jenny hatte versucht, den Vermisstenfall Hirschhausen abzugeben, wurde jedoch von Sobottki zurückgepfiffen. „Wir sind hier nicht in Frankfurt, liebe Frau Becker. Ich bin sicher, Sie können sich um beide Fälle kümmern. Immerhin stehen Ihnen zwei ausgezeichnete Mitarbeiter zur Seite, während die Vermisstenabteilung extrem unterbesetzt ist."

„Ich bräuchte aber Leute, um das Ufer abzusuchen", sagte sie mit Nachdruck.

Sobottki brummte etwas, dann nahm er den Hörer auf. Ein paar Minuten später standen Jenny etliche Kollegen der Bereitschaftspolizei zur Verfügung, die in Zusammenarbeit mit der Wasserschutzpolizei die Ufer zwischen Koblenz und St. Goarshausen absuchen würden.

Als sie zurück ins Büro kam, hielt Britta ihr einen Zettel entgegen. „Ich habe endlich diese Esoterikerin erreicht, die dem Professor immer wieder Schwierigkeiten gemacht hat. Telefonisch ist sie so schwer erreichbar, weil sie Handys ablehnt. Überhaupt telefoniert sie nicht gerne." Britta tippte sich mit dem Zeigefinger an die Schläfe.

„Ich hatte sowieso vor, persönlich mit ihr zu sprechen. Wo wohnt sie denn?"

Britta sah auf das Blatt. „In Bad Homburg."

„Das ist bei Frankfurt", stellte Jenny erstaunt fest. „Ich setze mich gleich mit meinen Ex-Kollegen in Verbindung."

„Ist das ein Problem für dich?"

Jenny hielt inne. War es das? Ein Problem? Sie war sich ihrer Gefühle diesbezüglich nicht sicher. Außerdem musste sie ihre Befindlichkeiten hintenan stellen. Der Fall war wichtiger. „Nein, gar nicht", antwortete sie deshalb.

Sie hielt zunächst Rücksprache mit Sobottki, der ihr unter diesen Umständen widerwillig gestattete, im Rhein-Main-Gebiet zu ermitteln und sich bereit erklärte, die Zuständigkeiten mit dem Frankfurter Präsidium abzustimmen und ihr in jeder Hinsicht den Rücken freizuhalten. Mit diesem Freischein rief Jenny in ihrem früheren Büro an und hatte Logo an der Strippe. Nachdem sie einige belanglose Höflichkeiten ausgetauscht hatten, erklärte sie ihm ihr Anliegen.

„Dann suchst du jetzt vermisste Personen", fasste er zusammen. „Komm doch ..."

„Hör auf!", fiel sie ihm ins Wort, und ihr harscher Ton ließ Britta und Frank aufblicken. Freundlicher fuhr sie fort. „Habt ihr etwas über die Frau? Und hast du etwas dagegen, wenn ich sie persönlich befrage?"

Sie merkte, dass Logo nur zu gerne noch etwas dazu gesagt hätte, stattdessen hörte sie ihn tippen. „Nicht aktenkundig. Natürlich kannst du sie befragen, so viel du willst. Wir könnten anschließend ..."

„Nein danke", sagte sie rasch. „Ich werde nicht viel Zeit haben. Du weißt, wie es ist, wenn man neu anfängt."

Logo brummte etwas Unverständliches. Jenny ärgerte sich über sich selbst. Woher sollte er das wissen, war er doch seit seiner Ausbildung ohne Unterbrechung auf dem Frankfurter Präsidium. Zuerst im alten Gebäude in der Friedrich-Ebert-Anlage, seit dem Jahr 2002 dann im neuen an der Adickesallee. Vermutlich würde er bis zu seiner Rente dort arbeiten, hoffentlich bald als Abteilungsleiter.

„Ich möchte, dass du Sascha mitnimmst", hörte sie ihn zu ihrer Überraschung sagen.

„Aber ...", wandte sie ein, doch er fiel ihr ins Wort. „Ich bestehe darauf. Sag Bescheid, wann du den Termin hast. Er kann dich dort treffen. So verlierst du nichts von deiner kostbaren Zeit."

Jenny überlegte, was sie gesagt hatte, um Logo zu verärgern, und ob sie sich entschuldigen sollte. Dann stimmte sie jedoch einfach zu und versprach, Sascha anzurufen.

Kapitel 15

Jenny hatte Sascha zu Hause abgeholt. Nachdem er gestern erst spät abends heimgekommen war, hatte er sich den Vormittag freigenommen. Überrascht hatte sie in der Tür zum Wohnzimmer gestanden und die Katze betrachtet, die sich auf einer Decke in der Ecke des Sofas zusammengerollt hatte. „Ich wusste gar nicht, dass du einen neuen Mitbewohner hast. Hat deine Freundin sie mitgebracht?"

„Nein", sagte er und erzählte ihr die Geschichte.

Jenny war entsetzt. „Man sollte doch denken, dass ich schon einiges gesehen habe, aber ich bin immer wieder überrascht, wozu Menschen fähig sind."

Die Katze zuckte mit den Ohren und hob den Kopf.

„Darf ich sie streicheln?"

„Klar. Denk nur dran, dass sie deine Hand nicht kommen sieht."

Jenny setzte sich vorsichtig auf die Couch und streckte den Arm aus. Die Katze hatte die Erschütterung bemerkt und wartete aufmerksam. Jenny ließ sie an ihrer Hand schnuppern und begann dann, sie hinter den Ohren zu kraulen. Ein tiefes Schnurren war die Belohnung.

„Sie scheint sich schon gut eingelebt zu haben", sagte sie und strich ihr über den Rücken.

Sascha lächelte. „Ja, allerdings. Ich habe sie Dienstag abgeholt. Langsam kennt sie die Wohnung und findet alles. Ich vermute, sie hat vorher nicht viel Zuwendung bekommen. Meine Freundin ist ganz verrückt nach ihr."

Mit Mühe schaffte es Jenny, sich von dem schnurrenden Fellbündel loszureißen. Doch die Esoterikerin wartete, und Jenny war gespannt, was sie ihnen erzählen würde.

Sie fuhren gemeinsam in Jennys Dienstwagen an der Friedberger Warte vorbei Richtung A661. Dann führte sie ihr Weg durch Bad Homburg hindurch, bis sie eine Abzweigung erreichten, die in eine unbefestigte Straße überging. Sie war halb zugewachsen und Jenny hielt an, um zu überprüfen, dass sie hier richtig waren. „Das muss der Weg sein", erklärte sie und fuhr langsam weiter.

Endlich tauchte das gesuchte Haus vor ihnen auf. Es war zwei Stockwerke hoch und schien aus Holz gebaut zu sein. Auf der Veranda, die sich über die ganze Breite erstreckte, standen unzählige Blumentöpfe in allen Größen. Jenny parkte neben einem altersschwachen hellblauen VW Käfer, und sie stiegen aus. Es war idyllisch hier, Vögel sangen, auf der Veranda klingelte leise ein Windspiel, und die Autobahn hörte man nur von Ferne. Sie streckte sich und fuhr erschrocken zusammen, als eine Stimme sie ansprach.

„Sie sind sicher die Kommissare?" Auf der Veranda war eine Frau aufgetaucht, deren Erscheinung Jenny nicht anders als ätherisch bezeichnen konnte. Sie war in fließende pastellfarbene Stoffe eingehüllt und hatte einen Blumenkranz auf dem Kopf. Sascha konnte sich ein kurzes Lächeln nicht verkneifen.

Jenny stieg die Stufen zur Veranda hinauf und holte ihren Ausweis aus der Tasche. Eine schmale, weiße Hand, an deren Gelenk mehrere silberne Münzarmbänder klimperten, griff danach. Mit zusammen gekniffenen Augen las die Frau, die von Nahem deutlich älter wirkte, den Ausweis. Ihr Gesicht war stark geschminkt und an ihren Ohren baumelten lange Silber-Ohrringe. Jennys Blick fiel auf ein riesiges Amulett an ihrem Hals, das nicht zu dem schmalen, faltigen Gesicht passte.

Frau Dittler-Zifurth fing ihren Blick auf. „Ein Schutzamulett für Gesundheit und langes Leben."

„Ah ja", antwortete Jenny und dachte an den Inhalt des Dossiers in ihrer Tasche. „Sie verkaufen solche Dinge", stellte sie fest.

„Unter anderem", bestätigte Frau Dittler-Zifurth. „Kommen Sie doch bitte hinein. Ich spüre, Sie sind auf einer Suche."

Jenny warf Sascha einen amüsierten Blick zu, und beide folgten ihr ins Haus. Sie gelangten unmittelbar in einen Raum, der ein bisschen aussah wie aus tausendundeiner Nacht. Die Wände waren mit gebatikten Tüchern verhängt. Den Tisch in der Mitte bedeckte eine dunkelrote Samtdecke, und statt Stühlen gab es lederne Hocker. An einer Wand stand ein Regal, das mit unzähligen Glasphiolen bestückt war. Getrocknete Kräuter hingen an Schnüren und daneben waren Mörser und Stößel in mehreren Größen aufgereiht.

„Möchten Sie einen Kombucha-Tee?", fragte Frau Dittler-Zifurth.

Jenny lehnte dankend ab. Sie ging an das Regal und betrachtete in aller Ruhe die Buchrücken, bis ihr Blick auf einen bestimmten Titel fiel: „Tierarzt – Feind der Tiere?"

„Die richten aus Geldgier bei der Behandlung mehr Unheil an, als Sie sich vorstellen können! Antibiotika! Chemotherapeutika! Impfungen!" Sie schüttelte den Kopf. „Entschuldigen Sie. Ich lasse mich zu leicht hinreißen."

„Aber wollten Sie nicht auch Tierärztin werden?"

„Ich habe zwei Semester Tiermedizin studiert. Eine Tatsache, an die ich nicht gerne erinnert werde. Zum Glück habe ich schnell erkannt, wie irregeleitet die meisten meiner Studienkollegen sind. Seitdem arbeite ich nur noch alternativ und auf biologischer und geistiger Ebene."

„Wo haben Sie Ihre Praxis?", fragte Jenny.

„Ich arbeite nicht mehr am Tier. Eine Allergie --- leider. Zum Glück habe ich die Gabe, mit Tieren zu kommunizieren und Geistheilung zu praktizieren. Dazu reichen ein Foto und eine Haarprobe."

„Wie meinen Sie das?" Jenny verstand momentan gar nichts. „Sie untersuchen das Tier nicht?"

Frau Dittler-Zifurth lächelte mitleidig. „Doch natürlich. Ich kommuniziere zunächst mit seinem Geist. Ich frage es, ob es überhaupt geheilt werden will, und ob es andere Wünsche oder Probleme hat. Dann untersuche ich mit der Bio-Resonanz-Methode eine Haarprobe."

„Quantenphysik", murmelte Sascha. Jenny warf ihm einen verwirrten Seitenblick zu.

Die Frau sah ihn überrascht an und nickte dann zustimmend. „Genau."

Jenny wollte nachfragen, entschied sich jedoch dagegen. Schließlich waren sie aus anderen Gründen da.

„Wir ermitteln im Fall des vermissten Professor Hirschhausen und ..."

„Er wird vermisst?", fuhr die Frau dazwischen.

„Ja, seit einigen Tagen. Sie hatten immer wieder Kontakt zu ihm. Wie kam das?"

„Sehen Sie, in der Humanmedizin ist es noch schlimmer als in der Tiermedizin. Aus reiner Profitgier werden unendlich viele unnötige Behandlungen durchgeführt, die die Patienten noch kränker machen, statt ihnen zu helfen!"

„Zum Beispiel?", meinte Jenny skeptisch.

„Da gibt es unzählige Beispiele. Unnötige Operationen, Chemotherapien und nicht zuletzt Impfungen!"

„Sie halten Impfungen ...? Vergessen Sie das. Was hatte denn nun Professor Hirschhausen damit zu tun?"

„Er ist eine zentrale Person der deutschen Onkologie. Ich habe ihn immer wieder davon zu überzeugen versucht, dass sein Handeln falsch ist. Er muss einfach einsehen, dass viel zu viele unnötige und schädliche Chemotherapien durchgeführt werden! Dabei weiß man, dass die meisten Chemotherapien die Prognose verschlechtern statt verbessern! Wenn jemand, der so einflussreich ist wie er, sich dagegen aussprechen würde, wäre das ein riesiger Erfolg!" Sie war immer lauter geworden und atmete schwer.

„Und wie hat er auf Ihre Einlassungen reagiert?"

„Er hat mich zuerst komplett ignoriert!", sagte sie empört. „Aber natürlich habe ich nicht lockergelassen. Irgendwann hat er mir einen nichtssagenden Brief geschrieben. Wahrscheinlich war er von der Sekretärin verfasst, dieser Zicke! Vor vierzehn Tagen habe ich ihm dann eine Liste mit Geschädigten geschickt. Darauf hat er noch gar nicht geantwortet."

„Und woher hatten Sie die Liste?"

„Recherche", erklärte sie lapidar. Auf Jennys fragenden Blick hin, erläuterte sie. „Ich habe Patienten befragt."

„Wie kamen Sie denn an die Daten? Also woher wussten Sie, wer erkrankt ist? Das dürfte doch unter Datenschutz fallen."

Sie antwortete zunächst nicht und spielte mit einem ihrer bunten Schals. Jenny wartete einfach ab. Das Schweigen zog sich in die Länge. Endlich antwortete sie, zuerst so leise, dass Jenny sie kaum verstand.

„Bitte?", hakte sie nach.

Frau Dittler-Zifurth warf trotzig den Kopf nach hinten. „Ich habe die Teilnehmer von Selbsthilfegruppen befragt." Sie sah Jennys Blick.

„Wissen Sie, bei wie vielen von ihnen die Krankheit nach der ersten oder zweiten Chemotherapie erst richtig ausgebrochen ist?"

„Nein. Und das tut auch nichts zur Sache. Haben Sie Professor Hirschhausen jemals persönlich getroffen?"

„Nein!" Die Frau spuckte Jenny die Wörter förmlich vor die Füße. „Ich habe es immer wieder versucht. Habe Tagungen besucht, auf denen er gesprochen hat. Man hat mich nie zu ihm vorgelassen. Seine Sekretärin hat ihn verleugnet, wann immer ich im Büro erschienen bin. Ich war sogar bei ihm zu Hause. Ich habe ihn reingehen sehen. Trotzdem hat seine Frau behauptet, er wäre nicht da!"

„Sie sind ihm gefolgt", stellte Jenny fest.

„Das wissen Sie doch. Immerhin hat er eine einstweilige Verfügung gegen mich erwirkt."

„Sie haben also keine Ahnung, wo er sich zur Zeit aufhält?"

„Sehen Sie sich um. Vielleicht habe ich ihn ja irgendwo versteckt!" Ihre Stimme hatte einen hysterischen Unterton.

Jenny zögerte. „Das wird nicht nötig sein."

Frau Dittler-Zifurth begleitete sie hinaus auf die Veranda. Ihr Ärger schien wie weggewischt. Stattdessen trug sie einen jovialen, träumerischen Ausdruck zur Schau. „Haben Sie ein Haustier?"

„Nein", entgegnete Jenny kurz. „Ich hatte mal eine Vogelspinne, aber die ist tot."

„Das macht nichts. Ich kann auch mit toten Tieren kommunizieren. Falls es etwas gibt, das Sie wissen möchten?"

Jenny sah sie entgeistert an. „Nein, danke." Sie verabschiedeten sich und beeilten sich, zu ihrem Auto zu kommen. Als sie zurücksah, stand die Frau auf der Veranda und sah ihr nach.

„Total verrückt, die Frau!", murmelte Jenny vor sich hin und bog auf die Straße zur Autobahn ein.

Sascha saß schweigend neben ihr. Jenny warf ihm einen Seitenblick zu. „Was ist? Da drin warst du schon stumm wie ein Fisch. Hast du gar nichts zu der Irren zu sagen?"

Sascha verzog das Gesicht zu einem Grinsen. „Wirklich ganz schön durchgeknallt. Wobei Bioresonanz tatsächlich auf Vorgängen der

Quantenphysik beruht, die jetzt noch nicht erklärbar sind. Aber dieser Anhänger ..."

„Was ist mit ihm?"

„Ich habe vor Kurzem den Gleichen gesehen. In einer Schublade des Mordopfers vom Goetheturm."

Jenny sah ihn überrascht an, richtete ihre Aufmerksamkeit aber, als ein Sportwagen sie beim Überholen schnitt, schnell wieder auf den Straßenverkehr. „Wo ist da die Verbindung, und warum hast du sie nicht danach gefragt?"

„Ich denke, ich kenne die Verbindung", sagte Sascha langsam. „Das Opfer, Helmut Roth, hatte Krebs und war in einer dieser Selbsthilfegruppen." Er sah starr geradeaus. „Vermutlich war es eine von denen, mit denen sie Kontakt aufgenommen hat. Ich werde mich dort erkundigen. Wenn sie Geschäfte mit den Hoffnungen dieser armen Menschen macht, werde ich ihr das Handwerk legen."

Es brannte Sascha auf der Seele, Jenny von Biederkopf zu erzählen. Aber er hatte sein Wort gegeben. Und doch ... Als er gerade etwas sagen wollte, kam Jenny ihm zuvor.

„Ich raff es nicht", sagte sie, als sie auf der Friedberger Landstraße nach Frankfurt hinein fuhren. „Wo soll der Professor sein? So jemand verschwindet doch nicht einfach spurlos." Sie parkte vor Saschas Wohnhaus. „Ich schicke dir für alle Fälle sein Foto aufs Handy. Immerhin scheint es zumindest eine vage Verbindung zu eurem Goetheturm-Opfer zu geben."

Sascha nahm sein eigenes Handy und betrachtete das eingehende Foto. „Ich halte dich über alles auf dem Laufenden, was im entferntesten mit der Dittler-Zifurth zusammenhängt. Schade, dass wir nicht mehr zusammen ermitteln. Heute war es wie in alten Zeiten!" Er beugte sich zu ihr, umarmte sie und stieg aus.

Jenny fuhr los und fädelte sich in den Verkehr ein. Im Rückspiegel sah sie, wie Sascha ihr nachwinkte. Ein merkwürdiges Gefühl ergriff sie. War es Heimweh? Ein paar Stunden lang hatte sich alles wie früher angefühlt. Hier gehörte sie hin, nach Frankfurt in die Mordkommission, mit Sascha und Logo an der Seite. Sie seufzte tief auf. All das hatte Biederkopf ihr zerstört. Jetzt gab es keinen Weg zurück.

Kapitel 16

Es war fast Mitternacht, zwei unförmige Gestalten bewegten sich schwerfällig durch den Ostpark. „Thorsten, mach langsam! Ich kann nicht so schnell", flüsterte eine weibliche Stimme.

„Tut mir leid. Ich will nicht, dass die Bullen uns erwischen."

„Wir können doch untertauchen!", war die Antwort, gefolgt von einem hysterischen Kichern.

„Rita, pass auf! Die Böschung ist glatt."

Ein Schrei ertönte, gefolgt von mehr Gelächter.

„Du siehst aus wie ein Maikäfer, der auf den Rücken gefallen ist!", japste Thorsten.

„Idiot!" Rita ließ sich langsam in den See gleiten, wobei die Tauchflasche auf ihrem Rücken an Wurzeln und Steinen entlang schabte. „So eine Schnapsidee!", schimpfte sie vor sich hin, musste jedoch immer wieder lachen. „Der Teich ist bestimmt nicht tiefer als einen halben Meter! Und total schlammig."

Thorsten hielt sich am Ast einer über den See hängenden Weide fest und ließ sich vorsichtig ins Wasser, das kaum knietief war. Er knipste eine starke Unterwasserlampe an und leuchtete vor sich auf die Oberfläche. „Vielleicht wird es zur Mitte hin tiefer", sagte er zweifelnd. „Immerhin sind wir bestimmt die ersten, die hier tauchen." Er stieß heftig auf, und Biergeruch umwaberte ihn für einen Moment.

Beide robbten auf den Knien in den See hinein und wühlten so noch mehr Schlamm auf. „Ich werde jetzt tauchen", erklärte Thorsten mit der Ernsthaftigkeit eines stark Angetrunkenen, und versuchte erfolglos, seinen Schluckauf zu unterdrücken. Er legte sich flach ins Wasser, nahm den Lungenautomaten in den Mund und steckte den Kopf unter die Oberfläche. Mühsam schob er sich mit Hilfe einiger Flossenschläge ein paar Meter nach vorne. Als er auftauchte, drapierte sich eine lange Alge malerisch über seine Tauchmaske. Rita paddelte mit den Armen und kroch weiter, bis sie bei ihm war. Sie kicherte und zog die Alge weg, rieb sich jedoch dann die Arme. „Lass uns abhauen. Es ist kalt, ich bin voller Schlamm, und man sieht eh nichts. Und wenn sie uns erwischen, wird es teuer. Außerdem müssen wir noch die ganze Ausrüstung zurück ans Auto schleppen!"

„Na gut", gab Thorsten nach und wollte sich umdrehen, hielt dann jedoch inne. „Was schwimmt denn da?"

„Wo?", fragte Rita und sah sich um. „Eine schlafwandelnde Ente?"

Thorsten reagierte nicht auf den lahmen Witz. „Da in der Mitte. Was ist das? Ich schau mir das mal an."

„Warte!", sagte Rita, aber ihr Freund hörte nicht auf sie. Halb paddelte er, halb lief er auf den Knien durch das flache Wasser. „Sieht aus wie ein Schwimmreif", hörte sie ihn noch sagen, dann ertönte ein Schrei, der sie schlagartig nüchtern werden ließ.

Kapitel 17

Logo schreckte aus dem Schlaf hoch, als das Handy auf dem Nacht-
tisch klingelte. Im Halbschlaf griff er zunächst nach der Fernbedienung
des Fernsehers, drückte auf irgendeine Taste und rief: „Hallo?" Als es
weiter klingelte, erkannte er seinen Irrtum und schnappte sich das
Handy. „Was ist?", meldete er sich mürrisch.

„Leichenteil im Ostpark", kam die knappe Antwort.

„Wir haben doch gar keinen Dienst!"

„Die Kollegen vom Nachtdienst sind im Bahnhofsviertel. Da haben
sich zwei Rockerbanden eine Schießerei geliefert."

Logo sagte etwas Unfeines, das sein Gegenüber zum Glück nicht
verstand. Auf dessen Nachfrage hin raunzte er. „Jaja. Wir sind unterwegs."

*

Sascha saß noch auf der Couch und streichelte seine neue Mitbe-
wohnerin. Sie schien sich am wohlsten zu fühlen, wenn sie bei ihm
liegen konnte. Er seufzte, als das Telefon klingelte.

„Wieso bist du wach?", hörte er Logos ärgerliche Stimme. Noch vor
einigen Wochen hätte Sascha ihm von der Katze erzählt, jetzt verspürte
er jedoch keinerlei Lust dazu, ihm Privates anzuvertrauen.

„Was ist?", fragte er stattdessen kurz.

„Leichenfund. Ich hole dich in einer Viertelstunde vor deiner
Haustür ab."

*

Gegen ein Uhr nachts trafen sie in der Ostparkstraße ein und parkten
ihren Wagen neben dem Streifenwagen. Der Weg zum See war mit
gelbem Band abgesperrt und hell erleuchtet. Sascha und Logo bückten
sich unter der Absperrung hindurch und liefen Richtung Seeufer, wo
eine kleine Gruppe Menschen beisammen stand. Saschas Blick fiel auf
ein Pärchen Anfang zwanzig, das sich aneinander drückte und in

schwere Wolldecken gehüllt war. Ihre Haare waren nass und ebenso schmutzig wie ihre Gesichter. Auf dem Boden lagen verschiedene Teile, die nach Tauchausrüstung aussahen.

Einer der uniformierten Beamten trat zu ihnen und grüßte. Er wandte sich an Logo. „Die beiden hatten ...“

Logo hob die Hand. „Mein Kollege, Herr Meister, wird die Ermittlungen leiten. Erzählen Sie ihm alles.“ Ohne eine Antwort abzuwarten, ließ er Sascha und den Beamten stehen und ging ans Ufer.

„Gut, also ...“, begann der Uniformierte von vorne, konnte jedoch seine Irritation nicht zur Gänze verbergen. „Die beiden jungen Leute hatten die Schnapsidee, im wahrsten Sinne des Wortes übrigens, im Ostparkweiher tauchen zu gehen. Dabei haben sie das entdeckt.“ Er wies mit der Hand auf einen Gegenstand, der auf dem Boden über der Wasserlinie lag.

Sascha warf einen fragenden Blick zu dem Beamten und ging darauf zu. „Was ist das?“

„Ein Kopf auf einem Schwimmreif“, lautete die überraschende Antwort. „Ein Mann, würde ich vermuten. Die Spusi dürfte gleich da sein. Brauchen wir den Gerichtsmediziner?“

Sascha zögerte. Eigentlich hätte er jetzt gerne Logo um seine Meinung gefragt, doch der stand mit dem Rücken zu ihm am Ufer, die Arme verschränkt, starrte hinaus auf den See und tat, als würde ihn das alles nichts angehen. Sascha seufzte. „Nein. Packen Sie das Ganze, wie es ist, in eine große Tüte und schicken Sie es direkt in die Gerichtsmedizin an Dr. Schwind. Natürlich erst, wenn der Fotograf und die Spusi fertig sind. Die Fotos brauche ich schnellstmöglich, um sie mit den Vermisstenmeldungen abzugleichen.“

Er trat an den Fund und ging daneben in die Hocke. Es handelte sich tatsächlich um einen bunten Schwimmreif, wie Kinder ihn trugen, wenn sie noch nicht sicher schwimmen konnten. Er war rot und blau und hatte auf der einen Seite eine Art Griff. Die Öffnung in der Mitte war so klein, dass der Kopf stabil darauf lag, ohne dass er durchrutschen konnte. Die Gesichtszüge waren deutlich zu erkennen. Sascha runzelte die Stirn. Er zog sein Handy aus der Tasche und scrollte durch die Fotos. Ungläubig starrte er auf das Display. „Logo, komm doch mal!"

„Was ist denn?", brummte Logo mürrisch.

„Das ist der Typ, den Jenny sucht. Dieser Professor. Wie kommt sein Kopf ausgerechnet hier auf den Ostparkweiher?"

„Weiß ich doch nicht", war Logos Antwort. „Sind wir bald fertig? Soll ich die beiden Möchtegerntaucher befragen?"

Sascha schüttelte entschieden den Kopf. „Das mache ich. Geh du bitte rüber ins Wohnheim und hör dich um, ob einer von denen was gehört oder gesehen hat."

Im hinteren Bereich des Parks befand sich seit vielen Jahren ein Wohnheim für Obdachlose, daneben ein Kiosk mit Getränken und sonstigen Waren.

„Gibst du hier jetzt die Anweisungen?", murrte Logo, zog jedoch los. „Die pennen doch jetzt alle."

Sascha folgte ihm mit seinem Blick. Sicher hatten die Bewohner des Heims mitbekommen, dass hier ein Polizeieinsatz war. Immerhin erleuchtete das Flutlicht den halben Park und Lärm machten sie auch. Er wandte sich an den Beamten. „Wie heißt du eigentlich?"

„Jan Helsper."

Sascha streckte die Hand aus. „Freut mich. Lass doch bitte den See absperren und absuchen. Vielleicht liegt irgendwo der Rest der Leiche. Nicht, dass morgen früh irgendwelche spielenden Kinder den finden."

Endlich war Sascha so weit, mit den beiden jungen Leuten zu reden. Viel erfuhr er nicht. Sie hatten am Abend in der Berger Straße gefeiert und etwas zu viel getrunken. Dann hatte ein Wort das andere ergeben, und sie waren auf die verrückte Idee gekommen, einen Tauchgang im Ostparkweiher zu machen. Noch bevor sie weit in den See hinaus getaucht waren, hatten sie den Schwimmreif entdeckt und das, was darauf lag, und waren schlagartig nüchtern geworden. Sie schlotterten vor Kälte und traten von einem Bein aufs andere.

„Am besten ziehen Sie sich jetzt an und fahren nach Hause. Morgen müssen Sie allerdings für eine Aussage ins Präsidium kommen." Beide nickten und schlichen wie begossene Pudel davon.

„Ihre Ausrüstung!", rief Sascha hinterher.

„Wir haben sie sichergestellt", sagte Helsper grimmig. „Ich weiß aus dem Kopf gar nicht, gegen wie viele Gesetze die beiden verstoßen haben."

Sascha empfand den missglückten Tauchgang eher als dummen Streich, hütete sich aber, dem Kollegen in seine Arbeit hinein zu reden.

„Seid ihr das Ufer abgegangen?"

„Noch nicht. Wir waren gerade erst mit den Absperrmaßnahmen fertig ... Da kommt die Spusi."

Kurz darauf wimmelte es vor Aktivität. Nachdem alles fotografiert worden war, sicherte die Spurensicherung den Kopf und den Schwimmreif. Sascha ärgerte sich über sich selbst. Er hätte die jungen Leute dabehalten sollen, um ihnen Proben zum Vergleich abzunehmen. Viel hätten sie vermutlich nicht bieten können, nachdem sie einige Zeit in dem schlammigen See gewesen waren. Trotzdem wäre es professioneller gewesen, und der Fehler konnte ihm im Konkurrenzkampf mit Logo zum Nachteil gereichen. Eigentlich hatte er gar keine Lust, sich mit Logo um die Stelle zu streiten. Doch Logos Reaktion auf seine Bewerbung hatte ihn so geärgert, dass es ihm jetzt ums Prinzip ging.

Er lieh sich eine starke Taschenlampe und lief langsam das Seeufer ab. Tagsüber belagerten bei schönem Wetter Menschenmassen den Park, und so fand sich jede Menge an Müll und sonstigen Hinterlassenschaften am matschigen Ufer. Als er den See dreiviertel umrundet hatte, erreichte er das Wohnheim. Logo stand vor dem Eingang und redete mit einem älteren Mann in einem ausgeleierten Jogginganzug.

Als er Sascha näher kommen sah, nickte er abschließend und kam auf ihn zu. „Niemand hat etwas gesehen oder gehört. Oder wenn doch, will er nichts mit der Polizei zu tun haben."

„Wir fahren zurück. Gleich morgen früh rufen wir Jenny wegen der Identifizierung an. Ist das dann ihr Fall oder unserer?"

Logo hob die Schultern. „Kommt drauf an, wo der Rest des Professors ist."

Kapitel 18

Jenny setzte sich schwer auf ihren Bürostuhl. „Noch ein Kopf?", sagte sie schwach. „Ist das eine neue Mode, den Ermordeten die Köpfe abzutrennen?"

„Das weiß ich doch nicht", antwortete Logo kurz angebunden. „Sascha meint auf jeden Fall, dass es dein Professor ist. Das Foto des Kopfes hab ich per Mail geschickt."

„Ich ruf dich gleich zurück!", erklärte Jenny und startete ihren PC. Kurz darauf starrte sie auf das Bild, das eindeutig den Vermissten Dr. Hirschhausen zeigte. „Kommt ihr mal eben rüber?", rief sie ins Nachbarzimmer. Einen Moment später beugten sich Frank und Britta über den Bildschirm.

„In Frankfurt?", fragte ihre Kollegin ungläubig. „Ist das Zufall? Und ausgerechnet deine Kollegen ermitteln?"

„Es kann nur Zufall sein", erklärte Jenny. „Sie sind zum Fundort gerufen worden, weil das eigentlich diensthabende Team schon woanders im Einsatz war. Gibt es irgendwelche Verbindungen Hirschhausens nach Frankfurt? Ich meine, außer, dass diese Stalkerin in einem Nachbarort wohnt?"

Britta nickte. „Hirschhausen hätte dort am kommenden Wochenende einen großen Ärztekongress besuchen sollen. Warte kurz." Sie ging in ihr Büro und kam einen Moment später mit einem Ordner zurück. „In einem Hotel in der Nähe der Frankfurter Messe. Er sollte dort gleich zwei Vorträge halten. Über ..." Sie kniff die Augen zusammen. „Zyto ... sta ... ti ... ka und ... Fatigü? Weiß jemand, was das ist?"

Jenny googelte den Begriff und sah hoch. „Fatigue: Chronische Müdigkeit besonders nach Chemotherapien."

„Die hab ich auch so", witzelte Frank, verstummte aber auf ihren missbilligenden Blick hin. „Zytostatika sind Substanzen, die das Wachstum von Tumorzellen verhindern sollen", führte Jenny aus. Dann sah sie hoch. „Klärt ab, ob er vielleicht dort einen Termin zur Vorbereitung hatte."

„Wir sollen nach Frankfurt fahren?", fragte Frank erstaunt.

Jenny zögerte. „Du hast recht. Ich mache das. Macht ihr Dampf in der Rechtsmedizin. Ich will endlich diese DNA-Untersuchungen haben!"

Sie rief Logo an und bestätigte ihm die Identifizierung Hirschhausens. Er reagierte scheinbar gleichgültig. „Nimm Sascha mit, damit es keine Probleme gibt, wenn du hier ermittelst."

„Ich dachte, du ..."

„Nein!", sagte Logo schnell. „Ich habe keine Zeit! Übrigens", setze er hinzu, bevor sie etwas sagen konnte. „Wir haben eine Leiche ohne Kopf. Die Meldung kam gerade rein. Sie liegt in der Nähe des Ostparks auf den Gleisen des Güterbahnhofs. Leider sind mindestens fünf Waggons drüber gefahren."

„Dann wäre Hirschhausen wohl komplett. Ich informiere seine Frau. Und setze mich mit Sascha in Verbindung. Tschau."

Als sie aufgelegt hatte, meldete Britta. „Die DNA-Untersuchung ist noch nicht fertig, aber die toxikologische Untersuchung hat etwas ergeben: Die Leiche enthielt Ester γ-Butyrolacton."

„K.O.-Tropfen", sagte Jenny nachdenklich. „Das habe ich mir gedacht. So überwältigt er sie. Ich frage mich aber, wo und wie er sie dem Professor hat verabreichen können."

Kapitel 19

Eine Stunde später fuhr Jenny schon wieder auf der A 3 Richtung Frankfurt. Zuvor hatte sie die Witwe Hirschhausens besucht, und ihr das Foto des Kopfes gezeigt. Die Frau hatte zunächst wortlos auf das Bild gestarrt, dann war sie auf die Couch gesunken. Sie hatte die Fassung gewahrt, doch ihr Blick, als sie zu Jenny hochsah, hatte bodenlose Verzweiflung ausgedrückt. „Ich hatte bis zuletzt ..." Ihre Stimme versagte. Sie räusperte sich. „Ich habe bis zuletzt geglaubt, dass er zurückkommen wird. Dass es irgendeine Erklärung gibt." Sie sah wieder auf das Foto.

„Sie sollten jetzt nicht alleine sein", sagte Jenny sanft, setzte sich neben die Frau und legte den Arm um ihre Schultern. „Kann ich jemanden für Sie anrufen?"

„Nein danke. Sprechen Sie ... sprechen Sie auch mit Frau Senger?"

„Ich darf nur den nächsten Angehörigen die Tod ..., die Nachricht vom Ableben eines Vermissten mitteilen."

Frau Hirschhausen straffte sich. „Ich werde sie anrufen. Vielleicht können wir uns gegenseitig trösten. Immerhin haben wir ihn beide ..." Jetzt zeigte sich doch ein Riss in ihrer Fassade, und sie schluchzte auf, fing sich jedoch sofort wieder. „Danke, Frau Becker. Sie können mich jetzt beruhigt alleine lassen. Bitte melden Sie sich, wenn Sie noch Fragen haben."

*

Jenny wechselte auf die A 66 und fluchte verhalten über den Verkehr. Die nächste Baustelle ließ den Verkehr auf dem sogenannten Rhein-Main-Schnellweg zwischen Wiesbaden und Frankfurt in einer Geschwindigkeit fließen, die bestenfalls zäh genannt werden konnte. Andererseits gab ihr das Zeit zum Nachdenken. Sowohl der Vermisstenfall Hirschhausen als auch der Fall des Toten aus dem Rhein warfen reichlich Fragen auf. Wie war die Leiche des Professors nach Frankfurt gekommen? Weder am Tag seines Verschwindens noch am Tag danach hatte er einen Termin dort gehabt. Der Kongress, an dem er teilnehmen sollte, würde erst in einigen Tagen beginnen. Oder wusste nur niemand davon? Gab es eine Art Vorbesprechung? Und wieso wurden sein Kopf und sein Körper an verschiedenen Stellen gefunden? Genau wie bei dem Toten aus dem Rhein. Konnte es da Gemeinsamkeiten geben? Fast unmöglich zu sagen, solange der andere nicht einmal identifiziert war. Wieso dauerte das nur so lange? Der Prof hätte sicher schon längst ... Nein, die Mainzer Kollegin war bestimmt ebenso kompetent. Wenn Jenny Sascha nicht tags zuvor das Foto von Hirschhausen gezeigt hätte, wäre der Professor möglicherweise auch nicht so schnell identifiziert worden.

Endlich löste sich der Stau auf. Sie fuhr am Bad Homburger Kreuz auf die A661 und nahm die Ausfahrt Eissporthalle. Sie hatte sich mit Sascha an der Fundstelle verabredet, auch wenn die Leiche schon in die Gerichtsmedizin abtransportiert worden war. Sie parkte in der Ostparkstraße, wo es einen Treppenübergang über die Gleise des nahegelegenen Güterbahnhofs gab. Sascha erwartete sie schon und begrüßte sie mit einer Umarmung.

„Lange nicht gesehen", grinste Jenny. „Da lasse ich mich nach Koblenz versetzen und bin seitdem mehr hier in Frankfurt als dort."

„Du hättest gar nicht weggehen sollen!", erklärte er ernst.

Sie zögerte mit der Antwort. „Es ging nicht anders. Und Biederkopf ..."

„Er arbeitet momentan gar nicht", sagte Sascha vorsichtig. „Urlaub oder so. Keine Ahnung."

„Lass uns von was anderem sprechen. Wo lag denn die Leiche?"

Sascha führte sie neben der Treppe zum Zaun, der das Gelände des Güterbahnhofs vom Park abtrennte. Der Maschendraht war hier komplett durchschnitten und zur Seite geklappt. Gelbes Flatterband versperrte den Durchgang und ein uniformierter Kollege hielt Wache, sodass keine Unbefugten auf das Bahngelände eindringen konnten. Sascha nickte ihm zu und hielt Jenny das Flatterband hoch. Die Augen des Uniformierten folgten ihr neugierig, als sie sich darunter hindurch bückte.

Die Spurensicherung hatte den Tatort schon verlassen, aber hier und da sah man noch Spuren ihrer Arbeit. Auf den Gleisen war mit weißer

Kreide ein Umriss markiert, so gut es auf dem steinigen Gleisbett möglich war. Überall war Blut und Jenny meinte, Hautfetzen und andere Reste des mehrfach überrollten Körpers zu erkennen.

„War er tot, als er auf die Gleise gelegt wurde oder war der Kopf noch dran und wurde vom Zug abgetrennt?"

„Das passt ja vom Zeitverlauf nicht. Der Kopf muss schon entfernt gewesen sein."

„Du hast natürlich recht. Ich habe nicht richtig nachgedacht", sagte Jenny. „Der Mörder hat ihm also den Kopf abgetrennt, diesen auf dem See platziert und den Rest heute Morgen auf den Gleisen."

„So könnte es gewesen sein", bestätigte Sascha. „Der Prof wird es uns vielleicht genauer sagen können. Er wird sich freuen, von dir zu hören!"

„Halte ich dich jetzt von der Obduktion ab?", fragte Jenny besorgt, die Saschas Leidenschaft für Sektionen kannte.

„Logo hätte es eh nicht gerne gesehen, wenn ich dabei gewesen wäre."

„Was?", fragte Jenny erstaunt. „Warum denn? Solange er nicht zuschauen muss!"

Sascha hob die Schultern und sah weg.

„Raus mit der Sprache! Was ist da los bei euch?" Als immer noch keine Antwort kam, setzte sie nach: „Wir sind doch Freunde, oder? Ich dachte, wir könnten uns alles sagen?"

„Also gut", gab er nach. „Bei uns herrscht dicke Luft, seit er herausbekommen hat, dass ich mich auch auf deine Stelle beworben habe."

„Du? Aber ..." Sie dachte kurz nach. „Natürlich. Warum nicht? Du bist zwar jünger, aber ein ausgezeichneter Polizist. Und Logo ... Lass mich raten ... Er hat sich zuerst gar nicht beworben."

„Du kennst ihn gut", bestätigte Sascha. „Der Chef hat ihn zu sich gerufen und ihm die Leviten gelesen. Logo kam stinksauer zurück, und dann hat er auch noch mitbekommen, dass ich mich ebenfalls beworben habe. Das war das Schlimmste."

„Er ist halt schon ewig dabei", gab Jenny zu bedenken. „Wahrscheinlich ist er davon ausgegangen, die Stelle automatisch zu bekommen. Aber Erfahrung ist nicht alles. Er eckt einfach zu oft an."

„Ich gönn sie ihm ja", sagte Sascha. „Aber mich ärgert es, dass er es für absurd hält, dass ich auch geeignet sein könnte. Nur deswegen ziehe ich die Sache jetzt durch, obwohl ich wahrscheinlich sowieso keine Chance habe. Am liebsten wär's uns beiden eh, wenn du wiederkämst."

Jenny sah traurig zu Boden. „Irgendwann vielleicht. Kommt mich mal besuchen. Es ist wunderschön in meinem Dorf im Hunsrück. Zumindest wenn die holländischen Nachbarn nicht da sind!"

Bevor Sascha antworten konnte, klingelte sein Handy. Sein Gesicht erhellte sich, als er hörte, wer am anderen Ende der Leitung war. Die Stimme des Gerichtsmediziners Dr. Schwind erklang so laut, dass sogar Jenny ihn hören, wenn auch nicht verstehen konnte. Sascha stellte den Lautsprecher an: „Meine Arbeit interessiert Sie wohl gar nicht mehr?", ertönte es. Ohne eine Antwort abzuwarten, redete er weiter. „Es wäre aber gut, wenn Sie herkommen würden! Ich hab interessante Fakten für Sie!"

Sascha sah fragend zu Jenny. Sie nickte und er bestätigte. „Ich bin spätestens in einer halben Stunde da."

„Ich komme mit", kam Jenny seiner Frage zuvor, was ein zufriedenes Lächeln bei Sascha hervorrief.

Kapitel 20

Kurz darauf fuhren sie über den Kaiserleikreisel auf die andere Mainseite und folgten der Uferstraße bis nach Sachsenhausen. Über die Kennedyallee setzten sie ihren Weg zum Gerichtsmedizinischen Institut in der Nähe der Universitätsklinik fort.

Der Prof erwartete sie im Obduktionsraum. Sein Assistent stattete sie mit Kitteln und Überschuhen aus und öffnete ihnen die Stahltür zu dem gekachelten kühlen Raum. Der Prof beugte sich über einen Tisch und sah kaum auf, als sie hereinkamen. „Frau Becker, das dachte ich mir, dass Sie mir nicht lange erspart bleiben!"

Jenny, die eine fast freundschaftliche Beziehung mit dem ruppigen Gerichtsmediziner verband, grinste. „Ich bin extra zu Besuch gekommen, um Ihnen das Leben schwer zu machen!"

„Sieht Ihnen ähnlich! Sie haben, wie ich höre, auch eine zweigeteilte Leiche?"

„Tatsächlich, und ich überlege die ganze Zeit, ob das Zufall sein kann."

„Natürlich nicht!", erklärte der Prof harsch. „Ist Ihr Gerichtsmediziner völlig verblödet?"

Jenny warf einen überraschten Blick zu Sascha. „Wieso? Wie kommen Sie darauf?"

„Na, nun kommen Sie schon näher. Der Tote beißt Sie nicht. Zumindest die Hälfte ohne Kopf nicht!" Er grinste über seinen eigenen Witz.

Sascha musste er das nicht zweimal sagen, und auch Jenny trat an den Tisch. Vor ihr lag der nackte Körper, der Kopf war daran gelegt, sodass man kaum sah, dass er abgetrennt worden war.

„Na?", fragte der Prof und sah sie erwartungsvoll an.

„Was, ‚na'?", fragte Jenny irritiert.

Sascha hingegen bewies wieder sein Talent für alles Gerichtsmedizinische. „Das gibt's doch nicht", murmelte er und besah sich die Leiche genau.

„Sie sehen es also!", sagte der Prof befriedigt. „Nicht weniger habe ich von Ihnen erwartet!"

Sascha sah hoch. „Aber wie kann das sein?"

„Was denn?", fragte Jenny ungeduldig und sah von einem zum anderen. „Klärt mich vielleicht mal jemand auf?"

„Gerne!" Der Prof strahlte sie an, was Jenny grundsätzlich misstrauisch machte. „Bitte betrachten Sie aufmerksam den Kopf. Vergessen Sie, was Sie bereits wissen. Betrachten Sie ihn, als würden Sie ihn das erste Mal sehen und nicht wissen, um wen es sich handelt."

„Jaja, was ist denn nun mit ihm?"

„Sagen Sie es mir!"

Widerwillig beugte Jenny sich über den Stahltisch und betrachtete den Kopf eingehend. „Ein Mann mittleren Alters. Die Züge leicht verquollen, aber man kann noch erkennen, dass er gutaussehend war. Kurze, gepflegte Haare."

Der Prof öffnete mit einer geübten Handbewegung den Kiefer, sodass sie die Zähne sehen konnte. Sie schluckte. „Gepflegte gerade Zähne ..." Sie sah den Prof fragend an. „Noch etwas?"

Er schüttelte den Kopf. „Dann bitte jetzt den Körper." Jenny seufzte. „Könnten wir das Fragespiel nicht abkürzen?" Da sie die Antwort kannte, beugte sie sich über den Körper und betrachtete ihn ebenso genau wie den Kopf. Nach einem Moment stutzte sie und sah hoch.

Der Prof grinste breit. „Sie sehen es also?"

Er wartete ihre Antwort nicht ab. „Ungepflegte Hand- und Fußnägel. Schwielen. Verfilzte, ungepflegte Körperbehaarung. Und die Hautfarbe ... wenn man genau hinschaut, ist sie etwas dunkler als die des Kopfes. Also?" Er sah sie erwartungsvoll an.

Jenny betrachtete die Beine und erinnerte sich an die Operation, die Hirschhausen hinter sich hatte. Doch hier war nirgends eine Narbe zu sehen. „Der Kopf gehört nicht zum Körper", sagte Jenny langsam und versuchte gleichzeitig, die Tragweite dieser überraschenden Erkenntnis zu begreifen.

„Genau!" Der Prof grinste wie ein Kind zu Weihnachten.

„Aber, wie ist das möglich?", fragte Jenny.

„Jetzt stellen Sie sich nicht blöde! Irgendjemand hat da entweder zwei Personen getötet, deren jeweils andere Hälfte Sie zufällig noch nicht gefunden haben ..." Er fing Saschas Blick auf. „Ich führe das nur der

Vollständigkeit aus, oder halten Sie mich für völlig beschränkt und fantasielos?" Er funkelte Sascha an, und dieser beeilte sich, den Kopf zu schütteln.

„Oder ...", der Prof machte eine bedeutungsvolle Pause. „Sie haben es mit einem Spaßvogel zu tun, der zwei Menschen getötet und ihre Hälften vertauscht hat!"

„Und dann karrt er zwei Teile nach Koblenz und zwei versteckt er hier in Frankfurt?"

„Ich bin froh, dass Sie mir folgen können", erklärte der Gerichts-mediziner. „Dennoch ist mir Ihr ungläubiger Ton nicht entgangen. Ich schlage vor, Sie setzen sich mit dem zuständigen Kollegen in Koblenz in Verbindung. Auch wenn ich stark an seiner Kompetenz zweifle, bin ich doch sicher, er wird in der Lage sein, festzustellen, ob sein Kopf früher am gefundenen Körper gehangen hat oder an einem anderen."

Jenny hatte schon das Handy am Ohr. „Becker, Mordkommission. Verbinden Sie mich umgehend mit Frau Dr. Marius!" Sie lauschte einen Moment. „Das ist mir egal! Holen Sie sie ans Telefon!"

Jenny atmete tief durch. Kurz darauf hörte sie die Stimme der Gerichtsmedizinerin. „Frau Becker. Ist etwas passiert?"

Betont ruhig sagte Jenny: „Es geht um die Leiche aus dem Rhein. Kann es sein, dass Kopf und Körper nicht von ein- und derselben Person stammen?"

Zuerst war es totenstill in der Leitung. „Was? Wie meinen Sie das?"

„Was ist an der Frage so schwer zu verstehen?", sagte Jenny nun einen Ton schärfer.

„Nein, also, ich denke nicht. Wie kommen Sie darauf?"

Jenny biss die Zähne zusammen und sagte gepresst. „Weil ich hier einen Kopf und einen Körper habe, die definitiv nicht zusammen-gehören. Haben Sie bereits die DNA-Ergebnisse? Wenn nicht, würde ich Sie bitten, zum Leichnam zu gehen und ihn sich noch einmal genau ..." Sie betonte das Wort. „... anzuschauen."

„Aber ..."

„Gleich! Ich warte!"

„Aber ich ... gut. Es wird einen Moment dauern, ich bin am anderen Ende des Gebäudes. Aber wenn Sie darauf bestehen. Ich glaube ja nicht ...“

„Tun Sie es einfach. Bitte!" Jenny atmete tief durch und zwang sich zur Ruhe. Das Handy lose in der Hand lief sie im Obduktionssaal auf und ab. Sascha beobachtete sie besorgt, der Prof beugte sich über die Leiche und entnahm weitere Proben. Niemand sprach.

Minuten später ertönte Frau Dr. Marius' Stimme aus dem Hörer. Sie klang hektisch und verzweifelt. „Ich weiß nicht, wie das passieren konnte! Sie müssen mir glauben. Ich bin sicher, sobald die DNA-Ergebnisse fertig sind, hätte ich ...“

Jenny schnitt ihr das Wort ab. „Bitte schicken Sie alle Ergebnisse an das Frankfurter Institut für Gerichtsmedizin, zu Händen Professor Schwind. Danke."

„Das gibt's doch nicht!", rief sie, als sie aufgelegt hatte. „Wie kann man so etwas nicht merken?"

„Ein Obdachloser", sagte der Prof und füllte etwas mithilfe einer Pinzette in ein kleines Tütchen.

„Was?", fragte Jenny, in ihrer Tirade unterbrochen, verwirrt.

„Der Körper dürfte der eines Obdachlosen sein. Oder eines Menschen, der sich sehr vernachlässigt hat. Der Kopf wirkt dagegen ausgesprochen gepflegt. Aber ich verstehe wohl richtig, dass er einem Kollegen gehört, vielmehr gehörte."

„Die Unterkunft im Ostpark", stellte Sascha fest. „Vermutlich hat er sich da einen der Obdachlosen geschnappt. Es wird allerdings schwierig sein, festzustellen, ob jemand abgängig ist. Die Obdachlosen kommen und gehen unregelmäßig, und viele ziehen irgendwann einfach weiter."

Jenny kam ein grauenvoller Gedanke. „Meinst du, dass unser Mörder einen von ihnen einfach nur getötet hat, um dieses grausige Verwechselspiel zu inszenieren?"

„Grausig aber äußerst erfolgreich. Es hat eine Menge Ermittlungszeit gekostet und wäre ich nicht so brillant ...!", fiel der Professor ein.

„Ich vermisse Sie", erklärte Jenny aufrichtig. „Sie möchten nicht vielleicht nach Koblenz ziehen?"

„In die eisige Ecke kurz hinter dem Westerwald? Ich bitte Sie! Außerdem kommen Sie eh bald zurück."

Da war sich Jenny nicht so sicher, widersprach aber nicht. Sie verabschiedete sich vom Prof und auch von Sascha, der noch im Institut bleiben wollte.

Kaum saß sie im Auto, rief Britta an und gab ihr nähere Informationen zu dem Kongress, den Hirschhausen am nächsten Wochenende hätte besuchen sollen. Er wurde vom Höchster Krankenhaus organisiert und sollte im H4 Hotel in der Oeser Straße stattfinden. Der für die Planung Verantwortliche war ein Dr. Moll. Kurz entschlossen fuhr Jenny nach Rücksprache mit einem immer noch missgelaunten Logo nicht auf die Autobahn, sondern über die Uferstraße und die Schwanheimer Brücke nach Höchst in die Gotenstraße. Sie fand einen der raren freien Parkplätze und fragte sich in dem großen Krankenhauskomplex zum Büro von Dr. Moll durch. Es war um die Mittagszeit und so hatte sie das Glück, ihn bei einem Sandwich an seinem Schreibtisch anzutreffen. Moll war um die fünfzig, rundlich mit einem Kranz brauner Locken und einer dicken Brille, hinter der seine Augen wie Murmeln wirkten.

Überrascht legte er das Sandwich zur Seite und stand auf. „Eine Polizistin? Was kann ich für Sie tun?"

Erheitert sah Jenny, dass etwas Mayonnaise in seinem Mundwinkel klebte. Sie stellte sich vor und fragte nach Professor Hirschhausen und seiner Teilnahme an dem anstehenden Kongress.

„Bitte, setzen Sie sich doch", sagte Moll und wedelte mit der Serviette, die er noch in der Halt hielt, in Richtung des Besucherstuhls.

„Hirschhausen. Darf ich fragen, warum Sie sich nach ihm erkundigen?"

„Er wurde ermordet", sagte Jenny kurz angebunden.

Moll schnappte nach Luft und ließ sich zurücksinken. Er schien nicht zu bemerken, dass er immer noch die Serviette umklammerte. Seine Knöchel waren weiß.

Jenny lehnte sich besorgt vor. „Tut mir leid! Kannten Sie ihn persönlich?" Sie sah, dass der Mann blass war.

„Nur vom Telefon. Ich wollte gerne, dass er auf unserem Kongress zusätzlich zu den Fachvorträgen noch eine Begrüßungsrede hält. Im Rahmen dieser Anfrage hat er sich geäußert, dass er lieber gar nicht sprechen würde ... Tot, sagten Sie? Und noch dazu ermordet..."

Jenny ließ ihm einen Moment Zeit, sich zu fassen, dann fragte sie: „Welches Thema hat der Kongress?"

„Interdisziplinäre Krebstherapie." Er sah ihren fragenden Blick. „Wir stellen die verschiedenen Behandlungsmöglichkeiten nebeneinander, von der Chemotherapie bis zu alternativen Methoden wie Kräutertherapie."

Jenny kam ein Gedanke. „Kennen Sie Frau Dittler Zifurth?"

„Leider ja", kam es wie aus der Pistole geschossen. „Furchtbare Person! Wir mussten sie einmal von der onkologischen Station entfernen lassen. Sie ist wahllos in Krankenzimmer eingedrungen und hat Patienten belästigt. Stellen Sie sich vor, sie hat ihnen Amulette verkaufen wollen!"

Er hatte sich in Rage geredet und seine Gesichtsfarbe war von blass in ein gesundes Rot übergegangen.

„Übrigens ist sie der Grund, warum der Professor nicht sprechen wollte", fügte er hinzu.

„Wie das?", fragte Jenny erstaunt.

„Nun, der Kongress ist auch für Nichtärzte geöffnet, da es ja auch um alternative Methoden geht. Leider haben wir keinerlei Handhabe, Frau Dittler-Zifurth den Zugang zu verwehren. Professor Hirschhausen hat befürchtet, dass es zu einem Eklat kommen könnte, da sie sich, wie er sagt, auf ihn besonders eingeschossen hat. Er hat vorgeschlagen, dass sein Stellvertreter die Rede und die Vorträge hält."

„Dr. Wölter?", fiel Jenny ein.

„Sie kennen ihn?", fragte der Arzt.

„Kennen wäre zu viel gesagt", erklärte Jenny. „Ich habe mich mit ihm unterhalten." Ihr war die Änderung in Molls Stimme nicht entgangen. „Sie halten nicht viel von ihm?"

Moll sah sie erschrocken an. „Wie kommen Sie darauf? Ich kenne ihn nicht genug, um ihn zu mögen oder nicht zu mögen. Ich hätte nur lieber den Professor als Referenten gehabt. Er ist ein sehr charismatischer Redner. War", verbesserte er sich dann.

„Ich dachte ...", sagte Jenny langsam, „dass Dr. Hirschhausen eher die schulmedizinische Richtung vertrat. Wieso spricht er dann auf einem Kongress, in dem es um alternative Methoden geht?"

Moll lächelte. „Das ist nur auf den ersten Blick überraschend. Zum einen war der Professor sehr aufgeschlossen, auch wenn er selbst eher der schulmedizinischen Seite entstammt, zum anderen gibt es ebenso Redner aus dem anderen Lager, sodass keine der beiden Seiten zu kurz kommt. Die Disziplinen sind ja auch keine Gegner sondern ergänzen sich oft hervorragend. Gerade, wenn es um Nebenwirkungen der Schulmedizin geht, kann die alternative Medizin viel ausrichten. Es ist nur manchmal schwierig einzuschätzen, wann welche Therapie angebracht ist. Besonders für die Patienten."

„Ich kann mir vorstellen, dass es in solch emotionalen Ausnahmesituationen oft schwierig ist, sich für das Beste zu entscheiden."

„Das ist wahr", bestätigte Moll. „Aber sagen Sie, was genau erhoffen Sie sich von mir?"

Jenny seufzte. „Wir tappen noch ziemlich im Dunkeln, sowohl über das Motiv der Tat, als auch über die letzten Stunden des Professors. Außerdem haben sich Verbindungen zu Frankfurt ergeben. Es hätte sein können, dass er am Tag seines Todes hier war."

Moll schüttelte den Kopf. „Ich habe ausschließlich mit ihm telefoniert. Und das letzte Mal ... Lassen Sie mich überlegen ..." Er zog einen Kalender zu sich heran. „Es war am Tag des Geburtstags meiner Frau. Ich war schon spät dran, deshalb erinnere ich mich. Am 14."

„Also zwei Tage vor seinem Tod", sagte Jenny nachdenklich. „Vermutlich ist Ihnen nichts an ihm aufgefallen?"

Moll überlegte. „Ich wüsste nicht, was. Er hatte sich quasi entschieden, nicht auf dem Kongress zu reden und nochmal auf Dr. Wölter und auf seine Studie verwiesen."

„Studie?" Jenny merkte auf. „Welche Studie?"

„Dr. Wölter macht eine Studie über den Erfolg von Chemotherapien."

„Studie bedeutet doch, dass etwas Neues erforscht wird?", fragte Jenny.

„In diesem Bereich gibt es ständig neue Medikamente. Fast monatlich kommt etwas Neues auf den Markt. Und wie Sie ja am Konflikt mit Frau Dittler-Zifurth sehen, gibt es durchaus unterschiedliche Meinungen zu ihrer Wirkung. Ich bin nicht im Einzelnen über Wölters Studie informiert, doch es geht um die statistische Erfassung des Therapieerfolgs. Nebenwirkungen, Rückfälle, Therapieerfolg oder Versagen."

Jenny nickte nachdenklich. „Ich verstehe. Noch irgendetwas, das uns helfen könnte?"

Er gab sich sichtlich Mühe, nachzudenken, hob dann jedoch die Hände. „Leider nicht."

Kapitel 21

Als sie zwei Stunden später im Hof des Koblenzer Präsidiums aus dem Auto stieg, stürzte Frau Dr. Marius auf sie zu. „Frau Becker, kann ich Sie vielleicht sprechen?"

„Natürlich", sagte Jenny. „Sollen wir hineingehen? Wir können uns in meinem Büro unterhalten?"

„Ich möchte nicht, dass Ihre Kollegen alles mitbekommen. Könnten wir uns nicht einen Moment in Ihren Wagen setzen?"

Jenny zögerte, nickte dann aber und öffnete erneut die Autotüren, die sie gerade verschlossen hatte. Sie stieg ein und die Gerichtsmedizinerin rutschte neben ihr auf den Beifahrersitz.

Bevor Jenny noch nach ihrem Anliegen fragen konnte, sprudelte es schon aus ihr heraus. „Ich habe einen schrecklichen Fehler gemacht!" Ihre Stimme zitterte und ihr Gesicht war totenblass. „Zu keiner Zeit habe ich Körper und Kopf nebeneinander gelegt und verglichen. Ich bin einfach davon ausgegangen ... Wissen Sie, wir haben hier nicht viele Leichen. Zumindest nicht viele Mordopfer. Und sowas ..." Sie schluckte. „Also, was ich sagen will: Das hätte einfach nicht passieren dürfen. Ich möchte mich entschuldigen. Nicht auszudenken, was hätte geschehen können. Vielleicht wäre ich schuld gewesen, falls der Mörder nicht gefasst wird!" Sie wischte sich über die Augen. „Wenn Sie es melden, verliere ich meinen Job", sagte sie endlich verzagt. „Und es würde mir recht geschehen."

Jenny blieb einen Moment still. „Ich werde Sie nicht melden, und ich bin sicher, dass Sie in Zukunft sorgfältiger sein werden. Allerdings wird es in unserem Bericht stehen. Das kann ich nicht verhindern. Es ist möglich, dass Ihr Ruf Schaden nimmt."

Frau Dr. Marius richtete sich auf. „Das ist nur gerecht. Danke."

*

Wenige Minuten später betrat Jenny ihr Büro. Sie rief Frank und Britta zu sich und erklärte ihnen die Sachlage. Beide zeigten sich entsetzt.

„Wie kann so etwas passieren?", fragte Britta. „Ich meine nicht die Morde. Irre Täter hat es schon immer gegeben, wenn auch selten hier bei uns. Aber wie kann es in der Gerichtsmedizin nicht erkannt worden sein, dass der Kopf nicht zu dem Körper gehört?"

„So etwas passiert, wenn man Dinge als selbstverständlich voraussetzt", erklärte Jenny. „Die Untersuchungen wurden völlig separat voneinander durchgeführt. Kopf und Körper wurden noch dazu getrennt voneinander gelagert. Niemand ist auf die Idee gekommen, dass sie nicht zueinander gehören könnten. Spätestens die DNA hätte es aber ans Licht gebracht."

Frank dachte laut. „Stellt euch vor, man hätte nur von einer Hälfte der Leiche eine Probe genommen. Dann wäre es vielleicht gar nicht herausgekommen."

„Was vermutlich der Sinn dahinter war. Auf jeden Fall haben wir jetzt neue Ansatzpunkte. Der Mörder muss medizinische Kenntnisse haben oder zumindest in der Lage sein, Köpfe sauber abzutrennen, was vermutlich auch ein Metzger kann. Er muss sich sowohl in Frankfurt als auch im Großraum Koblenz gut auskennen. Die wichtigste Frage ist immer noch die nach dem Motiv. Eine zufällige Tat oder eine Tat im Affekt scheidet aus. Das Ganze muss sorgfältig geplant gewesen sein. Der Obdachlose, wenn es denn einer war, ist möglicherweise ein Zufallsopfer. Wer hatte einen Grund, Professor Hirschhausen umzubringen?"

„Ich rede nochmal mit der Sekretärin", schlug Frank vor. „Vielleicht ist ihr noch etwas eingefallen."

Jenny nickte. „Ich besorge eine Verfügung. Lass dir alle Unterlagen und sämtliche Post, die eingegangen ist, geben. Vor allem stell seinen Computer sicher. Ich will wissen, woran er gearbeitet hat. Sie soll aber zunächst niemandem in der Klinik etwas von seinem Tod sagen. Wollen wir hoffen, dass die Information nicht den Weg in die Presse findet. Zwei Leichen mit vertauschten Köpfen gäbe ein riesiges Medienspektakel."

„Ich recherchiere ähnliche Fälle", sagte Britta missmutig und wandte sich ab, um an ihren Computer zu gehen.

„Nein, du sprichst noch einmal mit der Frau und lässt dir von ihr alle Unterlagen geben, die ihr Mann zu Hause in seinem Arbeitszimmer aufbewahrt hat."

Brittas Gesicht erhellte sich. Sie nickte knapp.

„Und du? Was machst du?", fragte Frank neugierig.

„Ich informiere Sobottki, besorge den Beschluss, gebe die Recherche ein und fahre dann nochmal zur Geliebten. Wäre doch gelacht, wenn sich kein Motiv finden ließe!"

Kapitel 22

Frau Senger öffnete nach dem zweiten Klingeln die Tür. Sie schien Jenny um Jahre gealtert. Mühsam setzte sie ein Lächeln auf und bat Jenny herein.

„Frau Hirschhausen hat mich informiert. Ich weiß nicht, ob es mir nicht lieber wäre, wenn Sie ihn nicht gefunden hätten. Dann gäbe es wenigstens noch Hoffnung. Andererseits war die Ungewissheit unerträglich." Sie bot Jenny einen Platz auf der Couch an.

„Sie haben nach wie vor keine Idee, wer ein Motiv hätte haben können, ihn zu töten?"

Die Frau schüttelte den Kopf. „Er hat nur Gutes getan. Sich für Menschen eingesetzt. Vielleicht jemand, dem er nicht hat helfen können?"

Jenny war der Gedanke auch schon durch den Kopf gegangen. „Haben Sie da jemand Bestimmten im Sinn? Hat er Ihnen vielleicht von einem besonders tragischen Fall erzählt? Oder haben Sie mitbekommen, dass ein Patient oder ein Angehöriger ihm Vorwürfe gemacht hat?"

„Nein, und das hätte ich auch nicht", sagte sie entschieden. „Wenn er bei mir war, wollte er nicht über seinen Beruf reden. Dann gab es nur uns beide. Er hat versucht, alles Unangenehme von mir fernzuhalten."

Jenny wählte ihre nächsten Worte mit Bedacht. „Und wie steht es mit seiner Frau? Es kommt mir seltsam vor, unnatürlich, dass sie kein Problem mit Ihrer Beziehung zu ihrem Mann gehabt haben soll."

Ein schmerzvoller Ausdruck huschte über Frau Sengers Gesicht. „Ich hoffe wirklich, wir haben ihr nicht zu wehgetan. Aber sie liebte Sebastian und er sie. Ich kann nicht glauben, dass sie ihm etwas angetan hat. Nein, ganz sicher nicht."

Jenny konnte sich zwar durchaus vorstellen, dass die betrogene Ehefrau verletzt genug war, um ihren Mann zu töten, nicht jedoch, dass sie ihn köpfte und mit dem Kopf noch ein irrsinniges Spiel veranstaltete.

„Bitte verzeihen Sie mir die nächste Frage, aber ich muss sie stellen. Haben Sie Kenntnis, ob Professor Hirschhausen ein Testament gemacht hat? Hat er zum Beispiel einmal mit Ihnen darüber gesprochen, ob er Ihnen etwas vererben will?"

Sie lachte kurz auf. „Das hat er tatsächlich. Einmal, als in meiner Firma Stellen abgebaut wurden, haben wir über finanzielle Dinge gesprochen. Er hat angeboten, mich zu unterstützen und auch für den Fall, dass er vor mir stirbt, vorzusorgen. Ich habe es abgelehnt. Ich fand nicht, dass unsere Beziehung dergestalt war, und außerdem bin ich es gewohnt, unabhängig zu sein und möchte dies auch nicht aufgeben."

„Es gibt also kein Testament?"

„Sicher weiß ich es nicht, aber er hat bei einer späteren Gelegenheit davon gesprochen, alles außer einem angemessenen Anteil für seine Frau der Krebsforschung zu spenden."

Jenny dachte einen Moment über das Gesagte nach. „Meinen Sie, seine Frau hat davon Kenntnis?"

„Das weiß ich nun wirklich nicht."

Die Frau krampfte die Hände um ein Taschentuch und schien nur mühsam die Fassung zu wahren.

„Wir sind gleich fertig", versicherte Jenny. „Darf ich mir noch seine Sachen ansehen? Er hatte doch sicher einige Dinge bei Ihnen?" Sie hatte den Beschluss in der Tasche, hoffte jedoch auf das Einverständnis der Frau.

„Sicher", sagte sie auch sofort und erhob sich. „Kommen Sie."

Was Professor Hirschhausen bei seiner Geliebten aufbewahrt hatte, war wenig mehr als ein paar Toilettenartikel, ein Buch und ein Bademantel, dessen Taschen bis auf ein Papiertaschentuch leer waren.

„Er hat Ihnen nichts zum Aufbewahren gegeben? Nichts hier liegen gelassen?"

„Nichts. Wie gesagt, er trennte Berufliches und Privates streng."

Enttäuscht verabschiedete sich Jenny. „Gut, dann danke. Es wird noch ein paar Tage dauern, bis der ... Körper freigegeben werden kann. Ich meine wegen der Beerdigung. Falls Sie ..." Verlegen hielt sie inne.

„Man wird sehen", war die vage Antwort.

Als Jenny sich in der Diele an der Frau vorbeischieben wollte, fiel ihr Blick auf einen Herrenmantel an der Garderobe. „Ist das womöglich seiner?"

„Der Mantel! Er hat ihn das letzte Mal vergessen. Es hatte geregnet, der Regen hatte aber aufgehört, als er ging ..." Ihre Stimme brach.

„Darf ich?", fragte Jenny und erntete ein Nicken.

Sie hob den schweren Regenmantel vom Haken und griff in alle Taschen. Ein Hustenbonbon, ein Taschentuch und etwas Kleingeld. Doch in der Innentasche, die mit einem Reißverschluss gesichert war, wurde sie fündig. Ein zusammengefaltetes Papier war dort ordentlich verstaut worden. Neugierig faltete Jenny es auseinander. „Ein Brief", murmelte sie.

„Was steht drin?", fragte Frau Senger aufgeregt.

Jenny starrte auf die Schrift. „Es tut mir leid. Das darf ich Ihnen nicht sagen. Ich muss den Brief mitnehmen." Als sie den Widerstand in den Augen der Frau sah, ergänzte sie: „Ich hab einen Beschluss dafür. Er ist wichtig für die Ermittlungen. Und ....", setzte sie hinzu. „Er hat rein gar nichts mit Ihnen zu tun."

Frau Senger nickte, trat einen Schritt zurück und gab so den Weg zur Tür frei.

Jenny verabschiedete sich und verließ das Haus. Im Wagen las sie als erstes noch einmal langsam den Brief von Anfang bis Ende durch. Immer noch blieb sie sitzen, starrte durch die Windschutzscheibe in den Regen, der vor wenigen Minuten eingesetzt hatte, und dachte nach.

Kapitel 23

Sascha stand zum zweiten Mal vor der Tür des Raumes, in dem sich die Selbsthilfegruppe traf. Unbehaglich wartete er, bis die Stunde vorbei war und sich die Tür öffnete. Er war sich nicht sicher, wie er sich Staatsanwalt Biederkopf gegenüber verhalten sollte.

Doch er hatte sich unnötig Sorgen gemacht. Zwar sah er einige bekannte Gesichter, Biederkopf war jedoch an diesem Abend nicht da.

„Nanu? Sie schon wieder?", begrüßte ihn Yannik Lemhofer erstaunt.

„Es haben sich neue Fragen ergeben", erklärte Sascha und warf noch einmal einen Blick in die Runde. „Ist Herr Biederkopf heute nicht da?"

„Nein", antwortete Lemhofer und lächelte höflich.

Sascha wollte nachhaken, zwang sich aber, die Diskretion des Mannes zu akzeptieren. „Kennen Sie eine Frau Dittler-Zifurth?"

Lemhofers Gesicht wurde schlagartig todernst. „Allerdings. Ich habe sie erst vor wenigen Wochen rausgeworfen. Sie hat sich unter dem Vorwand, krank zu sein, hier eingeschlichen. Dabei wollte sie nur Zugang zu Patienten, um sie auszufragen und zu verunsichern. Eine furchtbare Person. Hat sie mich angezeigt? Ich habe sie nur leicht am Arm gefasst, weil sie nicht gehen wollte." Er hatte sich in Rage geredet und holte tief Luft, um sich zu beruhigen.

„Und?", fragte Sascha. „Ist sie dann gegangen?"

„Ja, bis draußen vors Haus", antwortete Lemhofer bitter. „Dort hat sie dann auf die Teilnehmer gewartet und sie abgefangen. Ich habe versucht, ihr zu erklären, was sie damit anrichtet, aber sie hat mich erst ignoriert, dann offen ausgelacht."

„Hatte sie auch Kontakt zu Helmut Roth?"

„Vermutlich. Sie hat jeden angesprochen und Helmut war an dem Tag da. Sie kam dann noch zwei weitere Male. Erst als ich ihr angedroht habe, die Polizei zu rufen, ist sie nicht mehr aufgetaucht."

„Was hat sie den Leuten denn erzählt?" Sascha ahnte es schon.

„Dass die Therapien nichts nutzen und sie im Gegenteil sogar krank machen! Dann hat sie versucht, ihnen für teures Geld allerlei nutzloses Zeug zu verkaufen, das sie angeblich gesund machen soll." Er schüttelte den Kopf. „Wissen Sie, wenn man weiß, dass man lebensgefährlich erkrankt ist, greift man nach jedem Strohhalm. Auch Patienten, die normalerweise nie auf so eine Scharlatanerie hereinfallen würden."

„Roth auch?"

„Ich weiß es nicht sicher. Allerdings zweifelte er ja sowieso schon an seiner Behandlung. Möglicherweise hat sie bei ihm offene Türen eingerannt."

„Er hatte einen Anhänger, den ich auch bei ihr gesehen habe."

„So ein Ding mit Flügeln? Das trugen nach ein paar Tagen viele hier. Manche, weil sie daran glaubten, manche, weil sie nach eigener Aussage nicht schaden können. Geschadet haben sie aber dem Geldbeutel. Sie berechnet für so einen Tand über hundert Euro!"

Sascha kratzte sich das Kinn. „Dachte ich mir doch, dass es der Dame nicht nur um die Gesundheit der Menschen geht."

Lemhofer schnaubte abfällig. „Darum am wenigsten würde ich sagen."

Kapitel 24

Erschöpft ließ Jenny sich auf die Couch fallen. Sie war nach dem Besuch bei Frau Hirschhausen ohne Umweg über das Präsidium nach Hause gefahren. Der Tag war lang gewesen, und nach dem Regen hatte sich drückende Schwüle über das Land gesenkt. Außerdem musste sie nachdenken. Irgendetwas entging ihr bei diesem Fall.

Auch in ihrer Wohnung war es drückend heiß. Kurz entschlossen schnappte sie sich ein großes Handtuch, eine Flasche Wasser und ein Buch und machte sich auf den Weg aus der Eingangstür um das Haus herum in den Garten. Sie breitete das Handtuch unter einer großen Kastanie aus und legte sich mit einem Seufzer darauf. Im Baum saß eine Horde Spatzen, die lautstark schimpfte. Davon und von einem gelegentlichen Blöken der Schafe abgesehen war alles ruhig. Jenny schloss die Augen und dämmerte weg. Nur, um sie wenige Minuten später erschrocken aufzureißen. Ein dumpfes Hämmern setzte ein, gefolgt von hektischer Musik. Ihre holländischen Nachbarn schienen eingetroffen zu sein.

Bevor Jenny mehr machen konnte, als sich aufzusetzen und die Augen zu reiben, kam Luuk beladen mit einer Kühltasche und mehreren Tüten um die Hausecke.

„Jenny", rief er begeistert. „Du grillst doch bestimmt mit uns? Wir haben mehr als genug!"

Wahrscheinlich Frikandellen, dachte Jenny, schalt sich aber gleich dafür. Die Einladung war nett gemeint, trotzdem suchte sie hektisch nach einer Ausrede.

„Ist es nicht schön hier?", rief er und stellte eine Kühltasche mit den Ausmaßen eines Kleinwagens ab. „Wir kommen her, weil es hier so ruhig ist. Ganz anders als zu Hause!"

Luuk zerrte einen Grill aus einem kleinen Verschlag, schüttete großzügig Kohle hinein und tränkte sie ebenso großzügig mit flüssigem Grillanzünder. Eine Stichflamme schoss empor und Jenny sprang erschrocken auf.

„Wir wollen ja nicht ewig warten, nich?", lachte Luuk und kam zu ihr herüber.

Jenny bückte sich und nahm Handtuch, Buch und Wasserflasche an sich. „Es tut mir leid", sagte sie. „Ich habe schon gegessen, und Gegrilltes vertrage ich auch nicht so gut."

„Svantje macht auch Nudelsalat!", erklärte er. „Keine Widerrede. Ich hole Stühle."

Kurz darauf kam er zurück, drei Klappstühle unter den einen Arm geklemmt und einen riesigen tragbaren CD-Player, aus dem gerade *Schatzi, schenk mir ein Foto* dröhnte.

Jenny, die immer noch an derselben Stelle stand, reichte es. „Tut mir wirklich leid. Ein andermal gerne."

Ohne ihn weiter zu beachten, ging sie schnellen Schrittes an Luuk vorbei, zurück in ihre Wohnung. Die Musik war auch hier oben kaum auszuhalten. Wütend schnappte sie sich Hausschlüssel und Handy, zog Wanderschuhe an und rannte förmlich aus dem Haus.

Sie würde sich schnellstens eine andere Wohnung suchen. Irgendwo, wo es keine Nachbarn gab. Wieder folgte sie dem Heckenweg und sah sehnsüchtig zu den vereinzelt halb im Wald verschwundenen Wochenendhäusern hin. Die einzigen, die hier Lärm machten, waren wahrscheinlich die Vögel und die Rehe.

Als sie die Einfahrt zu einem kleineren Gebäude auf der rechten Seite passierte, blieb sie wie angewurzelt stehen. Ein ‚*Zu Verkaufen*'-Schild stand hier. Es sah nagelneu aus und Jenny war sich sicher, dass es bei ihrem Spaziergang wenige Tage vorher noch nicht dagestanden hatte. Sie reckte den Kopf nach dem Haus, sah jedoch wenig mehr als das Dach. Unsicher machte sie ein paar Schritte die Einfahrt hinein.

Man sah dem Grundstück an, dass länger nichts gemacht worden war. Das Gras stand hoch und in der Einfahrt wuchs Unkraut. Noch ein paar Schritte weiter konnte sie endlich das Haus richtig sehen. Es war nicht allzu groß. Jenny schätzte es auf zwei Zimmer plus Küche und Bad. Von außen schien es gut in Schuss. Es wirkte allerdings nicht so, als würde noch jemand darin leben. Sie ging zur Haustür und klopfte. Alles blieb still. Sie drehte sich im Kreis und lauschte. Keine Musik, kein Straßenlärm, nur das Zirpen von Grillen und das Zwitschern von Vögeln.

Jenny ging zurück zur Einfahrt, holte ihr Handy heraus und wählte die auf dem Verkaufsschild angegebene Nummer.

Kapitel 25

Der nächste Tag war ein Sonntag. Jenny hatte gleich für morgens einen Besichtigungstermin ausgemacht. Am Abend zuvor hatte die Schlagermusik noch bis nach Mitternacht im Garten gedröhnt und diesmal war ihrer Bitte, sie leiser zu machen, zwar ebenso freundlich wie beim ersten Mal begegnet worden, aber mit noch weniger Erfolg.

Gegen neun Uhr machte sie sich auf den Weg zu dem Häuschen. Oben an der Straße parkte ein älterer Opel. Der Inhaber war schon im Haus, hatte die Fensterläden geöffnet und auch die Eingangstür stand offen.

Jenny klopfte an den Türrahmen, trat in den winzigen Flur und rief: „Hallo!"

„Kommen Sie rein!", ertönte eine Stimme aus dem Inneren und Jenny ging weiter in einen Raum, der als Wohnzimmer zu dienen schien. Ein Mann um die Siebzig kam aus einer Tür an der Hinterseite. „Sie müssen Frau Becker sein. Schröder, freut mich."

Neugierig sah Jenny sich um. Das Zimmer war teilweise möbliert. Ein schöner alter Holzschrank stand an einer Wand und ein beiger Zweisitzer, der nagelneu aussah, an einer anderen.

Schröder war ihrem Blick gefolgt. „Meine Frau und ich wollten das Haus eigentlich behalten und als Ferienhaus vermieten, aber wir sind nicht mehr die Jüngsten, und die Arbeit ist uns einfach zu viel. Zudem brauchen wir zum Glück das Geld nicht. Gefällt es Ihnen?"

Jenny nickte. „Bisher ja."

Er lachte. „Stimmt, Sie haben ja kaum etwas davon gesehen. Wollen Sie es als Wochenendhaus nutzen?"

„Nein, ich möchte ganz hier wohnen. Eine Zeit lang zumindest."

Ein Schatten schien über sein Gesicht zu gehen, doch vielleicht hatte Jenny es sich auch nur eingebildet.

„Kommen Sie, ich zeige Ihnen den Rest."

Er führte sie in den zweiten Raum, der eine komplette, ebenso neu wie die Couch aussehende weiße Einbauküche enthielt. Der Raum war groß genug, um auch noch einen Esstisch mit vier Stühlen aufzunehmen.

Jenny trat ans Fenster. Erst jetzt sah sie, dass eine Terrasse die ganze Länge des Hauses einnahm. Die Aussicht ins Tal war atemberaubend. Links und rechts standen große Bäume, doch direkt vor ihnen war eine Lücke, durch die sie die andere Talseite sehen konnte. „Schön", sagte sie leise.

Schröder nickte. „Wir waren immer sehr gerne hier. Aber die Wege zum Einkaufen und zum Arzt sind uns irgendwann zu weit geworden. Jetzt haben wir eine hübsche seniorengerechte Wohnung in Emmelshausen. Kommen Sie."

Er führte sie wieder zurück ins Wohnzimmer, wo in einer Ecke eine Wendeltreppe nach unten führte.

„Das Bad ist unten", meinte er entschuldigend. „Aber Sie sind ja noch jung!"

Eine Etage tiefer standen sie in einem schmalen Flur, von dem links und rechts je eine Tür abging. Eine weitere führte offensichtlich nach draußen.

Schröder öffnete die Tür links und ließ ihr den Vortritt ins Schlafzimmer. Es war nicht groß, reichte aber für ein ca. 1,60 m breites Bett und einen Kleiderschrank, der die ganze Breite einnahm. „Das Bett ist ganz neu. Boxspring!", erklärte er stolz.

Jenny nickte. Der nächste Raum war das Badezimmer, das auch frisch renoviert schien. „Neu gemacht", erklärte er umgehend.

Als Letztes öffnete er die Tür ins Freie. Ein kleiner Garten war um das Haus herum angelegt, der jedoch schnell in Wald überging.

„Das ganze Hanggrundstück gehört dazu. Bis hinunter zum Weg. Allerdings haben wir es nicht genutzt. Der Hang ist doch recht steil. Meine Frau hat rund ums Haus Blumen gepflanzt und Gemüse angebaut. Da, der Apfelbaum trägt sehr gut."

Jenny war wie bezaubert. Hier war sie, die Idylle, die sie gesucht hatte. Hier in diesem Häuschen, dessen Wohnfläche kleiner war als die ihrer Wohnung in Frankfurt, aber das so wunderschön lag.

„Und die Nachbarn?", fragte sie.

„Nebenan ist ein Wochenendhaus, das Holländern gehört." Er sah ihren Blick. „Nette, ruhige Leute", versicherte er schnell. „Die beiden

Häuser gegenüber sind dauerhaft bewohnt. Ebenfalls sehr angenehme Nachbarn."

„Es gefällt mir sehr!", erklärte Jenny. „Aber was soll es denn kosten?" Schröder kratzte sich am Kopf. „Also, da muss ich Ihnen erst etwas erklären. Offiziell ist das hier ein Wochenendwohngebiet. Es wird aber seit vielen Jahren geduldet, dass Eigentümer dauerhaft hier wohnen. Es gibt allerdings keine Garantie. Im schlimmsten Fall könnte es bei einem Verkauf untersagt werden, das Haus dauerhaft zu nutzen, was natürlich den Wert mindert."

Jenny dachte einen Moment darüber nach. „Aber momentan wird es üblicherweise genehmigt?"

„Ja, und die Eigentümer versuchen gerade, es offiziell zum Dauerwohngebiet erklären zu lassen. Das hätte aber alles Mögliche zur Folge. Zum Beispiel müsste dann die Straße ausgebaut werden, was einiges kostet. Vielleicht erhalten aber auch nur einzelne Häuser das Dauerwohnrecht. Damit wäre wohl jedem am meisten gedient."

„Sie sind sehr ehrlich, Herr Schröder", sagte Jenny.

„Selbstverständlich", erklärte er. „Ich will Sie doch nicht übers Ohr hauen!"

„Also was kostet es?"

Er zögerte. „Wir dachten Vierzigtausend. Immerhin sind Bad und Küche ganz neu. Alles bleibt natürlich drin, auch die Möbel. Wenn Sie sie möchten."

Jenny war baff. Der Preis war für Frankfurter Verhältnisse unglaublich günstig. Selbst wenn sie nicht dauerhaft hier wohnen bleiben wollte oder konnte, könnte sie es als Wochenendhaus nutzen oder vermieten.

„Wann könnte ich einziehen?", fragte sie.

Schröder lächelte. „Natürlich müssen wir erst einen notariellen Kaufvertrag machen. Aber einziehen können Sie von uns aus gleich."

Jenny brauchte nur einen kurzen Moment, um zu einer Entscheidung zu kommen. Sie erzählte kurz von ihrer momentanen Wohnsituation.

„Wenn Sie mich sofort einziehen lassen, sind wir im Geschäft."

„Hand drauf!", bestätigte er und strahlte. „Meine Frau wird sich freuen. Ich lasse gleich einen Kaufvertrag aufsetzen. Hier bitte, der Schlüssel. Den Zweiten bekommen Sie, wenn alles erledigt ist."

Kurz darauf verabschiedete er sich, und Jenny atmete tief durch. Sie konnte nicht glauben, dass sie gerade ein Haus gekauft hatte! Sie ging noch einmal langsam durch alle Räume. Dann sah sie auf die Uhr. Es war höchste Zeit, ins Präsidium zu fahren. Sie schloss sorgfältig ab und machte sich auf den Weg.

Jenny rief von unterwegs Michael Danner an, der gerade auf dem Weg zum Flughafen war. „Ich hoffe, du hältst mich nicht für un-dankbar!", sagte sie abschließend. „Aber ich habe Ruhe und Ab-geschiedenheit gesucht und diese Nachbarn ... Mir fehlen echt die Worte, um die zu beschreiben."

„Kein Problem", antwortete er. „Im Gegenteil. Ich bin froh, dass ich jetzt Bescheid weiß. Ich werde die Wohnung unter diesen Umständen doch verkaufen. Auf den Ärger hab ich keine Lust."

*

Frank und Britta warteten schon im Büro. Auf einem Schreibtisch, den sie halb von Akten freigeräumt hatten, war ein Frühstück mit belegten Brötchen, Croissants und Stückchen hergerichtet. „Hat jemand Ge-burtstag?", rief Jenny erfreut.

„Nee, aber wenn wir schon am Sonntag arbeiten müssen", erklärte Frank und biss in ein Schokocroissant, „dann können wir es uns ja angenehm machen. Greif zu!"

Britta schenkte ihr Kaffee ein. Ihre Augen funkelten aufgeregt. „Ich habe eine abgeschlossene Schublade im Haus des Professors entdeckt. Der Schlüssel war laut Aussage seiner Frau an seinem Schlüsselbund, der bisher noch nicht aufgefunden wurde. Mit ihrem Einverständnis, auch wenn es nicht notwendig gewesen wäre, habe ich das Schloss aufbrechen lassen und einen ganzen Stapel Akten gefunden. Alles Beschwerden von Patienten und Briefe von Frau Dittler-Zifurth."

„Gute Arbeit. Stell eine Liste mit den Namen und dem Grund für die Beschwerden zusammen. Ich habe auch etwas", sagte Jenny und erzählte von dem Brief. „Er hat keinen Absender, aber ich wette, dass er auch von der Dittler-Zifurth stammt."

„Warum unterschreibt sie ihn dann nicht?", wunderte sich Frank.

„Vermutlich, weil sie angenommen hat, dass er alles, was von ihr kommt, ignoriert."

Frank dachte einen Moment darüber nach. „Was steht denn drin?"

Jenny zog die Plastikhülle, in die sie den Brief gesteckt hatte, aus ihrer Aktentasche und trat an den Kopierer. Sie gab jedem ihrer Kollegen eine Kopie.

Britta hielt ihre anklagend hoch. „Brief? Das ist doch nur eine Liste mit Namen?"

„Sehr geehrter Professor, wie besprochen die Liste der Geschädigten", las Jenny vor. „Das ist doch wohl ein Brief", ergänzte sie gereizt.

„Ja sicher", sagte Britta kleinlaut. „Soll ich die Namen mit den Unterlagen aus Hirschhausens Haus abgleichen?"

„Bitte. Und kopier alles für Frank und mich."

Jenny schnappte sich ein Käse-Brötchen und ging in ihr eigenes Büro. Ihre gute Laune war wie weggeblasen. Brittas Art ging ihr gehörig auf die Nerven.

*

Gegen siebzehn Uhr fuhr Jenny wieder in den Heckenweg und parkte vor dem Haus. Kopfschüttelnd stieg sie aus. Schon wieder dröhnte Schlagermusik aus dem Erdgeschoss. Am Zaun zum Schafgehege hantierte der Mann, der ihr schon bei ihrem Einzug geholfen hatte.

„Die machen mir die Schafe ganz verrückt", sagte er und trat zu ihr. „Wie halten Sie es nur da oben aus?"

„Gar nicht", antwortete Jenny entschieden. „Ich ziehe wieder aus. Heute Morgen habe ich den Kaufvertrag für das kleine Haus weiter hinten im Heckenweg unterschrieben. Und ich habe schon den Schlüssel! Ich fange gleich an, meine Sachen nach hinten zu bringen. Vielleicht kann ich heute schon dort schlafen."

„Das Haus von den Schröders? Das haben sie richtig gemacht. Nettes kleines Haus und gut in Schuss. Die Schröders haben viel drin machen lassen. Nur außen rum müssen Sie vielleicht ein bisschen Ordnung machen. Wenn's Ihnen zu viel wird, sagen sie Bescheid. Im Ort gibt's Leute, die das für kleines Geld gerne für sie übernehmen."

„Gute Idee. Ich werde darauf zurückkommen. Aber jetzt muss ich los. Ich hab noch einige Fuhren zu machen, wenn ich nicht mehr in dem Krach schlafen will. Oder eher nicht schlafen."

Er nickte bedächtig und sah ihr nach, als sie ins Haus ging. Dann griff er in seine Hosentasche und zog sein Handy heraus. Zwanzig Minuten später, sie packte gerade die zweite Tasche voll, klingelte es.

Seufzend ging sie zur Eingangstür und sah durch den Spion. Vermutlich wollte Luuk sie wieder zu Frikandellen einladen. Als sie niemanden sah, drückte sie den Türöffner. Die Treppe herauf kamen vier Männer um die vierzig. Sie zog die Eingangstür ein Stück auf und sah neugierig von einem zum anderen. Der größte von ihnen streckte die Hand aus. „Ich bin der Bürgermeister, herzlich willkommen. Ich habe gehört, Sie haben das Häuschen der Schröders gekauft. Wir helfen Ihnen schnell beim Umzug!"

„Äh, was?", fragte Jenny wenig intelligent. Einer der Männer drängte sich an ihr vorbei, einen Stapel noch zusammen gefalteter Umzugskartons unter dem Arm. „Soll alles mit?"

„Äh, ja, außer den Möbeln ... aber ...", stammelte Jenny.

Hinter den Männern kam der Schafbesitzer die Treppe hinauf. „Ich dachte, wir helfen Ihnen rasch, Ihre Sachen ins neue Haus zu bringen. Das ist hier auf dem Land so. Wo Sie doch jetzt eine von uns sind!"

Jenny trat zurück. „Das ist wahnsinnig nett von Ihnen!", erklärte sie und sah sich um. „Es sind ziemlich viele Sachen, obwohl ich erst ein paar Tage hier bin."

Die Männer nickten und begannen, die Kisten zusammenzufalten. Zwei gingen in die Küche und öffneten die Schränke. Von unten dröhnte weiter die Musik. Der Mann, der sich als Bürgermeister vorgestellt hatte, trat noch einmal zu ihr. „Es hat immer wieder Beschwerden von den Nachbarn gegeben. Sogar die Polizei war schon hier. Soviel ich weiß, hat der Besitzer der Wohnung ihnen gekündigt.

Aber bis sie wirklich draußen sind, dauert das wohl noch. Mit dem Haus von Schröders machen Sie nichts falsch!"

Jenny nickte. „Das glaube ich auch!"

Eine Stunde später hatten sie alles in ihr neues Häuschen gebracht und schon teilweise verstaut. Jenny hatte zum Glück einige Flaschen Bier im Kühlschrank gehabt, und jetzt standen sie einträchtig vor dem Haus und stießen an.

„Vielen, vielen Dank", sagte sie zum wiederholten Mal.

„Nicht dafür. Nochmal herzlich willkommen, und wir würden uns freuen, wenn wir Sie nächsten Samstag auf dem Dorffest begrüßen könnten!"

„Und beim Gemeindedienst!", fiel jemand ein.

„Jetzt schreck Sie doch nicht gleich ab", lachte ein stämmiger Rothaariger, dessen Namen sie vergessen hatte.

„Der Arbeitsdienst ist freiwillig", erklärte der Bürgermeister. „Wir machen einige Arbeiten im und um das Dorf. Zum Beispiel pflegen wir den Platz um den Katzenbaum und den Reinholdspad." Er sah ihren fragenden Blick.

„Kommnse einfach zum Fest. Da erklären wir Ihnen alles!"

Jenny versprach es und kurz darauf zogen alle ab. Endlich war sie in ihrem neuen Häuschen, das sie bisher nicht einmal bezahlt hatte, alleine. In Frankfurt hätte so ein Hauskauf Wochen gedauert, hier bekam man einfach auf Handschlag den Schlüssel ausgehändigt.

Sie räumte noch die Sachen in die Schränke, bezog das Bett frisch und setzte sich dann, ein Bier in der Hand, auf die Terrasse. Himmlische Ruhe umgab sie. Nur Vögel zeterten in den dichten Büschen am Grundstücksrand, und Jenny nahm sich vor, baldmöglichst ein Futterhäuschen zu kaufen. Sie stand auf, ging noch einmal ins Haus und holte sich die Unterlagen, die sie bei Hirschhausen sichergestellt hatte.

Britta war bei der Sichtung der Unterlagen nicht allzu weit gekommen, sondern hatte vor der Masse der medizinischen Fachausdrücke kapituliert. Zudem waren die meisten Patientennamen geschwärzt. Jenny nahm sich die Akten noch einmal vor und legte besonderes Augenmerk auf die Namen auf der Liste, die sie in

Hirschhausens Mantel gefunden hatte. Schon beim ersten Lesen hatte sich eine Erinnerung in ihr geregt, die sich aber zu ihrem Ärger nicht greifen ließ. Einen der Namen hatte sie schon einmal irgendwo gehört oder gelesen. Sie prüfte die Akten akribisch, drehte die Blätter einzeln um und hielt sie gegen das Licht, konnte aber keinen der Patienten-namen entziffern. Hoffentlich gab es im Krankenhaus Kopien oder digitalisierte Akten.

Als es draußen dunkel wurde, machte sie die Lampe an der Haus-wand an, flüchtete aber kurz darauf nach drinnen, weil die Stech-mücken gleich scharenweise über sie herfielen.

Mitten in der Nacht schreckte sie hoch. Jetzt wusste sie, woher sie den Namen kannte. Helmut Roth war das Opfer vom Goetheturm, Saschas Fall! Sie griff nach ihrem Handy, legte es aber schnell wieder hin. Natürlich konnte sie Sascha nicht um drei Uhr morgens anrufen. Auch wenn es ihr noch so sehr in den Fingern juckte. Sie stand auf, trank einen Schluck Wasser und starrte einen Moment aus dem Fenster in den dunklen Wald. Irgendwann legte sie sich wieder hin und schlief tief und traumlos, bis am Morgen der Wecker klingelte.

Kapitel 26

Kaum war es acht und Jenny an ihrem Schreibtisch in Koblenz, rief sie im Frankfurter Präsidium an. Sascha reagierte verblüfft. „Moment, dann haben wir schon zwei Verbindungen. Zum einen hatte die Dittler-Zifurth Kontakt mit Helmut Roth, und jetzt auch noch dein toter Professor?"

„Aber was ist der gemeinsame Nenner? Ein Patient, ein Arzt und eine Wunderheilerin, die gegen Schulmedizin kämpft. Wo liegt das Motiv?"

Britta erschien in der Bürotür und winkte mit einigen Blättern. Jenny deckte den Hörer ab und hob fragend eine Augenbraue.

„Die Telefonverbindungen des Professors", erklärte ihre Kollegin und legte sie auf den Schreibtisch.

„Sascha warte mal! Wie ist die Telefonnummer deines Opfers?"

Es raschelte einen Moment auf der anderen Seite der Leitung, dann diktierte er ihr eine Nummer. Sie überflog die Liste. „Bingo. Hirschhausen hat ihn angerufen, sogar mehrmals. Zuletzt einen Tag vor seinem Verschwinden!"

Beide schwiegen einen Moment. Jenny sprach langsam weiter. „Schau einer an, er hat auch die Dittler-Dingsda angerufen. Was bestätigt, dass ihr Verhältnis aus irgendeinem Grund über das einer Stalkerin zu ihrem Opfer hinausging. Sie hat ihm etwas mitgeteilt, das ihn so sehr interessiert hat, dass er sie angerufen hat."

„Vielleicht hat er ihr gesagt, sie solle ihn in Ruhe lassen", warf Sascha ein.

„Das glaube ich nicht", antwortete Jenny. „Das passt nicht zu dem, was wir über ihn wissen. Er war nicht jähzornig und hatte alles an die Polizei übergeben. Warum sollte er sich jetzt plötzlich direkt mit ihr auseinandersetzen? Wir sollten uns noch einmal mit der Dame unterhalten."

Wenige Sekunden nachdem Jenny aufgelegt hatte, erklärte Britta: „Die anderen Nummern gehören fast alle zu bekannten Personen. Seiner Frau, seiner Geliebten, der Katharinen-Klinik und der in Frankfurt, wo die Tagung stattfinden soll."

Jenny sah Britta scharf an. „Wie kannst du in kaum einer Minute alle Telefonnummern abgleichen?"

Ihre junge Kollegin wurde knallrot. „Das ist doch ... nichts Besonderes", murmelte sie.

„Britta ist Eidetikerin", kam es von Frank. „Sie hat ein fotografisches Gedächtnis."

„Frank!", zischte Britta mit hochrotem Gesicht.

„Was denn?", sagte er. „Das ist doch nichts, wofür man sich schämen muss."

„Das finde ich allerdings auch", sagte Jenny beeindruckt. „Ich wünschte, ich hätte eine solche Fähigkeit. Und ich bin froh, dass ich es jetzt weiß. Das kann man doch nutzen."

Kapitel 27

Frau Dittler-Zifurth antwortete den ganzen Tag nicht auf ihren Anruf. Während Jenny und ihre Kollegen den Tag damit zubrachten, die restlichen Personen auf der Liste zu überprüfen, entschied sich Sascha gegen Mittag, der selbsternannten Heilerin noch einmal einen Besuch abzustatten. Am späten Vormittag hatten sie auch die Telefonverbindungen Roths erhalten, er hatte jedoch außer dem Professor nur seine Kinder, seinen Arzt und einmal die Wohnungsbaugesellschaft, bei denen sie zur Miete wohnten, angerufen.

Auf Saschas Bitte hin hatte sich Logo missmutig bereit erklärt, ihn zu begleiten und gegen fünfzehn Uhr fuhren sie die Friedberger Landstraße stadtauswärts.

Das Holzhaus lag still in der Sonne, als sie vor der Veranda hielten.

„Da steht ihr Auto, sie sollte also zu Hause sein", erklärte Sascha, als sie ausstiegen.

„Auto nennst du das?", brummte Logo und sah sich neugierig um. „Was ist das hier? Eine Szene aus den Waltons?"

„Ich mag diese Holzhäuser", stellte Sascha fest und stieg die Stufen zur Veranda hoch. Das Windspiel klingelte leise, und wie schon beim ersten Besuch roch es nach Kräutern. Er klopfte an die Tür und wartete. Alles blieb still.

„Niemand da", erklärte Logo und wandte sich ab. „Lass uns verschwinden."

„Wo soll sie denn ohne Auto hin?", fragte Sascha gereizt.

„Vielleicht spazieren und Kräuter sammeln?" Logo stieg die Veranda herunter und kickte einen kleinen Stein beiseite. Gelangweilt spazierte er zu dem Käfer und sah, nachdem er mit dem Ärmel über die Scheibe gewischt hatte, hinein.

„Mit dem ist aber schon länger nicht gefahren worden", rief er über die Schulter zu Sascha. „Komplett eingestaubt, sogar der Schaltknüppel!"

Sascha trat zu ihm. „Das ist ja merkwürdig. Es ist ganz schön schwierig, ohne Auto hier wegzukommen."

„Ist sie auch nicht. Schau!" Logo wies auf Reifenspuren, die am Haus vorbei führten und hinter ihm verschwanden. Sie wechselten einen Blick und folgten ihnen. Weit zurückgesetzt und verborgen hinter der Hausecke stand eine Garage, daneben ein Tor, das vermutlich in den Garten führte.

„Warte", sagte Sascha und stieg noch einmal die Veranda hoch. Er betätigte den Klingelknopf und ließ ihn einige Sekunden gedrückt. Dann wählte er auf dem Handy die Nummer der selbsternannten Schamanin.

„Nichts."

Logo nickte knapp, und beide gingen ums Haus herum. Logo griff nach der Klinke des Gartentors. Es öffnete sich lautlos. Vor einem Fenster in der Seitenwand der Garage blieben sie stehen. Logo stieß einen Pfiff aus. „Man scheint mit diesem Quatsch ganz gut zu verdienen!", stellte er fest.

„Ein MX5?", staunte Sascha.

„Sieht so aus. Jetzt haben wir schon zwei Wagen, und beide stehen hier. Merkwürdig. Leider haben wir ohne weitere Verdachtspunkte keine Berechtigung, uns hinter dem Haus umzusehen."

In diesem Moment hörten sie ein Auto mit einem tiefen röhrenden Motorgeräusch vorfahren. Rasch gingen sie vors Haus und sahen, wie eine elegant gekleidete Frau mit einem winzigen Hund auf dem Arm aus einem Jaguar stieg. Sie ignorierte sie, stieg die Veranda hoch und klingelte.

„Frau Dittler-Zifurth scheint nicht da zu sein", erklärte Logo und ging auf die Frau zu.

„Nicht da? Aber das kann unmöglich sein. Ich habe jetzt einen Termin." Sie klingelte noch einmal und sah Logo, als sich im Haus nichts tat, böse an. „Wo ist sie denn? Sie hat noch nie einen Termin ausfallen lassen. Ich komme extra aus Kronberg!"

„Ist Ihr Hund krank?", wollte Sascha wissen.

Sie wandte sich ihm zu. „Marie Christine hat eine Imbalance ihres Chakras. Frau Dittler-Zifurth behandelt sie schon länger."

Sascha und Logo warfen sich einen Blick zu. „Was kostet eine solche Behandlung denn?", erkundigte sich Sascha beiläufig.

„Wer sind Sie überhaupt?"

„Wir interessieren uns sehr für die Arbeit von Frau Dittler-Zifurth", erklärte Sascha.

„Natürlich. Frau Dittler-Zifurth ist eine Koryphäe auf ihrem Gebiet und die einzige, die Marie-Christine helfen konnte. Zugegeben, sie ist etwas teuer, aber ihre Fähigkeiten findet man sehr selten. Eine Behandlung kostet um die zweihundert Euro, je nachdem, wie gut Marie-Christine sich an dem jeweiligen Tag öffnet."

Logo hustete. „Zweih ..."

Sie sah ihn von oben herab an. „Wo ist Frau Dittler-Zifurth denn nun? Sie würde nie einen Termin mit mir verpassen."

Das konnten Logo und Sascha sich gut vorstellen.

„Haben Sie auch einen Termin? Geht es um ein verstorbenes Tier?"

„Nicht direkt", erklärte Sascha knapp. „Trotzdem suchen wir Frau Dittler-Zifurth."

„Es muss ihr etwas passiert sein! Vielleicht sollte ich die Polizei rufen!" Trotz ihrer Worte machte die Frau keine Anstalten, nach ihrem Handy zu greifen.

„Sie hat sicher nur den Termin vergessen. Oder hängt irgendwo im Stau", beruhigte Sascha sie.

„So ein Unsinn!", echauffierte sich die Hundebesitzerin und presste den winzigen Chihuahua so fest an ihre Brust, dass dessen sowieso schon vorstehende Augen noch weiter hervortraten.

Sascha sah nur noch eine Möglichkeit. Er holte seinen Ausweis heraus und wies sich als Polizeibeamter aus. „Wir möchten Frau Dittler-Zifurth nur etwas fragen."

„Ist sie jetzt auch Sachverständige!", rief die Dame aus. „Sucht sie verschwundene Personen für Sie?"

„Nein, wir befragen sie nur als Zeugin. Sie sollten jetzt besser nach Hause fahren und einen neuen Termin vereinbaren."

„Aber ..."

Logo nahm ihren Arm und führte sie sanft aber bestimmt zum Auto. „Einen schönen Tag noch!"

Kurz darauf fuhr der Jaguar mit aufheulendem Motor aus dem Hof.

„Zweihundert Euro", sagte Logo kopfschüttelnd und starrte dem davon fahrenden Wagen hinterher. „Ich glaub mit deren Chakra ist auch einiges nicht in Ordnung!"

Sascha grinste. „Allerdings. Ich hab mir die Autonummer aufgeschrieben. Merkwürdig ist das Ganze schon. Ich würde sagen, es rechtfertigt in jedem Fall, dass wir uns hinter dem Haus umschauen."

Als sie um die hintere Ecke des Hauses bogen, blieb Logo so plötzlich stehen, dass Sascha in ihn hinein rannte. Als er den Kopf reckte, sah er, was seinen Kollegen so überrascht hatte. Das von vorne so bescheiden wirkende Holzhaus sah aus dieser Perspektive völlig anders aus. Eine riesige Terrasse lag vor ihnen, in deren Mitte das Wasser eines Swimmingpools verlockend in der Sonne glänzte.

Die hintere Fassade des Gebäudes war bodentief verglast. Sascha trat an die Scheibe, legte die Hände links und rechts neben sein Gesicht und versuchte, hinein zu spähen.

Logo lief einmal um den Pool herum und blieb auf der anderen Seite stehen. „Sogar einen Jacu ... wie heißen die Dinger?"

„Whirlpool", sagte Sascha trocken, fügte dann aber, als er Logos Blick sah, hinzu: „Jacuzzi".

„Ist aber zugedeckt", ergänzte Logo. „Siehst du im Haus irgendetwas Verdächtiges?"

Sascha war an die Scheibe getreten und schirmte seine Augen mit den Händen gegen die Sonne ab. „Nur wahnsinnig teuer aussehende moderne Möbel. Das vordere Teil des Hauses scheint nur Fassade zu sein."

„Wie auch immer. Sie scheint nicht hier zu sein. Und wir haben auf keinen Fall genug in der Hand, um das Haus öffnen zu lassen. Schließlich gibt es keine Vermisstenmeldung. Die Einzige, die sie vermisst, ist diese schräge Kundin."

„Wir sollten herausfinden, ob sie Verwandte hat oder wenigstens enge Freunde."

Beide wandten sich zum Gehen, Sascha zögerte jedoch. Etwas ließ ihm keine Ruhe.

„Was ist?", drängte ihn Logo. „Können wir?"

„Gleich", sagte Sascha und zögerte. „Lass mich noch etwas nachschauen. Ich hab da so ein komisches Gefühl."

Er spürte mehr, als er es sah, dass Logo die Augen verdrehte. „Du und deine ..."

Doch Sascha war schon um den Pool herum gegangen und starrte auf den in den Boden eingelassenen Whirlpool, der mit einer dicken, isolierenden Matte abgedeckt war.

Er kniete sich hin und hob die Matte, die sich festgesaugt hatte, mühsam hoch. Dann ließ er sie abrupt los. „Logo! Ruf die Spurensicherung."

Kapitel 28

Jenny hatte mehrfach versucht, Dr. Wölter telefonisch zu erreichen, war jedoch nur von einer Station zur nächsten verbunden worden, um dann letztlich mit der Information, er sei im OP, abgespeist zu werden. Gegen halb zwölf setzte sie sich kurz entschlossen ins Auto und fuhr zur Klinik.

Am Empfang fackelte sie nicht lange, zeigte ihren Ausweis und verlangte, den Oberarzt zu sprechen.

„Ich weiß nicht, wo er ist", erklärte die phlegmatisch wirkende ältere Frau, die zur Einrichtung zu gehören schien. „Da gehen Sie am besten ins Stationszimmer, Station B3 im zweiten Stock."

Jenny bedankte sich und trat wenige Minuten später aus dem Treppenhaus in einen Flur, der mit hässlichem hellgrünem Linoleum ausgelegt war. Sie atmete schwer und nahm sich vor, unbedingt mehr Sport zu machen.

Das Stationszimmer war leer und Jenny blieb wartend in der Tür stehen. Von Ferne war Geschirrklappern und Türenschlagen zu hören, vermutlich wurde das Mittagessen ausgeteilt.

Ungeduldig tappte sie mit dem Fuß. Nach einigen Minuten wurde ihr das Warten zu lang und sie ging den Gang hinunter in Richtung der Geräusche.

Als sie um eine Ecke bog, stand sie vor einem großen Wagen, auf dem Tabletts gestapelt waren. Eine blutjunge Schwester versuchte gerade, drei davon gleichzeitig zu tragen, die sich allerdings in gefährlicher Schieflage befanden. Jenny griff zu und rettete das Oberste vorm Abstürzen.

„Danke", lächelte die junge Frau. „Dumm von mir. Es geht so wohl auch nicht schneller."

„Ich suche Dr. Wölter", erklärte Jenny und stellte das Tablett auf den Wagen.

„Er müsste gerade aus dem OP gekommen sein. Vermutlich zieht er sich um. Gleich ist Visite. Probieren Sie es in Raum 216, noch ein Stück den Gang hinunter."

Jenny bedankte sich und stand kurz darauf vor dem Raum mit dem Schild *Umkleideraum Ärzte*.

Sie klopfte und lauschte. Zuerst tat sich nichts. Dann hörte sie Stimmen, und unmittelbar darauf wurde die Tür aufgerissen. Zu ihrer Überraschung kam eine junge Schwester aus dem Zimmer, grüßte sie mit abgewandtem Gesicht und hastete den Gang hinunter.

Hinter ihr erschien Wölter und schob gerade den zweiten Arm in einen weißen Kittel.

„Frau Kommissarin! Haben Sie den Chef inzwischen gefunden?"

„Bedauerlicherweise ja", antwortete sie trocken. „Können wir uns irgendwo unterhalten?"

„Ich habe gleich Visite und nicht viel Zeit", erklärte er und warf einen Blick über die Schulter. „Hier passt es wohl eher nicht. Kommen Sie, lassen Sie uns in den Aufenthaltsraum gehen."

Er schloss die Tür hinter sich und führte sie den Gang hinunter in einen kleinen Raum, in den ein Tisch und mehrere Stühle gequetscht waren. Auf einem Beistelltisch stand eine Kaffeemaschine, und auf der Fensterbank fristete eine kümmerliche Pflanze ihr kärgliches Dasein.

Eine Schwester saß am Tisch und las in einem Roman.

„Schwester Frieda, würden Sie uns bitte alleine lassen?", sagte Wölter.

Die Schwester sah auf, lächelte strahlend und nickte. „Natürlich, Herr Doktor."

Jenny sah ihr nach, wie sie aus dem Raum eilte. Dann setzte sie sich an den Tisch. Wölter stellte ungefragt einen Kaffee vor sie.

„Also", begann er und sah sie intensiv an. „Was ist jetzt mit unserem allseits geliebten Chef?"

„Er wurde ermordet!", erklärte sie und betrachtete ihn ebenso eindringlich.

Wenn er geschockt war, zeigte er es nicht. Nur ein leichtes Verengen der Augen drückte seine Überraschung aus. „Ermordet? Wer sollte denn den Professor ermorden?"

„Sagen Sie es mir", konterte Jenny. „Hatte er irgendwelche Feinde?"

Wölter lächelte. „Sie meinen mich. Sicher haben Sie inzwischen erzählt bekommen, dass ich nur darauf warte, dass der Professor endlich seinen Platz räumt. Das ist wahr. Wissen Sie, wie oft er in den letzten Monaten tatsächlich als Arzt hier im Haus tätig war? Ganze fünf Tage. Und nur, wenn es sich um besondere Fälle oder prominente Patienten handelte, sodass er den Erfolg der Behandlung für seine öffentlichen Auftritte ausschlachten konnte. Die tägliche Arbeit durften wir anderen machen. Deshalb ermorde ich ihn aber nicht."

Jenny dachte einen Moment über das Gesagte nach.

„Wer könnte noch ein Motiv haben? Gibt es noch andere, die einen Vorteil von seinem Verschwinden hätten?"

Wölter lächelte. „Außer mir hat niemand eine Chance auf die Stelle des Klinikleiters."

„Ein unzufriedener Patient vielleicht? Ein Angehöriger, der nicht damit umgehen kann, dass dem Patienten nicht geholfen werden konnte?"

Der Oberarzt legte die Stirn in angestrengte Falten. Jenny wartete.

„Nicht dass ich wüsste", erklärte er schließlich. „Natürlich können wir nicht jedem helfen. Genauer gesagt, ist es ein großer Teil, den wir nicht heilen können. Und sicher hat der eine oder andere seinen Zorn gegen den behandelnden Arzt gerichtet. Das erleben wir immer wieder. Aber den Professor deshalb umbringen? Außerdem ist die Zahl der Patienten, die er persönlich behandelt hat, sehr gering."

„Ist es möglich, zu erfahren, wer seine Patienten waren?"

Er verzog bedauernd das Gesicht. „Arztgeheimnis. Sie wissen sicher besser als ich, welche Beschlüsse Sie brauchen, um Einblick zu bekommen. Ich kann Ihnen da leider nicht helfen."

„Gut." Jenny machte Anstalten, aufzustehen.

„Leben Sie schon lange hier?", fragte er und ließ sie innehalten. „Ihr Akzent."

„Akzent?", fragte sie und ließ sich wieder zurücksinken.

„Dialekt trifft es wahrscheinlich eher. Hessisch?"

„Ich bin erst vor Kurzem hergezogen." Warum erzählte sie ihm das überhaupt. Er war ... Nein, Unsinn, er war kein Verdächtiger. Sie glaubte nicht im Mindesten, dass er wegen der Position des leitenden Direktors den Professor, der sich sowieso mit Riesenschritten dem Rentenalter genähert hatte, umgebracht hatte. Schon gar nicht auf so bestialische Weise. Nein, hinter diesem Mord musste ein starkes persönliches Motiv stecken. Nur Hass brachte jemanden dazu, so brutal vorzugehen. Ihre Gedanken waren so weit abgedriftet, dass sie seine nächsten Worte nicht verstanden hatte. „Wie bitte?", musste sie nachfragen.

Er sah betont auf ihre Hand, die keinen Ring trug. „Ich sagte, ich führe Sie gerne einmal herum, um Ihnen Koblenz oder die Umgebung zu zeigen. Waren Sie schon am Deutschen Eck?"

„Nein", sagte sie und stand auf. „Leider geht das nicht. Ich sollte als Ermittlerin keinen näheren Kontakt mit Personen haben, die in die Fälle, die ich bearbeite, involviert sind." Außerdem, dachte sie bei sich, falle ich wohl kaum in dein Beuteschema, das sich offensichtlich mehr auf junge Schwestern bezieht.

„Bin ich denn wirklich verdächtig?", fragte er mit einem offenen Lächeln, das, wie Jenny zugeben musste, sehr charmant wirkte. Überhaupt sah er gut aus und passte durchaus in ihr eigenes Beuteschema. Sie wunderte sich, dass sie überhaupt Gedanken in diese Richtung hatte. Seit Biederkopf ... Zum ersten Mal weckte der Gedanke an ihn nicht nur Trauer, sondern auch Wut. Wie konnte er es wagen, sie so einfach abzuservieren? Kurz nachdem er sie noch gebeten hatte, bei ihm einzuziehen.

„Na gut", hörte sie sich plötzlich sagen. „Irgendwann einmal. Frau Heydt hat meine Nummer."

Bevor sie ging, zog sie die Liste, die Hirschhausen von Frau Dittler-Zifurth zugeschickt bekommen hatte, aus der Tasche. „Natürlich achte ich das Arztgeheimnis", sagte sie und versuchte dabei, charmant zu lächeln. „Trotzdem können Sie mir vielleicht sagen, ob Ihnen irgendein Name auf dieser Liste bekannt vorkommt. Und ich gehe wirklich nicht davon aus, das es sich um Patienten von Ihnen handelt."

Bereitwillig nahm er die Liste und studierte sie. „Nein", sagte er abschließend. „Ich kenne keinen der Namen."

Jenny hatte es nicht anders erwartet. Sie streckte die Hand nach der Liste aus, doch er hielt sie fest. „Wie ist eigentlich Ihr Vorname?"

„Kommissarin", konterte sie, zwinkerte ihm dabei jedoch zu.

Er lachte, ließ das Blatt los und deutete eine Verbeugung an. „Ich werde Sie anrufen!"

Kapitel 29

Logo hatte sich ins Haus verkrümelt, sobald der Fotograf und die Spurensicherung angekommen waren. Sascha konnte es ihm nicht verdenken. Was sie in dem aufgeheizten Whirlpool gefunden hatten, war nichts für schwache Gemüter, und Logos sensibler Magen war legendär.

Selbst Sascha, der sich für unempfindlich gegenüber dem Anblick und Geruch von Leichen hielt, hatte schlucken müssen und war zunächst einen Schritt zurückgetreten. Dafür stand er jetzt in vorderster Reihe und sah den Mitarbeitern der Spurensicherung über die Schulter.

„Mensch Sascha", raunzte ihn der eine an. „Willst du vielleicht mit in den Pool?"

„Holt sie lieber endlich da raus!", konterte er mit einem Grinsen. Gleich darauf wurde er jedoch ernst. Was mit der Esoterikerin geschehen war, war furchtbar. Sascha wusste noch nicht, wie sie gestorben war, hoffte jedoch, dass sie erst nach ihrem Tod in das fast vierzig Grad warme Wasser gelegt und dort langsam gar gekocht worden war.

Natürlich wusste er auch, dass die Leiche so lange im Pool bleiben musste, bis der Gerichtsmediziner angekommen und sie untersucht haben würde.

Und wenig überraschend hörte er vom Weg, der ums Haus herum führte, schon die durchdringende Stimme des Profs, der sich wie üblich über etwas beschwerte.

„Wie staubig das hier ist. Dass die Leute ihre Wege nicht in Ordnung halten können." Er kam heran gestampft, sah – wie üblich – aus wie aus dem Ei gepellt. Vor dem Whirlpool blieb er wie angewurzelt stehen. „Das ist ja widerlich. Wie soll ich denn da etwas untersuchen? Sieht ja wie Eintopf aus."

Tatsächlich hatte sich das Wasser trübe verfärbt und Gewebefetzen schwammen darin herum.

„Na dann wollen wir mal", erklärte er und stellte seinen Koffer ab. „Hilft ja nichts. Hat jemand ein Sieb dabei? Ein großes Sieb? Nein?

Nun, dann besorgen Sie eins. Die Leiche scheint weich gekocht zu sein. Wenn wir sie anfassen, zerfällt sie vermutlich."

Die Spusileute sahen sich an. „Vielleicht in der Küche ...", schlug einer von ihnen vor.

Sascha sah, wie der Prof Luft holte, und kam ihm zuvor. „Die Feuerwehr hat solche großen Drahtkörbe, um Wasserleichen zu bergen."

Dr. Schwind schluckte hinunter, was er offensichtlich hatte sagen wollen, und nickte. „Endlich jemand, der mitdenkt. Sie da, rufen Sie dort an, aber pronto. Ich will hier nicht den ganzen Tag zubringen. Und Sie, Herr Meister, Sie verschwenden Ihre Talente. Sind Sie sicher, dass Sie sich nicht beruflich verändern, was sage ich ... verbessern wollen? In der Gerichtsmedizin wäre noch ein feiner Platz für Sie frei."

Zu seinem Ärger merkte Sascha, wie er rot wurde. Der Prof teilte selten Komplimente aus, und noch nie hatte Sascha gehört, dass er jemandem, wenn vielleicht auch im Scherz, eine Stelle angeboten hatte.

Er räusperte sich. „Das Angebot ehrt mich", begann er und löste damit ein Grunzen beim Prof aus. „Aber leider macht mir meine Arbeit großen Spaß."

„Hmmph", war die Antwort. „Wenn Sie es sich anders überlegen, sagen Sie mir Bescheid. Aber überlegen Sie es sich nicht zu lange! Und jetzt setze ich mich drüben auf die Hollywood-Schaukel, bis sie dieses Sieb herbringen. Und ich will nicht gestört werden!"

Sascha telefonierte, und der Kollege bei der Feuerwehr versprach, sofort jemanden mit besagter Konstruktion zu schicken. In der Zwischenzeit trieb die Leiche von Frau Dittler-Zifurth weiter in der leichten Strömung, die im Whirlpool herrschte. Einer der Spusimitarbeiter hatte die Pumpe abstellen wollen. Ein ärgerliches „Wehe!" des Profs hatte jedoch dafür gesorgt, dass er sich schnell anderen Tätigkeiten zuwandte.

Endlich kam ein schmächtiger Mann in Feuerwehruniform um das Haus herum und sah sich suchend um, bis sein Blick auf den Whirlpool fiel. Er erblasste, blieb wie angewurzelt stehen und hätte fast die Schleifkorbtrage fallen gelassen. Sascha sprang auf und fing sie gerade noch auf, bevor sie auf den mittlerweile matschigen Boden fallen konnte.

Der Prof war von seiner Hollywood-Schaukel hochgeschossen und eilte mit großen Schritten auf sie zu. „Endlich! Das wurde ja auch Zeit! Wo haben Sie das Teil geholt? Aus Timbuktu?" Er riss Sascha die Trage aus der Hand und stürzte zum Pool. „So, dann wollen wir mal. Ist alles bereit?" Prüfend ließ er den Blick über den schwarzen Leichensack gleiten, der offen auf dem Boden lag und auf die Überreste der Esoterikerin wartete. Dann hob er die Trage und schob sie schräg in den Pool unter die schwammige Leiche, die gerade noch so zusammen zu halten schien.

Fasziniert beobachtete Sascha, wie sich bei Berührung ein Stück der Gesichtshaut löste und in der leichten Strömung davontrieb. Ein würgendes Geräusch hinter ihm ließ ihn vermuten, dass Logo aus dem Haus gekommen war, doch als er sich umdrehte, sah er den Feuerwehrmann, der die Hand vor den Mund gepresst, davon taumelte.

„Nicht in den Garten!", brüllte ihm einer der Spusimänner hinterher.

Der Feuerwehrmann verschwand um die Hausecke, und Sascha wandte sich wieder dem Pool zu. Geschickt schaffte es der Prof, die Leiche fast unversehrt auf die Trage zu bugsieren. „Fassen Sie mal mit an!", befahl er und Sascha, der sich wohlweislich Handschuhe angezogen hatte, griff ein Ende der Trage. Gemeinsam hoben sie die tote Frau aus dem Pool, warteten, bis das Wasser abgelaufen war, und legten sie dann neben dem Leichensack ab.

Der Prof richtete sich auf und rieb sich das Kinn. „Wie bekommen wir sie jetzt da rüber? Die Gute ist ja fast Matsch."

„Wir könnten den Sack auf sie legen und das Ganze dann umdrehen. Dann liegt sie zwar auf dem Bauch ..."

„... aber wenn wir es in der Gerichtsmedizin ähnlich machen, zum Beispiel mit einem Laken, liegt sie wieder genau richtig!", vervollständigte der Prof den Satz. „Ich sag doch, Sie wären bei uns viel besser aufgehoben!"

Wenige Minuten später hatten sie die Leiche auf den schwarzen Leichensack bugsiert und in eine Zinkwanne gelegt. Sascha sah dem davon fahrenden Leichenwagen nach und nickte dem Prof zum Abschied zu.

Dann ging er endlich ins Haus, wo Logo auf ihn wartete.

„Schau dir das an!", sagte er mit einer ausladenden Handbewegung, bevor Sascha den Mund öffnen konnte. „Kannst du dich noch erinnern, wie es vorne im Haus aussah? Alles kitschig und alternativ. Und hier? Luxus vom Feinsten! Ich frag dich, wie kann die sich das leisten?" Bevor Sascha antworten konnte, hob er die Hand. „Sag nichts. Ich weiß. 200 Euro fürs Chakra gerade richten."

Sascha verzog genervt das Gesicht. „Können wir deinen Sozialneid mal beiseiteschieben? Hast du irgendeinen Hinweis auf ihren Mörder gefunden?"

„Neidisch? Auf so eine Verrückte? Siehst ja, was sie davon hat. Ich musste warten, bis die Spurensicherung fertig war. So auf den ersten Blick ist hier nichts auffällig. Außer die Tatsache, dass sie offensichtlich der Welt zwei Gesichter gezeigt hat."

Sascha sah sich nachdenklich im Raum um. Durch die nächste Tür klangen die Stimmen der Spusileute. Er streckte den Kopf in ein riesiges hochmodernes Badezimmer mit Designer-Armaturen, für die man, wie er vermutete, wahrscheinlich eine Gebrauchsanweisung benötigte, um warmes Wasser zu bekommen. „Irgendwas Interessantes?", fragte er.

Eine der in weiße Overalls gekleideten Gestalten drehte sich um. „Ne Menge Pillen", sagte er kurz.

„Pillen?", wiederholte Sascha ungläubig. „Das Opfer war gegen jede Chemie."

„Ist auch lauter Kräuterzeugs. Wir nehmen es mit zur Analyse."

„Wo seid ihr schon fertig?", fragte Sascha.

„Nebenan im Arbeitszimmer. Wir dachten, da wollt ihr als erstes rein."

Sascha dankte ihm und drehte sich mit einem fragenden Blick zu Logo um. „Warum hast du noch nicht im Arbeitszimmer angefangen?"

„Bist du jetzt mein Chef?", brauste Logo auf. „Muss ich mich vor dir rechtfertigen?"

Sascha sah ihn einen langen Moment an und ging dann durch den großen Raum zu der Glastür, die ins Arbeitszimmer der Esoterikerin führte. Er ignorierte Logo, der ihm folgte und in der Tür stehen blieb.

„Ich schaue mir den Schreibtisch an", erklärte Logo barsch. „Du nimmst dir den PC vor!"

Sascha verkniff sich ein spöttisches Lächeln. Jeder wusste, dass die Bedienung von Computern nicht gerade zu Logos Stärken zählte.

Er setzte sich vor den Bildschirm und startete das Gerät. Es handelte sich nicht um einen Laptop, sondern um einen ungewöhnlich großen Tower, was vermutlich erklärte, dass der Täter ihn nicht mitgenommen hatte. Sekundenlang starrte er auf die Passwortabfrage, dann tippte er *Passwort* ein. Nichts. Wäre ja auch zu schön gewesen. Er versuchte *Chakra*, *12345*, das Geburtsdatum, das sie in ihren Unterlagen hatten, dann gab er es auf.

Logo hielt ihm einen eleganten Taschenkalender vor die Nase. Die Seite mit den Telefonnummern war aufgeschlagen.

„Was?", fragte Sascha und scannte die Namen. In diesem Moment sah er es und lächelte. Es war erstaunlich, wie viele Menschen Pin-Nummern in Telefonnummern versteckten. Hier war es jedoch offensichtlich ein Passwort, das die Esoterikerin zwischen den Namen von Friseuren, Nagelstudios und sonstigen Kontakten zu verstecken versucht hatte.

„Niemand heißt Frodo55", erklärte Logo überflüssigerweise. „Versuchs damit!"

Sascha tippte schon. „Großes F", mahnte Logo, der ihm über die Schulter schaute.

„Jaja", murmelte Sascha und korrigierte sich. „Bingo!"

Es erschien ein Startbildschirm, dessen Hintergrund eine Lotosblüte zeigte.

Auf dem Desktop waren mehrere Ordner abgelegt. Einer davon hieß Hirschhausen. Sascha interessierte jedoch mehr der Button daneben.

„Helmut", sagte er nachdenklich und fuhr mit dem Mauszeiger darüber. „Ob das unser Opfer ist?"

„Roth?", meinte Logo. „Möglich. Wir wissen doch schon, dass sie Kontakt hatten. Oha", ergänzte er, als der Ordner sich öffnete. „Das sind mindestens zwanzig Dokumente."

Sascha zog einen USB-Stick aus der Tasche. „Das schauen wir uns in Ruhe auf dem Präsidium an."

*

Es war später Nachmittag, bis Sascha alle Dokumente gespeichert, ausgedruckt und zumindest überflogen hatte. Logo war verschwunden, ohne ihm mitzuteilen, wohin. Sascha lehnte sich zurück und ließ den Blick auf dem Stapel Papier auf seinem Schreibtisch ruhen.

Er verstand einfach nicht, wo hier der Zusammenhang lag, wo das Motiv für den Mord. Langsam nahm er das Telefon in die Hand. Pflichtbewusst rief er zuerst Logo an, der jedoch nicht abhob. Dann wählte er Jennys Handynummer.

Sie meldete sich nach dem ersten Klingeln, im Hintergrund hörte er Autogeräusche.

„Die Esoterikerin wurde ermordet", fiel er mit der Tür ins Haus.

„Was? Wie? Wann?", rief sie überrascht.

„Das sind ja drei Fragen auf einmal", spielte er grinsend auf die alte Fernsehwerbung an, wurde jedoch sofort wieder ernst. In knappen Worten erzählte er ihr, was sie bis jetzt herausgefunden hatten.

„Ich habe massenhaft Dokumente auf ihrem PC gefunden, die sie mit Hirschhausen und unserem Goetheturm-Opfer Roth in Verbindung bringen. Ich schicke dir alles, aber wir sollten uns unbedingt zeitnah zusammensetzen."

„Auf jeden Fall", stimmte Jenny zu. „Soll ich nach Frankfurt kommen? Was ist mit Logo?"

Sascha zögerte. „Er ist mittags abgehauen, ohne zu sagen, wohin. Seit dieser Bewerbungsgeschichte dreht er komplett am Rad. Hätte ich mich nur nie beworben."

„Das hast du völlig richtig gemacht. Es ist sein Problem, wenn sein Ego nicht damit zurecht kommt. Treffen wir uns morgen zum Frühstück?"

„Klar, gerne. Wo?"

„Können wir uns in Hofheim treffen? Dann muss ich nicht ganz nach Frankfurt rein, und für dich ist es auch prima zu erreichen. Ich bringe eventuell einen meiner Mitarbeiter mit."

„Geht klar", antwortete Sascha „Ich bringe Logo nicht mit. Es sei denn, du möchtest es."

Jenny lachte. „Das macht mal unter euch aus. Ich hab euch lange genug die Hand gehalten."

*

„Es ist erledigt."

„Wollen wir hoffen, dass die Sache damit abgeschlossen ist. Haben Sie ihren Computer vernichtet?"

„Das wäre sinnlos gewesen. Sie hat alle Daten in der Cloud gespeichert."

„Was? Verdammt, um die Daten ging es doch. Woher wissen Sie das überhaupt?"

„Sie bezahlen mich, damit ich so etwas weiß."

„Also gut. Wir überweisen Ihnen Ihr Geld. Aber es könnte sein, dass wir noch ein Ziel für Sie haben. Bei dem muss es aber wie ein Unfall aussehen. Sind Sie diesmal diskreter vorgegangen?"

„Sie wissen, wie Sie mich erreichen."

Kapitel 30

Es war spät und Jenny sendete die Dokumente, die Sascha vom PC der Ermordeten gesichert hatte, auf ihr eigenes Laptop. Dann schickte sie Frank und Britta nach Hause und machte sich selbst auf den Weg in ihr neues Domizil. Während sie sich im Stau aus der Stadt quälte und dann auf der A61 hinter Lastwagen herzuckelte, fielen bei der Aussicht auf ihr Häuschen langsam Stress und Druck von ihr ab. Als sie durch Badenhard fuhr und in den unbefestigten Weg einbog, der sie zu ihrem Haus bringen würde, atmete sie erleichtert auf.

In den Fenstern der Ferienwohnung der Holländer hingen keine Gardinen mehr. Vielleicht waren sie endgültig abgereist. Jenny würde sie kaum vermissen und die Schafe, die, vermutlich in ihrer Einbildung, deutlich entspannter zu grasen schienen, auch nicht.

Kurz darauf parkte sie vor ihrem Haus, blieb einen Moment sitzen und drehte das Fenster ein Stück hinunter. Himmlische Ruhe, stellte sie zufrieden fest. Nur das Summen von Insekten und ein Flugzeug, weit entfernt und kaum hörbar.

Irgendwoher roch es nach Rauch und – sie schnupperte – nach Gegrilltem. Sie musste unbedingt einkaufen gehen. Hinter dem Haus hatte sie einen nagelneuen kleinen Holzkohlegrill entdeckt, und in der Abstellkammer stand ein Sack Holzkohle. Aber Moment, war hier im Ort nicht ein Metzger? Sie ließ den Motor wieder an, entschied sich dann jedoch anders. Es würde ihr gut tun, die paar Hundert Meter zu Fuß zu gehen. Zuerst brachte sie ihren Laptop ins Haus und holte einen Stoffbeutel, dann lief sie den Schotterweg zurück ins Dorf, ein Stück die Hauptstraße entlang und folgte anschließend einem Hinweisschild in eine kleinere Seitenstraße. Ziemlich am Ende befand sich die Metzgerei, deren Verkaufsraum kleiner als ihre Küche war. Trotzdem drängten sich drei Kunden darin und zwei weitere warteten vor der Tür.

„Gibt es etwas umsonst?", fragte Jenny lächelnd in die Runde.

„Nee, wie immer halt", erklärte eine stämmige Frau. „Die Leut kommen ja von überall her. Und jetzt bei dem schönen Wetter wollen alle grillen."

„Die Würste von unserm Metzger sin halt die beste", pflichtete ihr ein gutgekleideter Mann bei. „Ich komm extra aus Simmern her."

Endlich war Jenny an der Reihe und betrachtete neugierig die kleine Auslage. Wenig später verließ sie die Metzgerei mit einer Tüte grober frischer Bratwürste, frischen Mettwürstchen zum roh essen und mehreren Wurstdosen und hatte dabei etwa die Hälfte dessen, was es in Frankfurt gekostet hätte, bezahlt.

Zurück in ihrem Häuschen zündete sie den Grill an und setzte sich, während die Kohlen langsam durchglühten, an ihren Laptop.

Zu Anfang fand sie in den Unterlagen aus dem PC der Esoterikerin nur nichtssagende Briefe an verschiedene Ärzte und Institutionen, die Schulmedizin im Allgemeinen und Chemotherapien im Speziellen anprangerten. Dann stieß sie jedoch auf einen Brief, der sie in seinen Bann zog und fast ihr Grillfeuer hätte vergessen lassen.

Widerstrebend legte sie ihn zur Seite und bestückte den Grill mit zwei Bratwürsten. Als sie fast fertig waren, fügte sie ein Stück Baguette vom Vortag hinzu und wenige Minuten später konnte sie sich zum Essen setzen. Nach dem ersten Bissen schloss sie die Augen. Sie hatte nicht gewusst, dass Bratwürste so gut schmecken konnten. Langsam aß sie weiter und kostete intensiv jeden Bissen. Obwohl sie nach zwei Würsten pappsatt war, sah sie bedauernd auf den Teller. Dann stand sie jedoch entschlossen auf, stellte ihn in die Spüle und wandte sich wieder den Unterlagen aus Frau Dittler-Zifurths PC zu.

Sie war gerade beim dritten Brief angelangt, einem wirren Sammel-surium aus Argumenten gegen Schutzimpfungen, als sie einen Wagen vorfahren hörte. Auf der Schotterstraße ein Auto zu hören, war an sich, wenn auch selten, nichts allzu Ungewöhnliches. Aufhorchen ließ sie jedoch, dass er vor ihrem Haus anzuhalten schien. Kurz darauf vernahm sie das Zuschlagen einer Wagentür.

Sie stand auf und sah aus dem Fenster. Da das Haus tiefer am Hang lag als die Straße, sah sie zunächst nur ein paar kräftige Männerbeine in schwarzen Jeanshosen. Dann erkannte sie, wer sie da besuchen kam. Sie ging rasch zur Tür und öffnete, bevor der Besucher klingeln konnte.

„Was machen Sie hier?", fragte sie. „Woher wissen Sie, wo ich wohne?"

Dr. Wölter setzte sein charmantestes Lächeln auf und hielt zwischen Daumen und Zeigefinger eine Postkarte, mit der sie den Strom hatte ummelden wollen, in die Höhe.

„Die scheint Ihnen im Geschäftszimmer der Klinik heruntergefallen zu sein. Ich dachte, ich bringe sie Ihnen vorbei. Wo wir uns doch sowieso einmal treffen wollten."

„Wollten wir das?", fragte Jenny knapp, musste sich aber ein Lächeln verkneifen. Wie dreist konnte jemand sein? Dann schoss ihr ein anderer Gedanke durch den Kopf. Sie hielt Wölter bisher nicht für verdächtig, trotzdem konnte es sein, dass er ein Motiv hatte, das ihnen bisher noch nicht bekannt war. Unbehaglich war sie sich plötzlich der Einsamkeit ihres neuen Wohnortes bewusst. Niemand würde hören, wenn sie schrie. Niemand würde zur Hilfe kommen, wenn hier etwas passierte.

„Danke", sagte sie deshalb knapp und streckte die Hand aus. „Dafür hätten Sie nicht extra herkommen müssen. Ich habe jetzt auch gar keine Zeit."

Er reichte ihr die Karte, hielt sie aber noch einen Moment fest. „Wie schade. Sie haben es schön hier. Einsam. Wenn Ihnen einmal nach Gesellschaft ist ... Sie wissen, wo Sie mich finden."

Dann endlich ließ er los, und Jenny trat unwillkürlich einen Schritt zurück.

„Ich würde nicht damit rechnen", erklärte sie kühl und verfluchte sich dann innerlich. Es brachte nichts, ihn zu provozieren.

„Schade", sagte er nochmal und lächelte seltsam. Dann wandte er sich ab und stieg die Stufen zur Straße hinauf. Jenny folgte ihm mit ihrem Blick. Ein Sportwagen. Natürlich, was sonst. Schadenfroh überlegte sie, was die Schlaglöcher auf dem Weg seinen Stoßdämpfern wohl antun würden.

Erst als er losgefahren war und sie kein Motorengeräusch mehr hörte, schloss sie die Tür und kehrte zu ihrer Lektüre zurück.

Kapitel 31

Kurz vor acht war Jenny mit Britta, die sie zuvor am Präsidium abgeholt hatte, auf dem Beifahrersitz auf dem Weg nach Hofheim.

Das Café Tass war seit vielen Jahren für sein ausgezeichnetes Frühstück bekannt. Als sie ankamen, saß Sascha bereits an einem Tisch im Freien und nippte an einem Cappuccino.

Jenny stellte Britta und ihn einander vor und schob ihrer jungen Kollegin den Bestellzettel zu. „Kreuz einfach an, was du magst. Ich gebe heute das Frühstück aus."

„Danke. Hoffentlich haben sie etwas Vegetarisches."

Jenny seufzte. „Es gibt wohl kaum ein Café, das nichts Vegetarisches auf der Frühstückskarte hat." Sie warf einen entschuldigungsheischenden Blick zu Sascha.

„Du kannst die vegetarische Frühstücksplatte nehmen, nur Käse und Obst", schlug er vor.

„Ich muss erst fragen, ob das auch vegan ist."

„Iss einfach, was du willst", sagte Jenny, deren Geduldsfaden am Reißen war. „Wir sind ja nicht wegen des Essens hier."

Während die anderen bestellten, packte sie die Unterlagen aus, die sie morgens noch schnell auf dem Revier ausgedruckt hatte.

„Sascha, du zuerst?", fragte sie.

Er nickte und begann, die Vorkommnisse im Haus der Esoterikerin detailliert zu schildern. „Bisher konnten keine Spuren eindeutig dem Mörder zugeordnet werden. Die Frau wurde im Whirlpool ertränkt. Aus dem Haus scheint nichts entwendet worden zu sein, außer vielleicht ihr Laptop, falls sie überhaupt einen hatte."

„Gar nichts sonst?", fragte Britta dazwischen.

„Nichts, von dem wir wissen. Ihre Geldbörse war noch da, mit allen Kreditkarten übrigens. Im Schlafzimmer lag einiges an Schmuck. Ihr PC war, wie Ihr ja wisst, noch an Ort und Stelle, ist aber auch recht schwer und mühsam wegzutragen."

„Also scheint der Mörder nicht befürchtet zu haben, dass in ihm Hinweise auf ihn enthalten sein könnten?", überlegte Jenny. „Das finde ich gerade im Hinblick auf das, was ich gefunden habe, äußerst seltsam."

„Ist es nicht. Fast jeder speichert seine Daten heute in einer Cloud. Den PC mitzunehmen bringt da gar nichts", erklärte Sascha und kam damit Britta zuvor.

Jenny seufzte. „Richtig. Mir fällt es immer schwerer, PC-technisch Up to date zu bleiben. Dabei arbeite ich selbst mit einer Cloud."

Sie bedankte sich für den Milchkaffee, der gerade vor sie gestellt wurde, und warf einen Seitenblick zu Britta, die zögernd nach einem Löffel griff.

„Wenn du jetzt fragst, ob dein grüner Tee Bio ist, setz ich mich an einen anderen Tisch."

Britta wurde rot, und Sascha sah überrascht zu Jenny.

Sie versuchte, die Sache mit einem Lachen zu überspielen. „Das war Spaß."

Britta blickte jedoch weiter gekränkt auf ihre Tasse und sah auch nicht auf, als die Bedienung das Frühstück auf dem Tisch arrangierte.

„So", sagte Sascha, nachdem alle ihr erstes Brötchen gegessen hatten, und beugte sich erwartungsvoll vor. „Was hast du gefunden? Ich bin alles durchgegangen, aber außer dass sie einen überraschend umfangreichen Feldzug gegen die Schulmedizin geführt hat, ist mir nichts Auffälliges untergekommen."

„Ist dir nicht aufgefallen, dass etwas fehlt?", sagte Jenny.

„Wie denn?", fragte Sascha verwirrt.

„In der letzten Woche hat sie an Professor Hirschhausen geschrieben. Dieser Brief, in dem sie ihm von drei Fällen berichtet, die nach der Chemo schlechter geworden sind."

„Ich erinnere mich", sagte Sascha langsam. „Aber ich weiß ..."

„Sie nimmt Bezug auf etwas. Sie schreibt hier ..." Jenny sah durch die Briefe, schob ihren Teller zur Seite und legte einen davon auf den Tisch. Dann deutete sie mit dem Finger auf eine Stelle. Britta und Sascha beugten sich neugierig vor. „Hier steht in einem Nebensatz: Wieder aus der bekannten Quelle. Außerdem die Aufforderung, sich darum zu kümmern mit drei Ausrufezeichen."

„Aus der bekannten Quelle?", echote Britta. „Was soll das bedeuten?"

„Worauf bezieht sich der Satz genau?", wollte auch Sascha wissen.

„Auf die Chemotherapie, die diese Patienten bekommen haben."

Sascha starrte auf den Brief. „Das habe ich komplett übersehen. Sie bezieht sich da also auf die Quelle, aus der die Chemotherapie stammt? Wo wird so etwas hergestellt?"

„Ich habe gehört, die Krankenhäuser stellen sie selbst her", warf Britta ein.

„Davon war ich auch ausgegangen", erklärte Jenny. „Ich habe mich noch gestern Abend erkundigt." Sie hoffte, dass niemand nachfragen würde, wen sie zu abendlicher Stunde danach hatte fragen können. Wölter hatte sich beim ersten Klingeln mit den Worten: ‚Haben Sie es sich anders überlegt?' gemeldet, ihr dann jedoch bereitwillig Auskunft gegeben. „Wir mischen sie nur und das auch nicht immer. Die Grundstoffe oder auch die fertigen Anmischungen werden von spezialisierten Apotheken bezogen, wo auch die entlassenen Patienten sie später auf Rezept holen können. Ich müsste nachschauen, um Ihnen sagen zu können, welches unsere Apotheke ist oder ob wir mit mehreren arbeiten."

Sie trank einen Schluck Kaffee. „Jetzt seid Ihr dran, Logo und du. Findet heraus, woher die Frankfurter Krankenhäuser, in denen die namentlich genannten Patienten behandelt wurden, ihre Chemotherapeutika bekommen. Besonders euer Opfer, Helmut Roth. Und ob alle Beschwerden über mangelnde Wirkung oder vermehrte Nebenwirkungen sich auf die selbe Quelle beziehen."

„Aber warum ist das, vielmehr war das für die Dittler-Zifurth wichtig?", sagte Britta nachdenklich. „Ich habe gestern Abend noch die Beschwerden katalogisiert. Sie sind ganz unterschiedlich und reichen von schlechter Wirksamkeit über Nebenwirkungen bis hin zu angeblicher Verschlechterung der Krankheit. Ich konnte noch nicht zuordnen, welche Patienten wo behandelt wurden. Das mache ich gleich nachher."

Jenny nickte und dachte einen Moment nach. „Keine Ahnung, warum ihr das wichtig war. Lass uns zunächst sehen, ob alle dieselbe

Quelle hatten. Das kann dann schwerlich noch Zufall sein. Und dann sehen wir weiter."

Sascha hatte geschwiegen, nickte jetzt aber langsam. „Gut, ich kümmere mich sofort darum." Er sah Jenny an und schluckte.

„Was ist? Wolltest du noch etwas sagen?"

Er schüttelte den Kopf. „Nein. Ich bin in Gedanken schon bei den Befragungen."

„Was ist mit Logo?"

Sascha hob die Schultern. „War heute Morgen im Büro, als wäre nichts gewesen. Hat nur genickt, als ich erklärt habe, dass wir uns zum Frühstück treffen. Und kein Wort, wo er gestern war."

Kapitel 32

Jenny und Britta waren kurz hinter Niedernhausen, als Jenny das Schweigen durchbrach. „Die Bemerkung im Café tut mir leid. Ich wollte mich nicht über dich lustig machen, schon gar nicht vor einem Kollegen. Du bist aber manchmal so ...“ Sie suchte nach Worten.

„Verklemmt ... humorlos ... verbiestert?“, beendete Britta den Satz, ohne Jenny anzusehen.

„Was?“ Jenny sah nach rechts und schüttelte energisch den Kopf. „Natürlich nicht. Wie kommst du darauf?“

„Ich hör das nicht zum ersten Mal. Und ich weiß, dass du mich nicht als Kollegin willst.“

Jenny setzte den Blinker und bog auf den Parkplatz der Raststätte Medenbach. Sie parkte auf einem der PKW-Stellplätze, machte den Motor aus und drehte sich zu ihrer jungen Kollegin um.

„Sag mal, spinnst du?“, sagte sie verärgert. „Warum sollte ich dich nicht als Kollegin haben wollen? Ich kenne dich doch erst ein paar Tage.“

„Und warum hast du am ersten Tag Frank mitgenommen, statt mich?“

Jetzt wurde Jenny richtig sauer. „Wir sind doch hier nicht im Kindergarten? Es geht bei unserer Arbeit um lebenswichtige Dinge, oft genug um Leben und Tod, und du zickst rum wegen irgendwelcher zwischenkollegialer Eifersüchteleien?“

Britta, die zuvor auf das Armaturenbrett gestarrt hatte, blickte Jenny jetzt erschrocken an.

„Es tut mir ...“

„Sag jetzt nicht, dass es dir leid tut“, warnte Jenny. „Ich bin sicher, du hast jedes Wort so gemeint.“

Zu Jennys Entsetzen schlug Britta die Hände vors Gesicht und brach in Tränen aus.

Jenny wartete einen Moment, bis das Schluchzen abklang. Britta tat ihr leid, aber sie wollte endlich klären, was mit der jungen Kollegin los war. Bei wichtigen Ermittlungen konnten sie sich keine Unstimmigkeiten im Team erlauben.

„Ich wollte ...", begann sie endlich, immer noch unter Tränen. „Ich habe ..."

Obwohl sie Britta am liebsten ungeduldig angefahren hätte, rang Jenny sich ein Lächeln ab.

„Also was jetzt? Ist es wirklich so schlimm? Erzähl mir, was mit dir los ist."

„Wolli", begann Britta, wurde jedoch von einem heftigen Schluckauf unterbrochen. „Oh nein", stammelte sie. „Das dauert immer ewig bei mir."

„Egal", sagte Jenny. „Was ist mit Wolli?"

„Ich bin ... ich bin ..."

„Was denn nun? Verliebt? Schwanger?"

Als Britta kalkweiß wurde, wusste Jenny, dass sie ins Schwarze getroffen hatte.

„Ach du ...", murmelte sie leise. „Jetzt wird mir einiges klar."

Britta schnäuzte sich die Nase und schluckste gleichzeitig. Immer noch liefen ihr Tränen übers Gesicht.

„Weiß er es?", tastete Jenny sich vor.

„Klar!", stieß Britta heraus. „Was glaubst du, warum er sich so schnell hat versetzen lassen. Wenn seine Frau davon erfährt, setzt sie ihn vor die Tür."

„Und ihr hattet ...?", fragte Jenny vorsichtig.

„Einen One Night-Stand auf dem Betriebsausflug. Gerd von der Sitte hatte Caipis gemixt und ich war ..."

„Sturzbetrunken?", ergänzte Jenny hilfreich.

Britta nickte. „Es ist mir erst Wochen später klar geworden, dass ich schwanger bin. Ich hab es ihm natürlich gesagt."

„Die Reaktion war nicht gerade positiv, vermute ich." Jenny seufzte innerlich. Die alte Geschichte.

„Er hat mich angebrüllt und mir gedroht, wenn ich es seiner Frau sagen würde oder sonst irgendwem, würde er mich fertigmachen!"

Jenny beugte sich vor. „Ach ja?", sagte sie leise. „Fertigmachen? Wie denn?"

„Er will allen erzählen, ich würde es mit jedem treiben. Und als mein ehemaliger Vorgesetzter könnte er mir so schlechte Arbeit attestieren, dass ich mindestens versetzt werden würde. Er hat mich sogar direkt bedroht. Er würde so viele Leute aus dem Milieu kennen. Einer Frau könnte ja immer etwas zustoßen. Ganz zufällig."

„Ganz zufällig, soso", murmelte Jenny und umklammerte das Lenkrad. „Wollte er, dass du abtreibst?"

Britta nickte. „Ich konnte es nicht. Aber ich habe furchtbare Angst, was passiert, wenn er mitbekommt, dass ich es behalte."

Jenny legte ihr die Hand tröstend auf den Arm. „Er wird dir nichts tun, dafür sorge ich."

„Oh nein!", rief Britta ängstlich. „Du darfst dich da nicht einmischen. Er ist skrupellos und gefährlich."

„Mach dir mal um mich keine Sorgen", sagte Jenny leichthin und ließ den Motor an. „Ich weiß schon, was ich mache." Und wenn ich mit dem Bürschchen fertig bin, dachte sie im Stillen, kann er froh sein, wenn er noch zwei gesunde Beine hat, geschweige denn einen Job.

Sie wandte sich noch einmal zu Britta. „Du hörst jetzt auf, dich von ihm einschüchtern zu lassen. Dazu gehören nämlich immer zwei. Auf meine Unterstützung kannst du zählen. Wie weit bist du?" Sie sah prüfend an Britta herunter.

„Fünfter Monat. Ich weiß gar nicht, wie es weitergehen soll. Ich habe keine Familie ..." Ihre Stimme verklang, und sie knetete das feuchte Taschentuch in ihren Händen.

„Es gibt unzählige Hilfsangebote. Hast du dich da erkundigt?" Britta schüttelte den Kopf.

Jenny seufzte innerlich.

„Wenn wir ins Präsidium zurückkommen, setzt du dich als Erstes mit der Beratungsstelle in Verbindung. Dann meldest du es offiziell der Dienststelle. Du solltest keinen Außendienst mehr machen." Sie hob die Hand. „Ich weiß, aber es ist zu gefährlich für dich und auch für die Kollegen, mit denen du Dienst machst."

Britta nickte. „Das weiß ich ja", sagte sie und ließ den Kopf sinken. „Aber ich mag meine Arbeit. Und mit dem Geld komme ich sowieso nur gerade so aus."

„Sicher findet sich eine Lösung", erklärte Jenny und startete den Motor. „Ich bin auf jeden Fall froh, dass du es mir gesagt hast. Und hab bloß keine Angst vor diesem Wolny!"

„Er hat so viele Freunde im Präsidium. Und auch sonst. Sie werden mir das Leben zur Hölle machen."

Jenny schwieg. Sie wusste, wie es sein konnte, wenn eine Gruppe sich gegen einen einzelnen verschwor, unabhängig davon, ob es sich um eine Frau oder einen Mann handelte. Und hier war sie fremd, kannte die Strukturen und wer was zu sagen hatte noch nicht. Trotzdem würde sie die Angelegenheit nicht auf sich beruhen lassen.

*

Als sie zurück im Koblenzer Präsidium waren, rief sie jedoch zuerst Frank zur gemeinsamen Lagebesprechung. „Langsam kristallisiert sich ein gemeinsamer Nenner heraus. Alle Beteiligten haben etwas mit Chemotherapien zu tun. Eines unserer Opfer hat sie erhalten, das zweite sie angewendet und das dritte hat ihren Einsatz bekämpft. Darüber hinaus hat sie sich dafür interessiert, woher sie kommen. Ich will alles darüber wissen: Wo welches Krankenhaus sie herstellen lässt, wo Helmut Roths Arzt seine bestellt und so weiter. Ich übernehme die Klinik, in der Hirschhausen gearbeitet hat."

*

Wieder fuhr Jenny zur Katherinen-Klinik, fragte aber diesmal an der Anmeldung nach der Krankenhaus-Apotheke. Kurz darauf stand sie im Keller des Gebäudes vor einer undurchsichtigen Milchglastür. Sie klingelte und nach einigen Sekunden öffnete ihr ein Mann, der so klein war, dass sie den Blick senken musste.

„Ja?", fragte er überrascht, „Sie suchen?"

Jenny hielt ihm ihren Ausweis unter die Nase. „Ich möchte mit Ihnen sprechen."

„Natürlich", sagte er, öffnete die Tür, blieb dabei jedoch stehen. Auf seinem Namensschild stand U. Kröger. „Worum geht es denn?"

Jenny ignorierte die Frage und quetschte sich an dem kleinen Mann, der einen beachtlichen Körperumfang hatte, vorbei in den tristen Flur. „Um Medikamente für Chemotherapien", erklärte sie.

Widerwillig schloss er die Tür hinter ihr und machte eine Handbewegung, die alles hätte bedeuten können. Da er an ihr vorbei lief und eine offene Tür ansteuerte, ging Jenny davon aus, dass sie ihm folgen sollte.

Das Büro war vollgepackt mit Akten, Papierstapeln und dicken Büchern. Vieles war staubig, als wäre es lange nicht berührt worden. Er nahm eine Aktentasche vom Besucherstuhl und schob sie selbst hinter den überladenen Schreibtisch. „Setzen Sie sich. Wie kann ich helfen?"

Sie nahm vorsichtig auf der Kante der staubigen Sitzfläche Platz. „Ich wüsste gerne, woher Sie Ihre Chemotherapien beziehen."

Er hob eine seiner struppigen Augenbrauen. „Wir stellen fast alle Chemotherapien, die in unserem Haus durchgeführt werden, selbst her."

Er sah ihre Überraschung. „Wir haben ein Sterillabor. Die Rohstoffe kommen als Trockensubstanz vom Hersteller. Die Therapien werden dann von uns individuell angefertigt. Zusammengemischt", verdeutlichte er mit einem Lächeln.

„Also sind die Mischungen für jeden Patienten anders?"

„Im Prinzip schon", bestätigte er.

Jenny betrachtete ihre schmuddelige Umgebung. Kröger verstand ihren Blick richtig. „Kommen Sie", sagte er statt einer Erklärung und hievte sich hoch. Er ging an ihr vorbei hinaus auf den Flur und steuerte eine Glastür an ihrem Ende an. Als er sie öffnete, blickte sie in eine Art Schleuse.

„Kommen Sie ruhig herein", erklärte er. „Weiter können wir nicht, aber von hier aus haben Sie einen guten Blick auf das Labor."

Hinter dicken Glasscheiben arbeiteten mehrere Menschen, die von Kopf bis Fuß in Schutzkleidung gehüllt waren. Überall standen technische Geräte und alles war in gleißendes Licht getaucht.

„Auf der anderen Seite befinden sich weitere Räume, eine ähnliche Schleuse und ein Nebenausgang aus dem Gebäude. Dort kommen die Rohstoffe an, werden einer Qualitätskontrolle unterzogen, dann in

Lösung gebracht, gemischt und hier vorne zum Abschluss noch einmal getestet. Erst dann werden sie auf die Stationen gebracht oder in die Apotheke."

„Stellt jedes Krankenhaus seine Chemotherapien selbst her?"

Er schüttelte vehement den Kopf. „Oh nein. Das ist heute eher die Ausnahme. Die meisten beziehen sie fertig von speziell darauf ausgerichteten Apotheken."

Jenny überlegte einen Moment. „Können Sie mir eine hier in der Nähe nennen?"

Kröger nickte. „Natürlich. In unmittelbarer Nähe wüsste ich allerdings keine, aber doch zwei in der weiteren Umgebung. Eine davon, die Apostel-Apotheke, ist in Frankfurt-Fechenheim." Er überlegte kurz. „Ach ja, die andere befindet sich in Weiterstadt, das ist bei Darmstadt. Der Inhaber heißt, wenn ich mich recht erinnere, Rosenkranz."

„Moment." Jenny zog ein kleines Notizbuch aus der Tasche und notierte die Namen und Orte. Dann fragte sie. „Aber wer kontrolliert, ob wirklich das Richtige in den Mischungen enthalten ist?"

Kröger sah sie überrascht an. „Das ist eine merkwürdige Frage. Die Apotheken werden natürlich von der Überwachungsbehörde zugelassen und überprüft."

„Aber die einzelnen Therapien", beharrte Jenny. „Was, wenn jemand etwas falsch mischt? Oder wenn ein Rohstoff nicht in Ordnung ist?"

Kröger hob die Schultern. „Die herstellenden Pharmafirmen haben natürlich auch eine Qualitätskontrolle. Ansonsten ... würde man es wohl nur merken, wenn es nicht oder falsch wirkt."

„Wenn es nicht wirkt ...", wiederholte Jenny leise und wandte sich zum Gehen. Dann drehte sie sich noch einmal um. „Gab es in letzter Zeit Beschwerden, dass Therapien nicht wie erwartet angeschlagen haben?"

Kröger Gesicht zeigte eine leichte Röte. „Nein, keine einzige. Was wollen Sie uns unterstellen?"

„Nichts", beeilte Jenny, sich zu erklären. „Nur eine Routinefrage. Danke für Ihre Zeit."

„Worum geht es denn überhaupt?"

Jenny fand, dass die Frage spät kam. „Nur um grundsätzliche Informationen. Nochmal danke."

Sie ließ Kröger stehen, ging den Flur entlang und verließ die Apothekenabteilung. Mit dem Aufzug fuhr sie in den zweiten Stock und machte sich erneut auf die Suche nach Dr. Wölter.

Sie fand den Oberarzt in Professor Hirschhausens ehemaligem Büro. Eigentlich hatte sie nur kurz bei Frau Heidt hereinschauen wollen und perplex das neue Namensschild registriert.

„Das ging aber schnell", grüßte sie die Vorzimmerdame, die verbissen auf ihre Tastatur einhackte.

Als Frau Heidt erschrocken aufblickte, sah Jenny, dass sie geweint hatte.

„Dabei ist Dr. Wölter nur kommissarischer Leiter", flüsterte sie mit einem Blick zu der geschlossenen Bürotür. „Er hat darauf bestanden. Der Professor ist noch nicht einmal unter der Erde."

Empört zerrte sie ein Papiertaschentuch aus einer Packung und schnäuzte sich die Nase. „Stimmt es, dass er ohne Kopf ...?"

Zögernd erklärte Jenny. „Der Kopf ist getrennt vom Körper aufgefunden worden." Bevor die Frau weiterfragen konnte, sagte sie. „Ob ich Dr. Wölter wohl sprechen kann?"

Frau Heidt wies mit dem Kinn auf die Tür. „Gehen Sie einfach rein. Wenn er glaubt, dass ich jetzt automatisch ..."

Jenny nickte verständnisvoll und ging zur Tür, die ins eigentliche Büro führte. Sie klopfte energisch und öffnete sie, ohne eine Antwort abzuwarten.

Wölter saß hinter dem Schreibtisch, die Füße auf dem Tisch und telefonierte. Als sie eintrat, sah er ärgerlich auf. Sein Gesichtsausdruck wandelte sich jedoch, als er erkannte, wen er vor sich hatte. Schnell beendete er das Gespräch und sagte: „Liebe Frau Kommissarin. Sie halten es wohl doch nicht ohne mich aus."

„Ich hatte Schwierigkeiten, Sie zu finden", erklärte Jenny mit einem betonten Blick zum Schreibtisch, der wenige Tage vorher noch Professor Hirschhausens Arbeitsplatz gewesen war.

„Ich bitte Sie!" Er zeigte keinerlei Anzeichen von Verlegenheit. „Ich bedaure den Tod des Professors sehr", erklärte er. „Aber deshalb warte ich nicht, bis jemand anderes kommt und mir die Position, die mir zusteht, wegschnappt."

„Aber nur dadurch, dass Sie sein Büro besetzen, werden Sie doch nicht automatisch sein Nachfolger?"

„Ich habe es nicht besetzt!" Er betonte das letzte Wort übertrieben. „Ich bin zum kommissarischen Leiter ernannt worden, und somit steht mir das Büro zu. Aber ich bin sicher, Sie sind nicht gekommen, um mit mir die Wahl meiner Arbeitsstätte zu diskutieren."

„Nein. Natürlich nicht." Jenny stand etwas unbeholfen mitten im Zimmer.

„Aber ich bitte Sie. Setzen Sie sich doch. Einen Kaffee? Frau Heidt bringt uns sicher gerne zwei Tassen."

Das bezweifelte Jenny und lehnte vorsichtshalber dankend ab.

Sie setzte sich und hielt sich nicht lange mit einleitenden Worten auf.

„Gibt, vielmehr gab es in den letzten Monaten oder vielleicht auch Jahren Anzeichen, dass Chemotherapien nicht so gut angeschlagen haben, wie sie es hätten tun sollen?"

Wölter, der gerade noch ein charmantes Lächeln aufgesetzt hatte, wurde schlagartig ernst und beugte sich vor. „Ich glaube, ich verstehe die Frage nicht."

„Ich habe mich doch klar ausgedrückt. Vermutlich führen Sie Statistiken, wenn ich recht informiert bin, fertigen Sie doch sogar eine Studie an. Ist die Heilungsrate schlechter, als sie es sein müsste?"

Jenny sah ihm an, dass er angestrengt nachdachte. Langsam sagte er. „Nicht, dass ich wüsste. Wie kommen Sie darauf? Hat es etwas mit dem Tod des Professors zu tun? Hat er irgendetwas mit den Medikamenten gemacht?"

„Nicht, dass ich wüsste", wiederholte sie seine Worte. „Wie kommen Sie darauf?"

„Ich zähle einfach eins und eins zusammen. Immerhin ermitteln Sie in seinem Mordfall. Und jetzt kommen Sie zu mir und stellen kryptische Fragen über Krebstherapien. Sie vermuten offensichtlich einen Zusammenhang?"

Das Letzte klang wie eine Frage und Jenny überlegte, was sie darauf antworten sollte. „Ehrlich gesagt stochere ich noch im Nebel. Sicher ist, dass der Professor mit einem Patienten Kontakt hatte, bei dem die Therapie außergewöhnlich schlecht angeschlagen hat. Und es war kein Patient von ihm."

„Das ist ja merkwürdig", antwortete Wölter, der sich wieder sichtlich entspannt hatte. „Aber Sie müssen wissen, dass die Behandlung von Erkrankungen mit Chemotherapeutika viele Aspekte hat. Im Prinzip geht es darum, die sich schnell teilenden kranken Zellen zu töten, die gesunden dabei so weit wie möglich zu schonen, was aber nicht immer gelingt. So bedauerlich es ist, manchen Patienten geht es nach einer Chemo schlechter oder die Krebserkrankung verschlimmert sich sogar dramatisch, statt sich zu verbessern. Das ist aber normal und nicht zu verhindern. Zumindest nicht nach dem heutigen Stand der Wissenschaft."

„Aber", dachte Jenny laut. „In den meisten Fällen hilft die Therapie doch. Sonst würde man sie kaum anwenden. Bei wie vielen Patienten kommt es zu einer Verschlechterung? Ich meine nicht Nebenwirkungen. Ich meine Verschlechterung der Prognose."

Wölter überlegte einen Moment. „Vielleicht bei fünf Prozent."

„Würde es auffallen, wenn sich die Erkrankung plötzlich bei mehr Patienten verschlimmern würde statt üblich? Sagen wir, bei vierzig Prozent?"

„Sicher nicht sofort", antwortete Wölter nach kurzem Nachdenken. „Es gibt ja immer mal wieder ungewöhnliche Häufungen. Aber nach einer gewissen Zeit würde es sicher auffallen. Ja", bestätigte er noch einmal mit Nachdruck. „Zweifellos!"

Bevor Jenny etwas sagen konnte, schüttelte er den Kopf. „Sie sind auf dem völlig falschen Dampfer. Gerade weil der Professor in die Forschung involviert war, hat er akribisch alle Fälle dokumentiert und statistisch aufgearbeitet. Es gab keine ungewöhnlichen Statistiken, sonst wären sie mir aufgefallen oder er hätte mir davon erzählt."

*

Nachdenklich ging Jenny zurück zu ihrem Wagen und blieb davor stehen. Hatte Sie Unrecht und war auf einer falschen Fährte? Oder hatte man sie angelogen?

Entschlossen stieg sie ein und bog auf die Straße Richtung Koblenz Innenstadt ab. Vielleicht hatten ihre Kollegen mehr herausgefunden.

Britta und Frank saßen sich mit missmutigem Gesichtsausdruck gegenüber und hielten beide ein Telefon am Ohr.

„Warteschleife", flüsterte Frank und deutete überflüssigerweise mit dem Kinn auf den Hörer.

Jenny nickte und ging in ihr Büro, wo sie einen Zettel Sobottkis vorfand, der sie aufforderte, nach ihrem Eintreffen unverzüglich in seinem Büro zu erscheinen. Sie seufzte. Natürlich hätte sie ihn früher über die neuen Entwicklungen ihrer Fälle informieren müssen, aber sie war es so sehr gewohnt, selbstständig zu arbeiten, dass sie es schlicht und einfach vergessen hatte.

Sobottki sah auf, als sie mit einem Klopfen an den Türrahmen der offen stehenden Tür in sein Büro trat.

Immerhin war sein Lächeln freundlich, und auch seine Worte hatten nichts von der Schärfe, die Jenny weniger befürchtet als erwartet hatte.

„Frau Becker! Kaum sind Sie hier, da regnet es kopflose Leichen. Hätten Sie die nicht in Frankfurt lassen können?"

Er lachte über seinen eigenen Scherz, während Jenny das Gesicht verzog. „Ehrlich gesagt, hätte ich auch gut darauf verzichten können."

„Das glaube ich", sagte er und wurde ernst. „Wie kommen Sie mit dem Fall voran?"

Viel hatte Jenny nicht vorzuweisen. Das Wenige, das sie hatte, war in wenigen Minuten dargelegt.

Sobottki spielte nachdenklich mit einem Stift. „Brauchen Sie mehr Leute? Es wäre schwierig, aber bei einem solch aufsehenerregenden Fall sicher möglich."

Jenny hob abwehrend die Hand. „Uns fehlt es momentan an Ansatzpunkten, nicht an Leuten. Und Britta und Frank machen ihre Sache gut."

„Das bezweifle ich nicht", erklärte Sobottki. „Wobei Frau Manger mir in letzter Zeit etwas angespannt erscheint. Was ist Ihre Meinung?"

„Das ist mir gar nicht aufgefallen", erklärte Jenny mit unbewegter Miene. „Ihre Arbeit macht sie jedenfalls ausgezeichnet."

„Nun gut", winkte Sobottki ab. „Dann will ich Sie nicht länger aufhalten. Es wäre nett, wenn Sie mich auf dem Laufenden halten würden."

„Auf jeden Fall", versicherte Jenny und setzte im Stillen hinzu: „Zumindest, wenn ich daran denke."

Im Büro waren die Gespräche offenbar erledigt. „Aufgegeben?", vermutete Jenny.

„Ich hatte die Praxis, in der Helmut Roth behandelt wurde, am Telefon. Beziehungsweise die Dame von der Ansage. Nach einer halben Stunde habe ich es aufgegeben. Ich bin zwar zur Sprechstundenhilfe durchgedrungen, auf meine Erklärung hin hat sie mich aber immer in eine endlose Warteschleife gestellt. Das Spiel haben wir jetzt fünf Mal gespielt."

Jenny musste ob seiner gerechten Empörung lächeln. „Und du?", fragte sie Britta, die etwas auf ein Blatt schrieb.

„Ich hab was. Ich schreib es nur nochmal leserlich. Das Krankenhaus, in dem dieser Roth behandelt wurde, lässt seine Chemotherapien in zwei Apotheken herstellen. Ich habe hier die Adressen."

„Sehr gut!", lobte Jenny. „Ich habe auch zwei Namen, die wir abgleichen können. Dann haben wir wenigstens etwas. Überprüft, ob es Verbindungen der beiden anderen Opfer zu diesen Apotheken gibt. Ich weiß, wir stochern nur herum, aber irgendwie müssen wir weitermachen und irgendwann stoßen wir so vielleicht auf einen konkreten Hinweis."

Sie ging an ihren eigenen Schreibtisch und wählte Logos Nummer. „Hey, ich bin's, wie geht's?", meldete sie sich, als sie seine Stimme hörte.

„Geht so. Und dir?" Logo klang mürrisch wie so oft in letzter Zeit.

„Gut. Sag mal, du warst doch bei Helmut Roths Onkologen?"

„Erinnere mich nicht daran. Der Mann ist nicht gerade ein Sympathieträger."

„Wir versuchen, herauszufinden, von wem er die von ihm angewandten Chemotherapeutika bezieht."

Logo knurrte etwas Unverständliches.

„Was hast du gesagt?", fragte Jenny nach.

„Du warst nicht gemeint. Sascha hat sich abgemeldet. Will Wolny das Präsidium zeigen."

Es war einen Moment Stille in der Leitung. „Sind sie weg?", fragte Jenny dann.

„Ja, sind beide die Tür raus, warum?"

„Magst du ihn nicht, oder bist du noch auf Sascha sauer?"

„Ich bin überhaupt nicht auf Sascha sauer!", brauste Logo auf. „Nur weil er sich auf deine Stelle bewirbt? Kann er doch. Soll er doch. Ist mir doch egal."

Jenny atmete tief durch. „Dann ist es euer neuer Kollege?"

„Ich weiß nicht ...", begann er, doch Jenny unterbrach ihn. „Logo ..."

Er seufzte. „Also gut. Ich mag den Kerl nicht. Er hat irgendetwas Falsches an sich. Auch wenn du jetzt sagen wirst, dass ich Vorurteile gegen ihn habe, weil ich dich vermisse und ihm eine Chance geben soll und so weiter und so weiter. Ich kann dem Kerl nicht aufs Fell schauen."

Jenny drehte sich von der offenen Bürotür weg und schirmte mit der Hand den Hörer ab. „Und du hast recht damit", flüsterte sie. „Ich erklär's dir später."

Lauter sagte sie: „Tu mir den Gefallen und frag bei dem Arzt nach. Für dich ist es ein Katzensprung."

Logo seufzte tief auf. „Dann hab ich aber einen riesengroßen Gefallen gut!"

*

Zu seiner Überraschung befand sich niemand im Wartezimmer des Onkologen. Nichts Gutes ahnend ging er mit großen Schritten auf den Empfang zu.

Dieselbe Frau, die ihn beim letzten Mal so lange hatte warten lassen, lächelte ihn jetzt süffisant an.

„Der Herr von der Polizei. Dr. Bahrami ist leider nicht da." Sie dehnte das ‚Leider' übertrieben in die Länge.

„Wo kann ich ihn finden. Oder wie erreichen?", fragte Logo knapp.

„Er ist heute bei seinen Patienten in der Universitätsklinik."

„Und anschließend Golf spielen", setzte ein junges Mädchen, das neben ihr saß, hinzu, was ihr einen bösen Seitenblick einbrachte.

„Können Sie mir sagen, wo die von Ihnen angewandten oder verschriebenen Chemotherapeutika hergestellt werden?", fragte Logo bemüht höflich.

„Ich weiß nicht, ob ich Ihnen das sagen darf."

Logos Geduldsfaden riss. „Es geht hier um Mord! Genauer gesagt um mehrere Morde. Ein bisschen Kooperation von Ihrer Seite aus könnte dazu beitragen, den Täter zu finden."

Jetzt starrten ihn beide Frauen mit großen Augen an. „Mord? Wer ist denn ..."

„Das darf ich Ihnen leider nicht sagen." Logo genoss es, das ‚Leider' ebenso zu betonen. „Bekomme ich jetzt die Auskunft?"

Er beugte sich vor, um das winzige Namensschild zu entziffern. „Frau Stoll?"

Sie nahm einen Zettel und schrieb etwas darauf. Dann reichte sie ihn über den Tresen. „Diese beiden Apotheken stellen die meisten Chemotherapeutika für uns her. Auch für die Uniklinik und das Sachsenhäuser Krankenhaus. Bei den anderen weiß ich es nicht."

Logo bedankte sich und verließ schleunigst die Praxis. Dann rief er Jenny an und gab ihr Namen und Adressen durch.

„Die beiden wurden mir auch im Koblenzer Krankenhaus genannt", sagte sie nachdenklich. „Gibt es eine Verbindung zu den Morden? In Hirschhausens Krankenhaus, das die meisten Medikamente selbst mischt, haben die Therapien laut Wölter gewirkt, in Frankfurt bei Roth nicht und die Dittler-Zifurth hält sie sowieso für Teufelszeug."

„Selbst wenn sie nicht wirken", gab Logo zu bedenken. „Warum bringt man dann den Patienten um? Dass jemand einen Hass auf den behandelnden Arzt hat, kann ich ja noch verstehen. Aber auf den Kranken?"

In Jennys Kopf machte sich eine Idee breit. „Vielleicht ...", begann sie langsam, hielt dann jedoch inne. „Ich würde gerne alles sichten, was ihr bei Helmut Roth sichergestellt habt. Vielleicht ist etwas dabei, das ohne das Wissen, was wir jetzt haben, gänzlich unverdächtig erschienen ist."

„Sicher, Jenny. Gar kein Problem. Ich sag Sascha, er soll dir alles schicken. Viel ist es nicht. Oder kommst du her?" Logos Stimme klang hoffnungsvoll.

„Nicht ins Präsidium", sagte Jenny rasch. „Am liebsten würde ich mir auch Roths Wohnung persönlich ansehen. Meinst du, das kann man der Witwe zumuten?"

„Auch das solltest du Sascha fragen", erklärte Logo. „Er ist bald wieder im Haus. Hat irgendwas von Arzttermin und Überstunden gemurmelt."

Kaum hatte sie aufgelegt, wählte Jenny als nächstes Saschas Nummer. „Bist du krank?", fragte sie nach der Begrüßung.

„Nein, ich war mit Lucy beim Tierarzt zum Durchchecken. Alles in Ordnung, außer dass sie alt ist."

„Fein", sagte Jenny und bat ihn, mit ihr in Roths Wohnung zu gehen.

„Ich habe alles gründlich durchsucht", erklärte er verwundert. „Aber wenn du glaubst ..."

„Ich weiß, wie gründlich du bist", fiel sie ihm ins Wort. „Aber du wusstest damals nicht, wonach du suchen solltest. Ich will prüfen, ob es eine Verbindung zwischen Roth und der Apotheke gibt, die seine Chemotherapie hergestellt und geliefert hat."

Es war einen Moment still am anderen Ende der Leitung. „Eine Verbindung?"

„Ich habe den Verdacht, dass Roth zumindest vermutet hat, dass etwas mit seiner Chemo nicht gestimmt hat. Vielleicht hat ihm die Dittler-Zifurth den Floh ins Ohr gesetzt. Wir wissen immerhin, dass sie Kontakt hatten."

Sascha antwortete langsam. „Ich verstehe. Aber hat nicht die Auswertung seiner Anrufe etwas ergeben? Er hat doch mit einer Apotheke telefoniert."

„Sie gehörte aber nicht zu denen, die Chemos herstellen. Britta hat angerufen. Er hat nur nach einem Schmerzmittel, das bestellt werden musste, gefragt."

„Gut", sagte Sascha. „Wenn du möchtest, sehen wir uns nochmal gründlich bei ihm zu Hause um."

*

An diesem Tag war es jedoch zu spät, um noch etwas zu erreichen. Jenny wies ihre beiden Kollegen an, Feierabend zu machen. Sie wartete, bis sie weg waren und trat dann vor den kleinen Spiegel über der Mini-Spüle. Heute würde sie nicht sofort nach Hause fahren.

Zehn Minuten später betrat sie den Irish Pub in der Nähe des Präsidiums, von dem sie wusste, dass viele Kollegen ihn nach Feierabend aufsuchten.

Sie schlenderte zur Theke und sah sich dabei unauffällig um. Als sie ein bekanntes Gesicht entdeckte, steuerte sie einen Hocker in seiner Nähe an und nickte beiläufig.

„Ein Kilkenny", bestellte sie, als der Barkeeper zu ihr kam.

Der Kollege, der, wie sie wusste, im Vermisstendezernat arbeitete, wandte sich ihr zu.

„Bist du nicht die Neue aus Frankfurt?"

Sie nickte und prostete ihm mit dem Glas, das gerade vor sie hingestellt wurde, zu. „Genau die."

Er hob sein Guinness-Glas. „Na dann herzlich willkommen. Tut mir leid, dass Ihr unsere Arbeit machen müsst, aber bei uns hat die Hälfte die Grippe."

„Seh ich da einen Anflug von Schadenfreude?" Jenny milderte die Worte mit einem Lächeln ab.

Der Kollege lachte dagegen laut auf. „Nicht doch. Außerdem ist ja jetzt doch ein Mord daraus geworden. Spätestens jetzt hätten wir den Fall an euch abtreten müssen. Stimmt das, dass da Köpfe vertauscht wurden?"

„Der Flurfunk funktioniert hier offensichtlich genauso gut wie in Frankfurt."

Er wollte etwas sagen, wurde aber in dem Moment von einem kräftigen Mann neben ihm angestoßen. „Willst mich nich mal bekannt machen?" Das Bierglas in seiner Hand schien nicht sein erstes zu sein und, wie Jenny nach einem Blick auf seine rot geäderte Nase vermutete, wohl auch nicht sein letztes für heute.

„Sorry", sagte ihr Nachbar und streckte die Hand aus. „Ich bin Matthias, der Dicke neben mir ist Fred und du bist ...?"

„Jenny", stellte sie sich vor und schüttelte erst seine Hand, dann die des Dicken.

„Wie ist es denn so in Frankfurt?", wollte Matthias wissen. „Nur Mord und Totschlag?"

„Auch nicht anders als hier. Vielleicht etwas mehr Banden-kriminalität. Aber sonst nur entsprechend der Einwohnerzahl ein paar Morde mehr." Sie trank einen Schluck Bier und sagte beiläufig: „Ich hoffe, der Kollege, der mit mir getauscht hat, hat sich nicht mehr Aufregung versprochen."

„Wolly?", fragte Matthias. „Seltsam, dass er weg wollte. Hab ihn vorher nie davon reden hören."

„Soviel ich weiß, will seine Frau dort die Buchhandlung ihrer Eltern übernehmen", erklärte Jenny.

„Dann kann er sich ja zur Ruhe setzen!", rief Fred und setzte dann an Matthias gewandt hinzu. „Rutsch doch mal. Ich muss sonst über dich drüber quatschen."

Matthias verdrehte die Augen, zog aber seinen Hocker ein Stück nach hinten, sodass Jenny und Fred besser miteinander reden konnten.

Sie lächelte ihn an. „Zur Ruhe setzen? Ich dachte, er wollte Karriere machen?"

„Ja, am besten, ohne viel zu arbeiten!" Freds Gesicht war rot und ein Speicheltropfen hing ihm am Mundwinkel.

„Fred", sagte Matthias mahnend und wandte sich dann an Jenny. „Hör nicht auf ihn. Wir kennen Wolly nicht besonders gut. Andere Abteilung."

„Gut genug", brummelte Fred, ließ das Thema dann aber fallen. „Warum bist du aus Frankfurt hergekommen?"

„Ich brauchte mal Tapetenwechsel", erklärte sie. „Dass ich hier gelandet bin, war eher Zufall. Wolly war der erste Kollege, der wechseln wollte und zwar möglichst sofort."

Matthias sah sie nachdenklich an, doch es war Fred, von dem die Information kam, die sie wollte.

„Hab dem Kerl nie übern Weg getraut. N paar hat er ja eingewickelt, aber ich fand ihn irgendwie ...“

„Jetzt reicht's aber, Fred!“ Matthias war aufgestanden und nahm seinem Kollegen das Glas aus der Hand. „Du solltest jetzt heimgehen. Ich bin heute mit Zahlen dran.“

Fred wollte aufbegehren, stellte dann aber sein fast leeres Glas ab und sagte mit einem Seitenblick zu Jenny. „Ist vielleicht wirklich besser. Tut mir leid. Schönen Abend noch.“ Er schwankte leicht, als er sich durch den jetzt recht vollen Pub den Weg zum Ausgang bahnte.

Matthias sah sie entschuldigend an. „Sonst redet er nicht so über Kollegen. Das gehört sich einfach nicht. Aber momentan ... Seine Frau hat ihn gerade verlassen. Er trinkt zu viel, wie du ja sicher bemerkt hast, und weiß dann manchmal nicht, wann man aufhören sollte.“

„Aber man sagt ja: Trinkermund tut Wahrheit kund“, sagte Jenny mit einem, wie sie hoffte, charmanten Lächeln. „Ich habe immer gehört, Wolny wäre erfolgreich und beliebt gewesen?“

Ihre Frage war Matthias sichtlich unangenehm. „Da gab es mal eine unangenehme Geschichte mit einer Kollegin. Ist aber schon ewig her. Er wollte etwas von ihr, sie aber nicht von ihm.“

„Soll vorkommen“, warf Jenny ein.

„War wohl ziemlich aufdringlich. Deshalb wurde er zur Mordkommission versetzt.“

„Weggelobt?“, fragte Jenny fassungslos.

„Genau. Sobottki ... versteh mich nicht falsch, er ist ein echt netter Chef ... zu nett, wenn du mich fragst. Er hat ihn aufs Auge gedrückt bekommen.“

Jenny nickte nachdenklich. „Ich frag mich, wie es zu den Gerüchten über seine Beliebtheit gekommen ist.“

Matthias beugte sich zu ihr. „Wenn du es genug Kollegen erzählst, glaubt es irgendwann jemand.“

Jenny lächelte ihn strahlend an. „Noch ein Bier? Ich zahle.“

*

An diesem Abend war es spät, als Jenny den unbefestigten Weg zu ihrem neuen Domizil entlang holperte. Obwohl sie nach dem ersten Bier zu alkoholfreiem übergegangen war, fühlte sie sich merkwürdig beschwingt. Plötzlich wurde ihr klar, woran das lag. Sie hatte zum ersten Mal seit ewigen Zeiten mehrere Stunden nicht an Michael Biederkopf gedacht. Matthias war eine angenehme Gesellschaft gewesen, und später waren noch andere Kollegen dazu gekommen, die sie wie selbstverständlich in ihren Kreis aufgenommen hatten. Am meisten freute sie sich, dass Wolnys Reputation keinesfalls so war, wie er es Britta weisgemacht hatte.

Der Bewegungsmelder sprang an, als sie die Stufen zum Haus hinunterging und erhellte den Eingang. Jenny warf einen Blick über die Schulter in die Dunkelheit. Sie hatte ein merkwürdiges Gefühl. So, als würde sie jemand beobachten. Dann wandte sie sich jedoch entschlossen zur Tür und steckte den Schlüssel ins Schloss.

Obwohl sie gerade erst eingezogen war, fühlte es sich schon an, wie nach Hause kommen. Ob sie hier am Ende der Welt endlich Frieden finden würde?

*

Müde versammelte sie am nächsten Morgen ihr Team um sich. Diesmal wollte sie Frank zur Familie Roth mitnehmen. Britta sollte hierbleiben und die Namen auf Hirschhausens Liste überprüfen. Jenny hatte sich lange überlegt, wie sie an sie herantreten könnte. Immerhin konnte sie nicht einfach andeuten, dass mit ihren Medikamenten möglicherweise etwas nicht stimmte. Wenn sie an den Aufruhr dachte, den ein solcher Verdacht auslösen würde, schauderte ihr. Aber vielleicht fand sich etwas in sozialen Netzwerken, in Selbsthilfeforen oder Ähnlichem.

Gegen halb zehn trafen sie sich mit Sascha vor dem Wohnhaus der Roths im Gallusviertel.

Sascha hatte sie angekündigt. Frau Roth, die noch verhärmter aussah als vor ein paar Tagen, öffnete ihnen die Tür. Sascha stellte Jenny und

Frank vor, und die Frau führte sie in das düstere Wohnzimmer, das, obwohl das Krankenbett fehlte, immer noch klein und voll wirkte.

„Sie haben doch schon alles durchsucht", sagte sie mit dünner Stimme. „Das hat mir zumindest meine Tochter erzählt. Was wollen Sie denn hier noch finden?" Sie sah von einem zum anderen. „Und noch dazu gleich zu dritt?"

„Es haben sich Verbindungen zu anderen Todesfällen ergeben", erklärte Sascha nach einem fragenden Blick zu Jenny. „Wir wollen ganz sichergehen, dass Ihr Mann nicht doch irgendwo noch Unterlagen hat oder vielleicht ein Handy."

Die Frau sah ihn verwirrt an. „Wozu denn? Andere Todesfälle? Aber wie ..."

„Dürfen wir uns umschauen?", unterbrach Sascha sie mit freundlicher aber fester Stimme. „Das letzte Mal habe ich mich nur oberflächlich umsehen können, und wir wussten noch nicht, wonach wir suchen sollten."

Frau Roth hob resigniert die Schultern. „Aber natürlich. Ich wollte nur wissen ... Aber es ist einerlei, oder?" Sie hob den Blick zu Jenny und sah sie direkt an. „Er kommt ja doch nicht wieder." Dann, als besinne sie sich erst jetzt auf ihre Gastgeberpflichten. „Möchten Sie vielleicht einen Kaffee?"

„Gerne", sagte Jenny rasch und im Bewusstsein, die Frau würde damit beschäftig sein.

Mit einem Kopfnicken verschwand Frau Roth Richtung Küche und Sascha ließ seinen Blick durch das Wohnzimmer schweifen. „Unwahrscheinlich, dass er etwas hier versteckt hat, wo seine Frau es jederzeit hätte finden können. Am ehesten könnte es sein, dass ich im Keller etwas übersehen habe."

Jenny, die Saschas Sorgfältigkeit kannte, sah ihn zweifelnd an. Bevor sie sich aufteilen konnten, kam Frau Roth aus der Küche. „Der Kaffee dauert noch einen Moment", sagte sie entschuldigend. „Aber mir ist etwas eingefallen. Ich glaube ja nicht, dass mein Mann etwas vor mir versteckt hat, aber wenn, dann sicher nicht hier in der Wohnung."

„Deswegen würden wir auch gerne in Ihren Keller", sagte Jenny freundlich.

„Sicher, aber den meine ich nicht", erklärte Frau Roth und knetete dabei ein Küchentuch in den Händen.

„Hinter dem Haus ist ein Gemeinschaftsgarten. Eigentlich mehr ein Abstellplatz mit ein paar Pflanzen. Aber jeder Mieter hat ein kleines Gartenhäuschen. Ich gehe da nie rein, da gibt es Spinnen und Mäuse." Sie schüttelte sich. „Aber mein Mann hat da ab und zu Sachen untergestellt."

Aufregung erfasste Jenny. Würden sie hier endlich etwas finden, das Licht in die Sache brachte? „Danke, Frau Roth. Ist die Hütte abgeschlossen?"

„Gut, dass Sie es sagen. Ja sicher. Der Schlüssel hängt hier am Brett."

*

Das „Gartenhäuschen" war nicht mehr als ein Kunststoffschrank, der mit fünf anderen an der hinteren Seite des Hinterhofs stand. Der größte Teil des Areals war unregelmäßig gepflastert. An vielen Stellen kam Unkraut durch die Ritzen und kaputtes Spielzeug lag herum. An einer Seite war ein vielleicht zwei mal zwei Meter großes Stück braunfleckiger Wiese, auf der ein armseliges Bäumchen vor sich hin vegetierte.

Jenny sah zu, wie Sascha den Schrank öffnete. Erwartungsvoll beugte sie sich weit vor und konnte kaum erwarten, ins Innere zu sehen. Frank wippte neben ihr auf den Fußballen.

Auf den ersten Blick schien der Schrank leer zu sein. Dann griff Sascha jedoch in das obere Fach und brachte einen großen Umschlag zum Vorschein. Er überreichte ihn Jenny und tastete, ob es noch weitere Dinge enthielt, fand jedoch nichts.

„Das ist alles", stellte er fest, schloss die Tür und verriegelte sie. „Schau rein", forderte er Jenny auf.

„Hier?", fragte Jenny und sah sich um. „Lass uns lieber woanders hingehen. Wer weiß, wer hier zuschaut."

„Ins Präsidium möchtest du sicher nicht?", fragte Sascha.

Jenny zögerte mit einem Blick zu Frank. Als er keine Anstalten machte, etwas beizutragen, schüttelte sie den Kopf. „Lass uns rüber ins

Skyline Plaza fahren, da ist es immer leer und wir können irgendwo etwas trinken."

Das 2013 eröffnete riesige Einkaufszentrum lag zwischen Hauptbahnhof und Messe und erforderte somit nur einen kleinen Umweg auf dem Weg zum Präsidium. Es hatte nie die erhofften Besucherzahlen anlocken können, und sie würden dort sicher ein ruhiges Eck finden.

Kaum fünf Minuten später liefen sie schon vom Parkhaus ins eigentliche Gebäude und steuerten ein fast leeres Café an. Während sie auf ihre Getränke warteten, versuchte Sascha, Konversation zu machen. „Wolny hätte sich sicher gefreut, dich zu sehen."

Frank lächelte unsicher. „Ja, natürlich. Wie geht's ihm denn in Frankfurt?"

„Ich denke, er wird sich hier wohlfühlen", sagte Sascha. „Er wollte immerhin unbedingt hierher. Seine Frau hat auch eine Stelle in Aussicht."

Frank hob verwundert den Kopf. „Ich denke, sie hat einen Buchladen geerbt?"

Jetzt sah Sascha verwirrt aus. „Davon weiß ich nichts."

Jenny beobachtete die Unterhaltung amüsiert. Lügen hatten kurze Beine, das würde Kollege Wolny bald feststellen müssen.

Als die Bedienung ihre Getränke gebracht hatte, konnte Jenny endlich den Umschlag öffnen. Er war dick und schwer und mit zwei Klammern verschlossen.

Sie entfernte sie und schüttete den Inhalt auf den Tisch. Die Verpackung eines klobiges Handys fiel heraus, gefolgt von einem Ladegerät. Sie griff in den Umschlag und holte einen Stapel Papier heraus.

„Ich wusste es", sagte Jenny tonlos, als sie das erste Blatt überflogen hatte.

„Was ist das?", fragte Frank und versuchte, einen Blick auf das Blatt zu erhaschen. „Sind das ausgeschnittene Buchstaben?"

„Eine Kopie", murmelte sie. „Er hat jemanden erpresst."

„Wen?", sagten Frank und Sascha wie aus einem Mund.

„Steht hier nicht", erklärte sie und nahm das nächste Blatt.

Sascha griff sich einen Teil des Stapels und blätterte. Ab und zu überflog er ein Stück Text. „Er hat mit der Dittler-Zifurth und mit Professor Hirschhausen kommuniziert. Roth war sicher, dass bei seiner Chemo gepfuscht worden war und er deshalb sterben muss."

Jenny dachte kurz nach. „Musste er vermutlich auch, aber anders, als er dachte."

Frank hatte das Blatt mit dem Erpresserbrief zu sich gezogen und studierte es. „Er bestellt jemanden an den Goetheturm. Da wurde er doch umgebracht, oder?"

„Allerdings", bestätigte Jenny. „Wir müssen herausfinden, wen er erpressen wollte, dann dürften wir auch den Mörder haben."

„Ich hab's!", sagte Sascha und tippte mit dem Zeigefinger auf ein Schreiben. „Roth vermutet, dass die Apotheke betrügt und die Medikamente für die Therapien falsch mischt. Er hat hier eine Liste aller in Frage kommenden Apotheken. Alle außer den beiden, die uns die Praxis Bahrami genannt hat, sind ausgestrichen. Aber welche hat er letztendlich erpresst? Hier steht nichts."

Sie sahen noch einmal alle Blätter durch, fanden jedoch keine weiteren Informationen.

„Es geht doch sicher um die letzte Chemo, die er bekommen hat. Wir müssen einfach heraus finden, woher sie kam", schlug Frank vor.

Sascha schüttelte den Kopf. „Soviel ich weiß, hatte er mindestens fünf Behandlungen. Vielleicht waren nur ein Teil davon für die Nebenwirkungen verantwortlich. Erst müssen wir abklären, ob sie alle aus der selben Apotheke kamen."

Frank fragte. „Ich weiß nicht, ob ich alles richtig verstehe. Roth hatte den Verdacht, dass mit seiner Behandlung etwas nicht stimmt ..."

„Die Dittler-Zifurth wird ihn darauf gebracht haben", warf Jenny ein.

„Vermutlich", sprach Frank weiter. „Er recherchiert in seinem Umkreis, der Selbsthilfegruppe zum Beispiel, und stößt auf andere Fälle. Dann kontaktiert er Professor Hirschhausen?"

„Zumindest hatten sie Kontakt", bestätigte Jenny.

„Roth kommt dann aber auf die Idee, die Apotheke zu erpressen, statt weiter darauf zu dringen, dass alles aufgeklärt wird?"

„Vermutlich wollte er seine Familie abgesichert wissen", sagte Sascha. „Sie waren in einer verzweifelten finanziellen Lage, und er hatte keine Lebensversicherung."

Jenny führte den Gedankengang weiter. „Der Erpresste tötet ihn aber, statt zu zahlen. Irgendwie hat er erfahren, dass Professor Hirschhausen und die Esoterikerin Bescheid wussten oder zumindest einen Verdacht hatten, und tötet auch sie."

Alle drei schwiegen eine Weile. Dann verzog Jenny das Gesicht. „Irgendwie kann ich nicht glauben, dass ein Apotheker, sei es auch ein krimineller, der Medikamente fälscht, drei Morde begeht, und das auch noch auf solch grausame Weise."

„Aber eine solche Person muss doch absolut skrupellos sein", sagte Sascha. „Überleg dir, wie viele Menschen er zum Tod verurteilt hat. Todkranke, deren einzige Hoffnung die Therapie war und die jetzt sterben, weil er ihre Medikamente gepantscht hat. Auf schreckliche Weise sterben." Er schluckte. Glücklicherweise wusste Jenny nicht, an wen er gerade im Speziellen dachte. Sobald ihre Sitzung fertig war, würde er Biederkopf informieren müssen. Vielleicht ... Er verbot sich, weiterzudenken.

Jenny spürte eine leichte Übelkeit. „Natürlich stecken riesige Summen in diesem Geschäft, denn nichts anderes ist es ja. Ich möchte nicht wissen, wie viele Medikamente im Wert von jeweils mehreren Tausend Euro jeden Tag in einer dieser Apotheken über den Tisch gehen. Wenn zum Beispiel nur die Hälfte Wirkstoff enthalten ist ... Mir wird schwindelig, wenn ich an die Summe denke."

„Aber die Morde scheinen doch einen starken persönlichen Aspekt zu haben", wandte Frank zögernd ein. „Warum wurden sie sonst so aufwendig inszeniert? Der Täter hätte sie als Unfall hinstellen können. Wahrscheinlich wäre dann niemand auf den Zusammenhang gekommen."

Alle drei sahen sich ratlos an. Jenny ergriff das Wort.

„Lasst uns einfach weitermachen. Wir werden den beiden Apotheken jetzt einen Besuch abstatten. Und außerdem ..." Sie sah Frank an. „Kümmere dich bitte um einen Gerichtsbeschluss. Ich will, dass alle Medikamente, die in den Apotheken vorrätig sind, beschlagnahmt und überprüft werden. Die Krankenhäuser werden wir erst warnen, wenn sich der Verdacht bestätigt. Nicht auszudenken, was dort los sein wird, wenn Roth recht hatte ..."

*

Als sie in Fechenheim vor den Glasfenstern der ersten Apotheke standen, fluchte Jenny laut. „Wegen Krankheit geschlossen? Soll das ein Witz sein?"

Sascha trat an die Scheibe, presste seine Nase dagegen und beschattete sein Gesicht mit den Händen. „Es dringt Licht aus dem hinteren Raum", sagte er. „Jemand scheint also da zu sein."

Jenny suchte nach einer Klingel, fand aber keine. Sie klopfte an die Glastür, wartete einen Moment und klopfte noch einmal.

„Hinten muss es noch einen Eingang geben." Ihre Kollegen folgten ihr um die Hausecke herum zu einer mit einer Alarmanlage gesicherten Tür. Jenny drückte den Klingelknopf, aber auch hier erfolgte keinerlei Reaktion. Sie drückte noch einmal und ließ diesmal den Finger mehrere Sekunden auf dem Knopf.

Als sie sich schon abwenden wollte, wurde die Tür geöffnet und das picklige Gesicht eines jungen Mannes spähte hinaus.

Jenny griff in die Tasche und schob ihm ihren Ausweis unter die Nase. Er wurde bleich und starrte sie aus weit aufgerissenen Augen an. Statt sie herein zu lassen, riss er die Tür weiter auf, rannte los und rempelte Jenny so fest an, dass sie wenig elegant auf ihren Hintern fiel. Er sprintete an ihnen vorbei, Sascha direkt in die Arme.

„Nicht so schnell." Sascha legte ihm mit Franks Hilfe Handschellen an. Jenny hatte sich inzwischen aus ihrer würdelosen Lage befreit und klopfte sich die Hinterseite ab.

„Verdammt nochmal, was sollte das?", herrschte sie den jungen Mann an.

Sein weißer Kittel bebte wie Espenlaub, so sehr zitterte er. „Ich ..., ich ..."

„Meine Güte, reißen Sie sich zusammen!" Sie wandte sich angewidert ab, als er in Tränen ausbrach. „Setz ihn in den Wagen!", wies sie Sascha

189

an. „Vielleicht beruhigt er sich, und wir können noch etwas Vernünftiges aus ihm heraus bekommen."

Sie wartete, bis Sascha wieder bei ihnen war, dann betraten sie zu dritt den Hinterraum der Apotheke.

Ein Flur schien sich über die gesamte Breite des Hauses zu erstrecken. Die Tür links musste zum Verkaufsraum führen. Jenny öffnete die gegenüber liegende Tür und stand vor einem hell erleuchteten Labor. Rechts an der Wand hing Schutzkleidung und vor ihr befand sich eine zweite Glastür, durch die man in das eigentliche Labor gelangte. Es war offensichtlich, dass hier gerade gearbeitet wurde. Unter einer Abzugshaube kochte etwas und überall standen offene Fläschchen herum. Anscheinend hatte der junge Mann, von dem Jenny bisher nicht einmal den Namen wusste, gerade etwas abgefüllt.

„Versuch, den Inhaber zu erreichen", wies sie Frank an. „Er soll, wenn möglich, herkommen. Vielleicht kann er uns erklären, was hier vorgeht."

Es dauerte einen Moment, bis Frank die Privatnummer des Inhabers herausgefunden hatte. Sie hörten zu, wie er ihm die Sachlage erklärte. „Er kann in zehn Minuten hier sein", sagte er, nachdem er aufgelegt hatte.

„Gut", antwortete Jenny. „Schau nach, ob sich der Junge jetzt soweit beruhigt hat, dass er uns wenigstens seinen Namen sagen kann und was er hier gemacht hat, dass er glaubt, abhauen zu müssen."

Sascha nickte und holte den Festgenommenen, immer noch in Handschellen, aus dem Wagen.

Jenny trat auf ihn zu. „Wie heißen Sie?" Dem Jungen lief die Nase und er hatte Schluckauf. Jenny seufzte. „Mach ihn los und gib ihm ein Taschentuch", sagte sie leise zu Sascha, der schon in seinen Taschen kramte. Er öffnete die Handschellen, ließ sie jedoch am rechten Arm des Jungen und machte ihn an der Garderobe fest. „Hier", sagte er und reichte ihm ein zerdrücktes Papiertaschentuch. „Und jetzt sag uns, wer ..." Auf einen Blick Jennys korrigierte er sich. „Und jetzt sagen Sie uns, wer Sie sind."

Der Junge putzte sich geräuschvoll die Nase und stopfte das Taschentuch in die Hosentasche. Dann wischte er sich mit dem Handrücken die Augen. „Ich heiße Fritz Brettschneider und arbeite hier."

„Und als was?", hakte Jenny nach.

„Ich bin Auszubildender zum PKA." Er sah Jennys verständnislosen Blick. „Pharmazeutisch-Kaufmännischer Angestellter."

„Kaufmännisch? Was machen Sie dann alleine im Labor. Und vor allem, warum laufen Sie von der Polizei weg?" Sie sah interessiert, wie seine Gesichtsfarbe abwechselnd knallrot und blass wurde.

„Ich ... ich ...", fing wieder das Stammeln an.

In diesem Moment öffnete sich die Außentür, und ein korpulenter Mann in Jeans und Polohemd kam herein. Er war sichtlich außer Atem.

„Guten Tag. Ich bin Heribert Klaasen. Was ist denn passiert?" Sein Blick fiel auf den Jungen. „Fritz, was machst du denn hier? Wie bist du überhaupt hereingekommen?"

Jenny hielt dem Mann ihren Ausweis unter die Nase. „Sie wussten also nicht, dass er heute arbeitet?"

„Wieso arbeitet? Was soll er denn arbeiten? Die Apotheke ist zu. Was macht überhaupt die Polizei hier?"

„Ursprünglich wollten wir Sie zu der Herstellung von Chemotherapien befragen", erklärte Jenny.

„Aber die Anfertigung ist eingestellt. Ich bin selbst ... ich habe ... egal. Ich werde aus gesundheitlichen Gründen die Apotheke schließen, beziehungsweise an einen Nachfolger übergeben."

Er sah Jennys Blick. „Ich weiß, ich sehe kerngesund aus, aber das ist nur eine Phase. Sehr bald wird es mir schlechter gehen. Aber das tut nichts zur Sache und ich will jetzt wissen, was hier eigentlich vorgeht. Fritz?"

Der Junge antwortete nicht, sondern sah nur starr zu Boden.

„Lassen Sie mich in das Labor!", forderte Klaasen und machte einen Schritt auf die Tür zu.

Sascha warf einen fragenden Blick zu Jenny und gab den Zugang frei.

Klaasen ging eilig hinein, hinter ihm drängten sich Jenny und Sascha in den Raum. Frank bewachte den jungen Fritz.

Der Apotheker blieb wie angewurzelt stehen und schnüffelte. Dann lief er zu einem der Tische, hob ein Fläschchen hoch und las das Etikett. „Du Volldepp!", rief er lautstark und verfiel in breitesten hessischen Dialekt. „Wie kann mer nur so blöd sei. Jeder weiß doch, dass des ned geht!"

„Was denn?", fragte Jenny und trat neben ihn.

„Es gibt seit einiger Zeit zugelassene Cannabis-Präparate zur Schmerzbekämpfung. Der Depp hat versucht, den Wirkstoff daraus zu extrahieren, um ihn in konzentrierter Form vorliegen zu haben. Sonst erzeugt er nämlich keinen Rausch. So ein Volldepp. Aber jetzt kann ich ihn endlich entlassen."

Jenny seufzte. „Na gut. Wir nehmen ihn erst einmal mit, um die Personalien festzuhalten und seine Aussage aufzunehmen. Ich würde Sie ebenfalls bitten, heute oder morgen aufs Präsidium zu kommen. Er wird eine ordentliche Strafe mindestens wegen Einbruchs und Herstellung von Drogen bekommen."

„Das schadet ihm nichts. So ein nichtsnutziger ..." Er hielt inne. „Aber was wollten Sie jetzt eigentlich von mir?"

„Es geht um einen Patienten, der vermutet, dass in seiner Chemotherapie nicht das war, was hätte drin sein sollen. Er ..."

„Helmut Roth?", fiel ihr Klaasen ins Wort.

„Richtig", antwortete Jenny. „Er hat Sie also kontaktiert?"

„Kontaktiert ist nicht ganz das richtige Wort. Er kam hereingestürmt, hat ein Gespräch mit einem Pharmavertreter unterbrochen und mich beschuldigt, dass bei der Herstellung gepfuscht worden sei. Nein, warten Sie, das ist nicht korrekt. Er hat den Verdacht geäußert, wir hätten bewusst zu wenig Wirkstoffe beigemischt. Was natürlich Unsinn ist!", beeilte er sich zu versichern.

„Wie sind Sie mit ihm verblieben?"

„Zum Glück konnte ich nachweisen, dass ich seinen Arzt zu der Zeit, wo er seine Therapie bekommen hat, gar nicht mehr beliefert habe. Auch das Sachsenhäuser Krankenhaus, in dem er ebenfalle behandelt wurde, habe ich schon seit zwei Jahren nicht mehr beliefert. Ich war damals gerade erkrankt und eine andere Apotheke hat die Produktion für uns übernommen. Ich habe danach nie mehr etwas von Roth gehört."

„Und Sie sind der Sache nicht nachgegangen?" Jenny hob fragend eine Augenbraue.

„Ich hätte das vielleicht tun sollen", sagte Klaasen langsam. „Aber ich habe wirklich andere Sorgen. Außerdem habe ich die Vorwürfe nicht ernstgenommen, sondern angenommen, dass er verzweifelt war, weil ihm die Ärzte nicht mehr helfen konnten. Kommen Sie wegen Roth?"

Jenny ließ die Frage unbeantwortet. „Welche Apotheke hat Sie vertreten?", fragte sie stattdessen gespannt.

*

An diesem Tag erledigten sie nichts mehr. Es war mittlerweile nach achtzehn Uhr und die Fahrt zurück nach Koblenz, wo Franks Wagen geparkt war, dauerte noch über eine Stunde. Schweigend fuhren sie die A3 entlang, die wie immer völlig überfüllt war.

„Dann müssen wir morgen früh wieder ins Rhein Main-Gebiet?", fragte er irgendwann.

Jenny warf einen überraschten Seitenblick auf sein missmutiges Gesicht.

„Sieht so aus. Passt dir das nicht? Ich hätte gedacht, du brennst darauf, morgen früh die Apotheke zu besuchen. Immerhin ist der Apotheker jetzt unser Hauptverdächtiger. Wir können fast davon ausgehen, dass Roth ihn erpresst hat."

„Ist doch eigentlich Sache der Frankfurter. Auch wenn Hirschhausen vielleicht vom selben Mörder umgebracht wurde."

„Vielleicht? Ich würde sagen, davon können wir ausgehen, und damit ist es genauso unsere Sache."

Sie wartete auf einen Kommentar, doch Frank sagte nichts mehr.

„Morgen kann Britta mitfahren. Sie freut sich sicher, rauszu- kommen." Sie fasste Franks Schweigen als Zustimmung auf. Mutete sie ihren Kollegen zu viel zu? Mit Logo und Sascha war es nie ein Problem gewesen. Sie waren mit Feuereifer bei jeder Ermittlung dabei, wohin sie sie auch führen würde. Jenny hatte angenommen, dass die Aussicht, einen Mordfall zu lösen, auch bei Frank und Britta Begeisterung hervorrufen würde.

Kurz vor Koblenz ergriff Frank noch einmal das Wort. „Klar wäre es klasse, den Mordfall aufzuklären. Es ist nur ... Ich habe das Gefühl, du willst wieder nach Frankfurt zurück. Könntest du den Tausch mit Wolny eigentlich rückgängig machen?"

Jenny sah ihn entgeistert an. „Wie kommst du darauf? Ich will auf gar keinen Fall zurück. Die Gründe für meinen Weggang haben sich nicht geändert. Und so einen Tausch kann man auch nicht einfach rückgängig machen. Und überhaupt, würdest du dich nicht freuen, wieder mit Wolny zu arbeiten?"

Er zögerte. „Doch, schon. Aber ich arbeite wirklich gerne mit dir. Britta auch, auch wenn sie momentan nicht so gut drauf ist."

„Dann ist ja alles gut. Denn für den Moment sieht es nicht so aus, als würdet ihr mich loswerden."

*

An diesem Abend verbot sich Jenny jede weitere Beschäftigung mit dem Fall. Das Wetter war warm und sie erledigte einiges um das Haus herum. Nachdem sie bergeweise Unkraut gejätet und Treppenstufen von Moos befreit hatte, saß sie noch einige Zeit mit einem Glas Wein auf der Terrasse und ließ die Gedanken schweifen. Es war gut, dass in den letzten Tagen so viel zu tun gewesen war. Die Ermittlungen und der zweimalige Umzug hatten ihr keine Zeit gelassen, über den eigentlichen Grund ihres Weggangs aus Frankfurt nachzudenken. Doch jetzt, in diesem Moment der Ruhe, dachte sie an Biederkopf und fühlte plötzlich keine Wut mehr, sondern Einsamkeit, die sich wie ein erstickendes Kissen über sie senkte.

So schön es hier auch war, sie befand sich weit weg von ihren Freunden und ihren alten Kollegen, die für sie wie Freunde waren. In ihrer neuen Dienststelle fühlte sie sich noch nicht heimisch und so freundlich sie hier im Dorf auch empfangen worden war, so kannte sie doch noch niemanden näher. Natürlich brauchte sie nur den Telefonhörer abnehmen. Doch als sie auf die Uhr sah, war es schon fast zehn, keine Uhrzeit mehr, zu der ein Anruf üblicherweise willkommen war.

Seufzend stand sie auf und ging nach drinnen. Es war frisch geworden und ein kühler Wind wehte. Sie setzte sich an den Schreibtisch und tat, was sie immer tat, wenn sie sich schlecht fühlte. Sie ging die Unterlagen zum aktuellen Fall durch.

Kapitel 33

Sascha war in Versuchung, den Hörer aufzulegen, als Logo zum dritten Mal dieselbe Frage stellte.

„Weil ich nicht vom Klo runterkomme. Wir brauchen unbedingt die Verfügung vom Staatsanwalt, um die Medikamente untersuchen lassen zu können. Es wird dich nicht umbringen, rüber zu gehen und sie zu holen."

Logo brummte etwas Unverständliches.

„Was? Was hast du gesagt?"

„Ich sagte, ich mach's. Aber ich verstehe immer noch nicht, warum."

„Mach's einfach", rief Sascha gequält und legte auf. Logo betrachtete kurz den Hörer in seiner Hand, dann legte er ihn weg und machte sich missmutig auf den Weg zur Staatsanwaltschaft.

Im Vorzimmer zu Biederkopf Büro grüßte er knapp und steuerte auf die Tür zum eigentlichen Büro zu.

„Moment, Herr Stein!", hielt ihn Frau Wiegands Stimme auf. „Sie können doch nicht einfach hineingehen. Wenn Frau Dr. Lüders nun einen Termin hat?"

„Hat sie?", fragte er knapp. „Außerdem hätte ich natürlich geklopft."

„Warten Sie", sagte sie und stand auf. „Ich frage, ob Sie sie sehen können."

„Seit wann ...", begann Logo, verkniff es sich aber, weiter zu reden. „Es ist eilig!", rief er, während sie schon die Tür öffnete und den Kopf hinein streckte.

Nur wenige Sekunden später tauchte sie wieder auf und nickte ihm gnädig zu. „Sie können hineingehen."

„Danke", antwortete Logo und zog dabei eine Grimasse. Ohne ein weiteres Wort ging er auf die leicht offen stehende Tür zu, zog sie auf und marschierte hindurch. Ein Blick auf die Staatsanwältin ließ ihn innehalten. Sie sah ihn über die Brille hinweg an wie eine Schuldirektorin, die einen Schüler zu sich zitiert hatte. Logo musste einen Moment überlegen, warum er überhaupt hier war, und dass sein Besuch auf seine Initiative und in seinem Interesse erfolgte. Oder besser in

Saschas. Oder doch im Interesse des Falles, wie er widerwillig zugeben musste.

„Ich weiß nicht, ob Sie über den Fall im Bilde sind", begann er ohne Einleitung und noch während er auf den Schreibtisch zuging. Dr. Lüders fiel ihm ins Wort. „Guten Tag, Herr Stein, ich bin Dr. Lüders. Setzen Sie sich doch. Und ja, natürlich bin ich über den Fall im Bilde."

„Guten Tag", antwortete Logo mit einem Anflug von Verlegenheit und ließ sich auf den Besucherstuhl sinken, der schon zu Biederkopfs Zeiten unbequem gewesen war.

„Wir würden gerne Proben von den Medikamenten nehmen, die in den Apotheken hergestellt werden", erklärte er und schob die Liste über den Tisch.

Dr. Lüders warf einen Blick darauf. „Auf welcher Grundlage?"

Das brachte Logo aus dem Konzept. „Herr Meister sagt ... Das heißt, Frau Becker ..." Er brach ab und begann aufs Neue. „Unser Opfer, Helmut Roth, hat nachweislich einen Apotheker erpresst. Die Dittler-Zifurth und dieser Koblenzer Professor wussten davon. Also nicht von der Erpressung aber von den Unregelmäßigkeiten bei den Behandlungen."

„Und woher wissen Sie davon?" Ihre Stimme klang scharf.

Logo runzelte die Stirn. „Wir haben es ermittelt."

„Das meine ich nicht. Was haben Sie dazu beigetragen? Meines Wissens waren Sie an den Ermittlungen kaum beteiligt. Obwohl Sie sich um die Stelle des Dienstgruppenleiters beworben haben und momentan kein anderer Fall anliegt."

„Woher wollen Sie wissen, inwieweit ich beteiligt war?", fragte Logo entgeistert.

„Es ist meine Aufgabe, über die Ermittlungen Bescheid zu wissen. Wo waren Sie zum Beispiel am Montagnachmittag?"

„Was ... wie ...?", stotterte Logo, durch die Frage völlig aus dem Konzept gebracht. „Ich hatte etwas zu erledigen."

„Etwas Dienstliches?" Die grauen Augen schienen ihn zu durchbohren. „Wenn Sie glauben, ich würde den Schlendrian, der sich hier eingeschlichen hat, dulden, sind Sie auf dem Holzweg. Wenn Sie heute nicht erschienen wären, hätte ich Sie herbestellt. Ich bin davon ausgegangen, dass Sie sich selbst vorstellen, sobald Sie erfahren, dass ein neuer leitenden Staatsanwalt im Amt ist. Ich verzichte bewusst auf die korrekte Genderform. Sollten Sie Ihrer kommissarisch leitenden Funktion nicht gerecht werden, kann ich gerne dafür sorgen, dass Herr Meister oder Herr Wolny Sie ersetzt. Die ich übrigens beide bereits kennenlernen durfte."

Es dauerte einen Moment, bis Logo merkte, dass sie fertig war. Einen weitere Sekunde brauchte es, bis er den Mund erst schloss, nur um ihn umgehend wieder zu öffnen, weil er etwas erwidern wollte.

„Wieso war Wolny hier?", war das Einzige, das ihm einfiel.

„Ihr Kollege Wolny weiß offensichtlich, was sich gehört. War er nicht in Koblenz Dienstgruppenleiter?"

Logo wusste nicht, was er darauf antworten sollte. Er zögerte, nickte dann und suchte nach Worten.

Dr. Lüders seufzte, nahm ein Formular aus einem Ablagekorb und unterzeichnete es. Dann schob sie es über den Tisch. „Ich brauche Ihnen nicht zu sagen, dass Sie diskret vorgehen müssen, oder? Nicht auszudenken, was passiert, wenn plötzlich Tausende Erkrankte den Verdacht haben, dass ihre Therapie nicht wirksam war."

Logo murmelte „natürlich", nahm das Blatt und wandte sich zum Gehen.

„Ich möchte regelmäßig informiert werden!", rief ihm die Staatsanwältin nach. Als er über die Schulter blickte, saß sie schon wieder über ihre Akten gebeugt.

Logo lief an Frau Wiegand vorbei, ohne sie zur Kenntnis zu nehmen. Sie sah ihm erstaunt nach und ging mit einem Kopfschütteln zum Tagesgeschäft über.

Logo ging wie ein Schlafwandler zurück zum Büro. Vor der Tür traf er auf einen leichenblassen Sascha.

„Warum bleibst du nicht zu Hause?", fragte er und ging an ihm vorbei ins Büro. „Du siehst aus, als würdest du gleich umfallen."

„Ich will mit Jenny und ihrem Kollegen zur nächsten Apotheke", erklärte Sascha.

„Ich fahre für dich mit!", erklärte Logo schroff. „Wann kommen sie?"

„Wir wollten uns um 10 Uhr dort treffen", sagte Sascha langsam. „Wieso willst du jetzt mit? Du hast dich doch für den Fall bisher kaum interessiert?"

„Muss ich mich jetzt vor dir rechtfertigen?", brauste Logo auf. „Ich habe im Moment hier das Sagen, auch wenn es dir nicht passt. Ich werde Jenny begleiten!"

„Ärger im Paradies?", fragte eine Stimme vom Fenster. Wolny grinste breit.

„Das geht dich kaum etwas an!", knurrte Logo und wandte sich wieder Sascha zu. „Wolny und du, ihr könnt die Berichte auf den neusten Stand bringen."

Ohne eine Antwort abzuwarten, stampfte er aus dem Zimmer.

*

Er bog zehn Minuten vor der vereinbarten Zeit von der A3 in Höhe Weiterstadt auf die A42, die ihn in das Gewerbegebiet führte, in dem sich unter anderem das Einkaufszentrum Loop angesiedelt hatte. Vor der Tankstelle bog er rechts ab und befand sich auf der Rückseite des Gebäudekomplexes.

Direkt neben einem Tierfutterfachmarkt sah er die breite, hell erleuchtete Fensterfront einer Apotheke. Offensichtlich war sie gut besucht, die meisten der circa zwanzig Parkplätze hinter dem Haus waren besetzt, und im Inneren standen etliche Kunden an den Verkaufstresen.

Logo parkte ein Stück abseits und stellte sich neben den Wagen, damit Jenny ihn sehen konnte.

Kurz darauf hielt ihr neuer Dienstwagen neben ihm und sie winkte, noch bevor sie den Motor abstellte, durchs Fenster.

Schnell stieg sie aus und umarmte ihn. „Was machst du denn hier? Ich dachte, Sascha kommt?"

„Magen-Darm", sagte er kurz und sah zur anderen Seite des Wagens, wo Britta gerade die Autotür zuschlug. Sie kam um den Wagen herum und stockte, als sie ihn neben Jenny stehen sah.

„Britta, das ist Logo. Wir arbeiten, ich meine, wir haben ewig zusammengearbeitet. Logo, das ist meine Koblenzer Kollegin Britta." Es dauerte einen Moment, bis Logo langsam die Hand ausstreckte. Britta ergriff sie ebenso zögerlich. „Hi", sagte sie mit merkwürdiger Stimme.

Jenny sah verwirrt von einem zum anderen.

Sie registrierte, dass Logo gestresst aussah und verhärmt wirkte, als wäre er in den wenigen Wochen, seit sie ihn gesehen hatte, gealtert. Brittas hochgewachsene schlanke Gestalt ließ sie etwa gleich groß mit Logos kräftiger Statur erscheinen. Keiner von beiden ließ die Hand des anderen los.

Jenny räusperte sich. „Können wir? Da wartet vermutlich ein Mörder auf uns."

Britta zuckte zusammen und zog ihre Hand zurück, als hätte sie sie verbrannt. Logo sah aus, als würde er gerade aus einem Nickerchen erwachen. „Klar", sagte er und Britta antwortete im selben Moment. „Natürlich, Entschuldigung."

Zu Jennys Überraschung lächelte sie Logo zaghaft an, und er lächelte zurück. Beide schienen ihre Anwesenheit weitgehend vergessen zu haben.

Jenny stieß die Tür der Rosenkranz-Apotheke auf und trat in den klimatisierten Verkaufsraum. Logo folgte ihr und hielt Britta die Tür auf. Ein Tresen nahm zwei Seiten des großen Raums ein, auf der anderen Seite war ein raumhohes Regal mit freiverkäuflichen Artikeln.

Die gesamte Rückwand des Ladens bestand aus einer Glasscheibe, durch die sie in ein großes Labor schauen konnten. Drei Personen in Schutzkleidung arbeiteten hier. Jenny erschien sie eher wie ein Chemielabor.

Am Tresen bediente ein schmales, blasses Mädchen mit einer unvorteilhaft dickrandigen Brille eine Seniorin in Stützstrümpfen. Ein junger

Mann baute im Verkaufsraum einen Werbeaufsteller auf, hielt inne und lächelte sie höflich an. „Was kann ich für Sie tun?"

Jenny trat an die Verkaufstheke und zeigte ihren Ausweis. „Polizei. Ich würde gerne mit dem Inhaber dieser Apotheke, Herrn Rosenkranz, sprechen." Logo positionierte sich neben ihr und öffnete unauffällig den Verschluss seines Waffenholsters.

Das Gespräch neben ihnen verstummte. Sowohl das Mädchen als auch die ältere Dame hatten sich ihr zugewandt und starrten sie unverhohlen an.

„Ich hole ihn", sagte der Verkäufer zögernd und verschwand durch eine Tür, die nach nebenan zu führen schien. Kurz darauf sah Jenny, wie eine der weißgekleideten Gestalten im Labor aufsah, nickte und den Raum verließ.

Der Verkäufer erschien wieder und führte sie, immer noch beobachtet von den zwei Frauen, hinter den Tresen und durch eine schmale Tür in eine Art Büro.

Logo und Britta drängten sich hinter ihr in das kleine Zimmer. Logos Hand ruhte immer noch auf dem Griff seiner Waffe und seine Augen scannten den Raum. Jenny hörte, dass Britta schwer atmete.

Durch eine zweite Tür kam kurz darauf ein großer, hagerer Mann, dessen Kopf nur noch einen schmalen Haarkranz aufwies. Sein Hals war merkwürdig nach vorne gereckt, was ihm – zusammen mit der hakenförmigen Nase – das Aussehen eines Raubvogels gab. Sein Auge zuckte in unregelmäßigen Abständen.

Er ließ seinen Blick von einem zum anderen wandern.

„Ich bin Dr. Rosenkranz. Was kann ich für Sie tun? Entschuldigen Sie, wenn ich Ihnen keinen Platz anbiete, aber Sie sehen ja selbst, dass wir nicht genügend Stühle haben."

„Das ist gar kein Problem", lächelte Jenny. „Wir würden gerne mit Ihnen über Ihre Arbeit sprechen. Sie sind Apotheker? Promoviert sogar." Sie gab ihrer Stimme einen bewundernden Klang.

Über sein Gesicht huschte ein geschmeicheltes Lächeln, wurde aber schnell von einem Ausdruck von Ungeduld verdrängt. „Und was wünschen Sie nun?"

„Wir ermitteln in mehreren Mordfällen, die mit Ihrer Person in Zusammenhang stehen könnten", erklärte Jenny direkt und ließ ihn dabei nicht aus den Augen.

Wenn er geschockt war, ließ er es sich nicht anmerken. Sein Gesichtsausdruck zeigte milde Überraschung, und er hob eine buschige Augenbraue. „Mit mir? In welcher Weise?"

„Mit Ihrer Arbeit, genauer gesagt. Und um noch genauer zu werden: es geht um die Chemotherapien, die Sie herstellen."

„Was ist damit?", fragte er scheinbar ungerührt und sah betont auf die Uhr. Jenny registrierte jedoch, dass sein Blick kurz flackerte.

„Kennen Sie einen Helmut Roth?", fragte Jenny und erzielte damit endlich eine deutliche Reaktion.

Dr. Rosenkranz verzog zornig das Gesicht. „Allerdings. Diesen ungehobelten Menschen kenne ich. Er ist vor einigen Wochen hier aufgetaucht und hat wüste Anschuldigungen ausgestoßen."

„Welche genau?", fragte Jenny, obwohl sie die Antwort wusste.

„Angeblich wären unsere Produkte nicht korrekt hergestellt. Er hat mir vorgeworfen, seinen nahenden Tod verursacht zu haben. Wie dramatisch." Rosenkranz verdrehte die Augen.

„Und?", fragte Jenny. „Könnte an seinen Vorwürfen etwas dran sein?"

„Machen Sie Witze?" Die Gesichtsfarbe des Apothekers war schlagartig zu hochrot gewechselt. „Ich verbitte mir solche Unterstellungen! Wir arbeiten mit allerhöchsten Standards! Alles wird doppelt nachgemessen und gegen gecheckt! Haben Sie überhaupt das Recht, mir so etwas vorzuwerfen? Dieser Roth ... Hat er mich etwa angezeigt?"

Jenny wartete ruhig ab, bis Dr. Rosenkranz fertig war und tief durchatmete. Aus den Augenwinkeln hatte sie gesehen, dass Britta unwillkürlich einen Schritt zurückgetreten war. Logo hingegen machte Anstalten, sich ein Stück vor Jenny zu schieben, wurde aber von ihrer Handbewegung aufgehalten.

„Helmut Roth wurde ermordet", erklärte Jenny ruhig.

Rosenkranz' Wut schien in sich zusammenzufallen. Er sagte mit schwacher Stimme. „Ermordet? Roth? Warum? Er war doch sowieso todkrank."

„Das würden wir gerne von Ihnen wissen", erklärte Jenny.

Rosenkranz fuhr auf. „Von mir? Wieso? Ich kannte den Mann kaum!"

„Und Professor Hirschhausen?"

Rosenkranz Blick flackerte zur Seite. „Ich habe den Namen schon gehört. Ein bekannter Onkologe. Was ist mit ihm?"

Jenny war sich sicher, dass er log. „Sie hatten noch keinen persönlichen Kontakt?"

„Nein."

„Er wurde auch ermordet. Ebenso wie Frau Dittler-Zifurth, die, wie wir wissen, bei Ihnen angerufen hat. Können Sie sich vorstellen, warum jemand diese drei Menschen brutal ermordet hat?"

Sein Blick war unstet. „Ich? Natürlich nicht. Woher sollte ich das wissen?" Er wischte sich die Stirn. „Wer ... wer macht denn sowas?"

„Vielleicht jemand, der beschuldigt wurde, Chemotherapien zu pantschen?", warf Logo ein, was ihm einen bösen Blick von Jenny einbrachte.

Das Gesicht des Apothekers versteinerte. „Sie verdächtigen mich? Das ist doch absurd! Sie verlassen jetzt sofort meine Apotheke!" Rosenkranz stand auf und wies zur Tür. „Ich muss mir Ihre Unterstellungen nicht anhören. Wenden Sie sich bei weiteren Fragen an Dr. Möllenkamp, meinen Anwalt. Und jetzt gehen Sie bitte."

„Herr Dr. ...", begann Jenny und hob beschwichtigend die Hände.

„Gehen Sie!"

Jenny zog den Beschluss, den Logo ihr zuvor gegeben hatte, aus der Tasche. „Bevor wir gehen, händigen Sie uns bitte eine Probe jeder fertigen Therapie samt Rezept aus. Ich habe eine entsprechende Verfügung."

Rosenkranz lachte verächtlich. „Bedaure, wir warten heute die Geräte. Die Produktion läuft erst wieder in ..." Er sah kurz auf die goldene Armbanduhr. „... etwa einer Stunde an. Alle fertigen Medikamente sind schon abgeholt. Somit kann ich Ihnen auch keine Proben geben. Kommen Sie morgen wieder oder heute Abend gegen 19 Uhr, dann ist die nächste Produktion fertig."

Wortlos wandte Jenny sich zum Gehen. Logo folgte ihr mit dem Gesichtsausdruck eines begossenen Pudels, und auch Britta sah zu Boden und wäre trotzdem fast über eine unebene Stelle im Linoleum gestolpert.

Erst im Auto ließ Jenny ihrem Ärger freien Lauf. „Verdammt nochmal, ich weiß ja, dass du kaum über Taktgefühl verfügst, aber dann halt doch einfach den Mund."

Logo sah sie mit einer Mischung aus Verlegenheit und Ärger an. „Er hätte uns sowieso nichts gesagt. Außerdem ist es auch unser Fall, nicht nur deiner. Und du bist auch nicht mehr meine Chefin." Das Letzte klang trotzig und machte Jenny noch ärgerlicher.

„Willst du jetzt auch noch mit mir einen Machtkampf, nicht nur mit Sascha? Sind wir im Kindergarten?"

Logo warf einen Blick nach hinten zu Britta und nahm sich sichtlich zusammen. „Ist ja schon gut, tut mir leid. Was machen wir jetzt?"

Jenny war in Versuchung, ihm zu sagen, als zukünftiger Chef müsse er das wohl selbst wissen. Sie verkniff es sich aber und startete den Motor. Ihre Fahrt endete ein paar Hundert Meter weiter im Loop. Im Erdgeschoss war ein Starbucks, dessen Tische nicht nur im Laden, sondern auch im Bereich davor aufgestellt waren, und so weit auseinander, dass sie eine gewisse Privatsphäre offerierten.

Logo hatte sich erboten, Getränke zu holen und Jenny und Britta setzten sich an einen abseits stehenden Tisch und sahen in die Menge der flanierenden Gäste des Einkaufszentrums.

„Was meinst du?", fragte Jenny ihre junge Kollegin.

Britta schrak hoch. „Ich ... also, ich finde, da ist etwas faul. Erst war er ganz umgänglich, dann droht er von einer auf die andere Sekunde mit seinem Anwalt. Warum, wenn er nichts zu verbergen hat?"

Jenny nickte bedächtig. „Es muss nichts bedeuten, aber ja, ich fand die Reaktion auch übertrieben. Er war auch nicht wirklich so unberührt, wie er vorgegeben hat. Im Gegenteil. Interessant ist die Wahl seines Anwalts. Möllenkamp ist ein Staranwalt, der normalerweise nur die Reichen und Mächtigen vertritt. Ich glaube gerne, dass man mit einer Apotheke viel Geld verdient, aber man braucht doch normalerweise keinen Staranwalt."

„Die Uhr war auch nicht von schlechten Eltern", sagte Logo und stellte ein Tablett auf den Tisch. „Voila, einmal veganen Latte mit Sojamilch und einen Cappuccino."

„Was trinkst du?", wollte Britta wissen.

„Kaffee", war die trockene Antwort, und zu Jennys maßloser Überraschung lächelte Britta, als habe Logo einen Witz gemacht. Er grinste zurück und setzte sich.

Verstohlen sah Jenny von einem zum anderen und schüttelte unmerklich den Kopf. Sie verstand zwar nicht, was zwischen den beiden vorging, aber es ging sie auch nichts an. Schließlich waren beide erwachsen.

„Völlig sinnlos, nochmal bei ihm aufzuschlagen", erklärte sie düster. „Er wird dafür sorgen, dass wir nichts finden."

„Wir werden auch in den Krankenhäusern nichts finden", gab Logo zu bedenken. „Ich habe nachgeforscht. Die Medikamente werden fast täglich angeliefert und in der Regel sofort verabreicht. Die Krankenhäuser haben gar nicht genug Lagerkapazitäten, um größere Mengen vorrätig zu halten. Wenn Rosenkranz der Täter ist, hat er sicher sofort nach der Erpressung aufgehört, gefälschte Medikamente herzustellen und in Umlauf zu bringen. Klaasen kann, wenn stimmt, was er erzählt hat, nicht der Täter sein. Er arbeitet schon länger nicht mehr. Wir müssten großes Glück haben, wenn wir noch irgendwo gefälschte Medikamente sicherstellen wollen."

Sie tranken schweigend.

„Müssten nicht in den Apothekencomputern die hergestellten Mischungen gespeichert sein?", gab Britta zu bedenken. „Wenn ich es recht verstehe, werden die Mischungsverhältnisse einprogrammiert und danach läuft die Herstellung automatisch. Vielleicht gibt es Protokolle?"

Jenny nickte anerkennend. „Es wäre einen Versuch wert."

„So etwas kann man sicher auch fälschen", wandte Logo ein. „Aber ich stimme zu", sagte er schnell, als er die Blicke der beiden Frauen registrierte. „Versuchen sollten wir es."

Jenny sah Logo auffordernd an. Seufzend holte er das Diensthandy aus der Tasche. „Ich gehe ein Stück zur Seite, da ist es leiser."

Nach wenigen Minuten war er zurück. „Dr. Lüders hat sofort zugestimmt und die entsprechende Verfügung auf mein Handy geschickt. Ich habe sie dir weitergeleitet."

Jenny nickte. „Danke. Aber ich mache mich nicht lächerlich, nach Protokollen zu fragen, die es vielleicht gar nicht gibt. Wo könnten wir uns über diese Geräte schlau machen?"

Britta hatte schon, seit Logo nach draußen gegangen war, auf ihrem Handy herum getippt. Jenny war in ihre eigenen Gedanken versunken gewesen und hatte nicht nachgefragt. Jetzt hob Britta jedoch den Kopf. „Ich bin gerade auf der Herstellerseite von einem dieser Apotheken-computer. Sie werben explizit damit, dass alle Zubereitungen ge-speichert werden und dass diese Aufzeichnung nach dem Arznei-mittelgesetz auch Pflicht ist."

Zwei Stunden, nachdem sie mit Rosenkranz gesprochen hatten, standen sie wieder im Verkaufsraum der Apotheke. Unterwegs hatten sie an einem Copy-Shop angehalten und den Beschluss der Staats-anwältin, der auf Logos Handy eingegangen war, mehrfach aus-gedruckt.

Derselbe junge Mann wie früher am Tag begrüßte sie verhalten und hörte erstaunt, dass sie noch einmal Dr. Rosenkranz sprechen wollten. „Aber er ist nicht da", erklärte er. „Er ist kurz, nachdem Sie da waren, gegangen. Ein Arzttermin, glaube ich."

„Irgendjemand wird ja für die Herstellung verantwortlich sein, wenn Dr. Rosenkranz nicht anwesend ist."

„Das wäre dann Herr Dr. Rübsam. Bitte, kommen Sie mit."

Wieder führte er sie nach hinten und klopfte an die Scheibe zum Labor. Eine gedrungen wirkende Person in Schutzkleidung hob den Kopf. Der Verkäufer bedeutete ihm, zur Tür zu kommen. Die Person schüttelte vehement den Kopf und hob abwehrend die Hände. Als der Verkäufer nachdrücklicher gestikulierte, bewegte der Mann sich Richtung Ausgang im hinteren Bereich des großen Raumes. Sie folgten ihm zu einer Art Schleuse, an der ein Sprechgerät installiert war. „Was ist denn los?", erklang seine ungeduldige Stimme und ein Licht leuch-tete blau.

„Polizei!", sagte der Verkäufer knapp. „Sie wollen Sie sofort sprechen."

„Aber wie stellen Sie sich das vor?" Die Stimme klang aufgeregt. „Ich bin gerade im Begriff, die Produktion anlaufen zu lassen."

Jenny beugte sich vor. „Das muss dann wohl noch etwas warten", sagte sie bestimmt. „Wir haben einen Gerichtsbeschluss. Bitte kommen Sie aus dem Labor."

Sie bekam keine Antwort, doch der Mann öffnete von der anderen Seite die Schleuse, trat ein und schloss die Tür zum Inneren des Labors sorgsam hinter sich. Sie sahen zu, wie er die Schutzkleidung ablegte. Zum Vorschein kam ein Mann, den Jenny auf Mitte fünfzig schätzte, und der merkwürdig ungepflegt wirkte. Nein, korrigierte Jenny sich in Gedanken. Nicht ungepflegt, aber irgendwie ... Sie suchte nach einer geeigneten Beschreibung ... Heruntergekommen schien ihr der richtige Begriff. Nachdem er zuletzt die Überzieher von seinen Schuhen gestreift hatte, öffnete er die Tür auf ihrer Seite und trat in den Gang hinaus. Bevor er etwas sagen konnte, fragte der Verkäufer: „Brauchen Sie mich noch? Im Laden ist gerade viel los."

„Gehen Sie ruhig", bedeutete Jenny ihm und zeigte dann dem Labormitarbeiter ihren Ausweis. „Becker, Manger und Stein von der Mordkommission. Sie sind Dr. Rübsam?"

Überrascht sah der Angesprochene in ihre Gesichter. „Mordkommission?", echote er ungläubig. „Ich habe schon gehört, dass heute Polizei hier war, aber ..." Dann besann er sich auf die Frage. „Ja. Das bin ich. Wie kann ich Ihnen helfen?"

Jenny warf einen betonten Blick zur Bürotür. „Können wir vielleicht ins Büro gehen, statt hier auf dem Gang herumzustehen?"

Zu ihrem Erstaunen wurde Rübsam rot. „Das geht leider nicht, Dr. Rosenkranz schließt das Büro immer ab, wenn er weggeht. Wir können höchstens in den Sozialraum gehen. Da dürfte momentan niemand sein."

Der Sozialraum erwies sich als kleiner Kabuff, in den fünf Spinde und ein winziger Tisch mit vier Stühlen gequetscht worden waren. Entschuldigend wies Rübsam auf eine Kaffeemaschine. „Ist leider kaputt. Setzen wir uns doch."

Mit Mühe fanden alle Platz an dem winzigen Resopaltisch.

„Jetzt bin ich aber gespannt, wie ich Ihnen helfen kann", sagte Rübsam und verschränkte die Hände auf dem Tisch. Sein Hemd spannte und war an den Manschetten abgewetzt.

Jenny schob den Beschluss über den Tisch. „Es ist doch richtig, dass Ihre Maschine da drinnen alles speichert, was Sie herstellen?"

Rübsam las, ohne das Blatt zu berühren. „Im Prinzip schon", antwortete er zögernd. „Um was geht es denn überhaupt?"

„Um gepantschte Chemotherapien", sagte Jenny gerade heraus und beobachtete seine Reaktion.

Rübsam starrte weiter auf das Blatt und sagte nichts.

„Was meinen Sie mit im Prinzip schon?", fragte Jenny schließlich.

„Wir hatten vor ein paar Tagen einen Computercrash. Die Techniker suchen noch nach der Ursache. Auf jeden Fall sind alle Daten weg."

„Es gibt doch wohl eine Datensicherung?", fragte Britta ungläubig.

„Davon wäre ich auch ausgegangen, aber Ro ... Dr. Rosenkranz hat gesagt, dass alles weg wäre."

„Finden Sie das nicht seltsam?", fragte Logo.

Rübsam sah sie offen an. „Doch. Aber ich bin froh, dass ich diese Arbeit habe. Ich kümmere mich nicht um Dinge, die mich nichts angehen."

„Sind Ihnen jemals irgendwelche Unregelmäßigkeiten aufgefallen? Irgendetwas?"

Jetzt sah der Mann kurz zur Seite. „Natürlich nicht. Es hatte immer alles seine Ordnung."

Kapitel 34

Jenny erlaubte dem Mann, seine Arbeit wieder aufzunehmen, ließ sich jedoch die Namen der Computertechniker geben. Sie standen noch einen Moment im Flur und sahen zu, wie er die Schleuse betrat und den Schutzanzug anlegte, bevor sie durch die Tür in den Verkaufsraum gingen, wo Jenny wie angewurzelt stehenblieb.

„Was zum ...?", murrte Logo, der in sie gelaufen war, hielt jedoch inne, als er den Grund sah.

Am Verkaufstresen stand Michael Biederkopf und sprach mit dem Verkäufer, der sie nach hinten gebracht hatte.

Jenny war wie im Schock und starrte ihn zunächst sprachlos an. Sie wollte sich gerade abwenden und zurück in den hinteren Bereich des Gebäudes flüchten, als er den Blick hob und sie ansah.

Seine Augen weiteten sich und flackerten hin und her, als würde auch er einen Fluchtweg suchen.

Jennys Blick erforschte sein Gesicht und wanderte an seinem Körper herab. „Was ...?", formte ihr Mund unhörbar.

In diesem Moment händigte der Verkäufer das Wechselgeld aus. Biederkopf nahm die Tüte, die auf dem Tresen lag, wandte sich um und verließ fluchtartig die Apotheke. Jenny stand eine Weile reglos da, setzte sich dann in Bewegung und lief hinter ihm her. Als sie aus der Tür trat, sah sie nur noch seinen Wagen wegfahren. Hilflos starrte sie hinterher.

Logo und Britta waren neben sie getreten. „Wer war das?", wollte Britta wissen. Logo bedeutete ihr mit einem Kopfschütteln, zu schweigen.

Jenny drehte sich schwer atmend zu ihm um. „Hast du gesehen, wie er aussah? Was ist los mit ihm?"

Logo hob die Schultern. „Keine Ahnung. Sah irgendwie krank aus."

Britta sagte leise. „Schwer krank."

„Aber ...", begann Jenny hilflos. „Ich muss wissen, was mit ihm ist. Was mach ich jetzt bloß?" Sie drehte sich um und lief zurück in den Laden. Die Verkäuferin, die den Staatsanwalt bedient hatte, schrak zurück, als Jenny ihr ihren Ausweis unter die Nase schob. „Der Kunde eben ... Was hat er gekauft?"

„Ich weiß nicht ...", begann die junge Frau zögernd.

„Was?"

„Ein Mittel gegen Übelkeit", gab sie nach.

Jenny dachte einen Moment nach. „Kennen Sie ihn? Haben Sie eine Kundenkartei, in der ich sehen kann, was er sonst gekauft hat?"

„Das darf ich wirklich nicht ..."

„Ich kann mir auch einen Gerichtsbeschluss besorgen!", bluffte Jenny, merkte jedoch sofort, dass sie zu weit gegangen war.

„Dann tun Sie das bitte", war die ruhige Antwort. Die Verkäuferin wandte sich demonstrativ ab und begann, etwas ins Regal hinter ihr zu räumen.

Wortlos wandte Jenny sich ab und nickte Logo zu, der mit ihr zurück in den Laden gekommen war. „Komm!"

„Biederkopf scheint nicht unbedingt mit dir oder uns reden zu wollen", bemerkte er überflüssigerweise, als sie draußen waren. Diesmal war es Britta, die ihm einen mahnenden Blick zuwarf.

„Vielleicht war er einfach überrascht, uns hier zu sehen", sagte sie rasch. „Wer ...?"

„Mein Ex-Freund", sagte Jenny tonlos. „Lasst uns hier verschwinden."

Sie entschlossen sich, die Fahrt gemeinsam in Logos Wagen fortzusetzen. Auf dem Rücksitz versuchte Britta telefonisch, aus den Technikern, die Rosenkranz' Medikamentencomputer gewartet hatten, Informationen herauszubekommen. „Es besteht der Verdacht, dass die Anlage sabotiert wurde. Wir brauchen die Bestätigung. Entweder Sie stellen uns Ihre Ergebnisse freiwillig zur Verfügung oder wir beschlagnahmen sie." Sie lauschte einen Moment. „Ich komme gerne persönlich vorbei und weise mich aus. Gleich jetzt?"

Logo sah über die Schulter und hob den Daumen. „Gib's Ihnen", flüsterte er kaum hörbar. Mit einem Seitenblick zu Jenny meinte er. „Ganz schön energisch!"

Sie nickte. Kein Wort hatte sie von dem, was Britta gesagt hatte, mitbekommen. Ihre Gedanken kreisten vollständig um ihre Begegnung mit Michael Biederkopf. Was für ein unglaublicher Zufall, ihm ausgerechnet dort zu begegnen. Oder war der Zufall gar nicht so groß? Es gab nur wenige Apotheken im Rhein Main-Gebiet, die Chemotherapien herstellten. Und er hatte sehr, sehr krank ausgesehen. Ihr Herz krampfte sich zusammen. Hatte er deshalb so überstürzt und scheinbar grundlos mit ihr Schluss gemacht? Aber warum? Wollte er sie nicht an seiner Seite, wenn er den Kampf gegen die Krankheit aufnahm? Waren Partner nicht dazu da, auch schwere Wege gemeinsam zu gehen? Sie wurde abrupt aus ihren Gedanken gerissen.

Logo tippte sie an. „Was?", fragte sie unwirsch.

„Ich habe dich jetzt schon zweimal gefragt, ob wir zu dieser Computer-Firma fahren sollen, die die Probleme in der Apotheke behoben hat."

„Jetzt? Haben die ihren Firmensitz in der Nähe?"

„In Langen", sagte Britta vom Rücksitz. „Telefonisch wollten sie mir nichts sagen, aber sie werden uns persönlich Auskunft geben."

Logo zwinkerte Britta über die Schulter zu. „Du hast ihnen ganz schön Feuer unter dem Hintern gemacht."

Jenny versuchte, ihre Verwunderung zu verbergen. Britta? Die kaum den Mund aufbekam?

*

Die Wartungsfirma für medizinische Geräte hatte eine Zweigstelle in Langen in der Nähe des Paul Ehrlich-Instituts. Ein weißer Flachbau quetschte sich zwischen eine Autowaschanlage und einen Bauhof.

Sie traten durch die Eingangstür und standen in einem Büro, in dem zwei Schreibtische mit den Rückseiten zueinander positioniert waren. Links tippte eine sehr junge Frau ohne aufzusehen verbissen in ihren PC, rechts hielt ihre weißhaarige Kollegin in ihrer Arbeit inne und sah sie an. „Sie sind sicher die Herrschaften von der Polizei?"

Jenny stellte sich und ihre Kollegen vor. „Wir bräuchten Auskunft über eine Reparatur."

Die Frau war langsam aufgestanden und zu ihnen getreten. „Ja, das haben Sie ja schon am Telefon gesagt. Kommen Sie."

Durch eine Tür im Hintergrund führte sie sie in eine große Werkstatt, die allerdings sauberer war, als jede andere, die Jenny je gesehen hatte. Maschinen liefen, doch es war so leise, dass man sich noch problemlos unterhalten konnte.

„Adil?", rief die Frau, deren Namen Jenny nicht wusste.

Ein junger, südländisch wirkender Mann sah von einem PC hoch und nickte. Er machte noch einige Eingaben und kam dann auf sie zu.

„Das ist Hasan Adil, unser Werkstattleiter."

Erstaunt sah Jenny den jungen Mann an, der kaum älter als zwanzig zu sein schien.

„Er ist Anfang dreißig", bemerkte die Frau mit einem schiefen Lächeln. Jenny fühlte sich ertappt und lächelte verlegen zurück.

„Sie sind nicht die erste, die ihn jünger einschätzt. Ich lasse Sie alleine. Kommen Sie einfach wieder durch die Tür, wenn Sie fertig sind."

„Herr Adil", begann Jenny, nachdem er vor sie getreten war und alle der Reihe nach begrüßt hatte. „Es geht um eine Reparatur, die Sie vor wenigen Tagen in der Apotheke Rosenkranz in Weiterstadt ausgeführt haben."

Er nickte. „Ich erinnere mich. Ich war selbst dort. Was ist damit?"

„Waren Sie alleine vor Ort?", fragte Jenny.

„Nein, mit einem Kollegen. Er hat heute frei." Er sah fragend von einem zum anderen, wobei sein Blick etwas länger auf der blonden Britta zu liegen schien.

„Was war denn mit den Geräten los?"

„Vermutlich ein Virus, das die Software infiltriert und dazu geführt hat, dass sich die Anlage, die die Medikamentenmischungen regelt, ausgeschaltet hat und nicht mehr neu zu starten war." Er sprach mit einer ruhigen Selbstsicherheit, um die Jenny ihn beneidete. In ihrem Kopf ging alles durcheinander und sie hatte Mühe, sich auf das Gespräch zu fokussieren.

„Passiert das oft?", fragten sie und Logo genau zeitgleich.

Adil lächelte und Jenny registrierte, dass er extrem gut aussah. Er wandte sich jetzt Logo zu, wie um ihn ins Gespräch einzubeziehen. „Sehr selten und nur, wenn die üblichen Sicherheitsvorkehrungen eklatant vernachlässigt werden. Die Anlagen sollten gar nicht mit dem Internet vernetzt werden und wenn, muss unbedingt ein sehr guter Virenschutz installiert werden."

„Und Sie konnten es richten?", fragte Jenny.

„Leider nein. Wir konnten das System nur neu aufsetzen." Er sah ihren fragenden Blick. „Quasi den Computer neu starten. Die Daten waren alle verloren."

„Kommt das häufig vor?", fragte Jenny.

„Nie", sagte Adil entschieden. „Zumindest habe ich es noch nicht erlebt.

„Und wieso war es hier der Fall? Ein technisches Problem?", fragte Jenny.

Er schüttelte entschieden den Kopf. „Wenn Sie mich nach meiner Einschätzung fragen, wurde die Anlage absichtlich sabotiert. So nachlässig kann man gar nicht sein, dass man alle Sicherheitsvorkehrungen so vollständig außer Acht lässt. Warum allerdings jemand so etwas machen sollte ...""

„Haben Sie mit jemandem darüber gesprochen? Mit Dr. Rosenkranz zum Beispiel? Er hat doch sicher gefragt, wo das Problem lag?"

„Erstaunlicherweise nicht", gab Adil als Antwort. „Er schien gar nicht interessiert und wies mich nur an, alles schnellstmöglich in Ordnung zu bringen. Ich habe nach den Sicherungen gefragt und mich erboten, sie aufzuspielen, aber auch das wollte er nicht. Er würde sich selbst darum kümmern."

„Es gibt keine Sicherungen", warf Logo ein.

Adil wandte sich ihm zu. „Das ist nicht möglich. Das System sichert automatisch und die Datensicherung war von dem Crash nicht betroffen. Wenn es keine Sicherungen gibt, müssen sie gelöscht worden sein."

Jenny sah ratlos zu ihren Kollegen. „Wir haben nur die Aussage des Mitarbeiters der Apotheke, dass keine Sicherungen vorliegen. Da fehlt mir jetzt das Fachwissen."

Logo nickte, Britta jedoch räusperte sich. „Könnten Sie im Nachhinein kontrollieren, ob Sicherungen angefertigt wurden?"

„Nein", sagte Adil bedauernd. „Dr. Rosenkranz hat den Wartungsvertrag gekündigt. Er gab uns die Schuld an dem Vorfall und sagte, er wolle eine andere Firma beauftragen."

Jenny wechselte einen Blick mit Britta und Logo. „Wirklich interessant", sagte sie langsam. „Ihr Kollege kann Ihre Angaben bestätigen?"

„Natürlich", bestätigte Adil und hob eine Augenbraue. „Warum sollte ich mir so etwas ausdenken?"

Jenny wechselte noch einen Blick mit den Kollegen. „Darum ging es mir nicht", sagte sie dann ernst. „Bitte kommen Sie morgen ins Frankfurter Polizeipräsidium und bringen Sie, wenn möglich, Ihren Kollegen mit. Kommissar Stein ..." Sie wies mit dem Kinn auf Logo. „... wird Ihre Aussage schriftlich aufnehmen."

Logo nickte missmutig. Vermutlich würde eher Sascha oder womöglich Wolny die Aufgabe übernehmen, dachte Jenny. Aber das ging sie nichts mehr an.

Sie verabschiedeten sich und blieben an ihrem Wagen auf dem Parkplatz der Werkstatt stehen.

„Ich denke, wir können davon ausgehen, dass Rosenkranz die Sicherungen vernichtet hat, um zu vertuschen, was er mit den Medikamenten angestellt hat", stellte Jenny fest.

„Vermutlich hat er sie verdünnt", warf Britta ein. „Stellt euch die Gewinnspanne vor, wenn er aus einer Portion zwei macht."

„Oder noch mehr", ergänzte Logo. „Das stinkt zum Himmel. Rosenkranz hat sehr offensichtlich dafür gesorgt, dass wir seine Arbeit nicht mehr überprüfen können. Ich glaube, wir haben den Täter."

„Den Täter?", fragte Jenny abwesend. Dann riss sie sich zusammen. „Glaubst du, er hat nur die Medikamente gepantscht, oder hältst du ihn auch für den Mörder?"

„Beides", sagte Logo entschieden. „Helmut Roth ist ihm auf die Schliche gekommen und wollte ihn erpressen. Bevor er umgebracht wurde, hat er die Dittler-Zifurth und Professor Hirschhausen informiert. Vermutlich haben sie ebenfalls Kontakt zu Rosenkranz aufgenommen, und er hat sie nicht nur umgebracht, um seine Pantschereien zu vertuschen, sondern auch, um nicht des Mordes an Helmut Roth verdächtigt zu werden."

„Das klingt schlüssig", antwortete Jenny nachdenklich, „aber ich kann ihn mir nicht als Mörder vorstellen, der Köpfe abtrennt und sie vertauscht."

„Ich kann mir niemanden vorstellen, der so etwas macht!", ließ sich Britta vernehmen.

Jenny war schon dem einen oder anderen fantasievollen Serienmörder näher gekommen, als ihr lieb war. Sie behielt diesen Gedanken jedoch für sich.

„Wir müssen Rosenkranz festnehmen und befragen. Zuerst müssen wir jedoch die Zuständigkeiten klären. Es ist offensichtlich, dass unsere Fälle zusammenhängen. Rosenkranz arbeitet in deinem Gebiet, Logo. Vermutlich wirst du dich bei der Staatsanwaltschaft um einen Haftbefehl kümmern müssen."

„Ist gut", brummte Logo mit wenig Begeisterung.

„Was ist? Kommst du mit ..." Sie stockte, bevor sie den Namen aussprach. „... seinem Nachfolger nicht klar?"

„Nachfolgerin", korrigierte Logo missmutig. „Nicht besonders."

Jenny seufzte unhörbar. So kompetent Logo war, die Schwierigkeit, sich auf andere Menschen einzustellen, würde ihn möglicherweise die Stelle des Dienstgruppenleiters kosten. Aber sie glaubte auch nicht, dass man ihm den jüngeren Sascha vor die Nase setzen würde. Doch was war die Alternative? Jemand von außen? Dass Wolny auch nur in Betracht gezogen würde, würde sie zu verhindern wissen.

„Wohin soll ich fahren?", unterbrach Logo ihren Gedankengang.

Jenny sah auf die Uhr. „Setz uns bitte an meinem Wagen ab. Heute bringen wir doch nichts mehr zustande. Bis Britta und ich in Koblenz sind, ist es nach achtzehn Uhr."

*

Die Rückfahrt verlief schweigend, bis Britta sich vernehmlich räusperte. Jenny, deren Gedanken um Biederkopf und ihr unvorhergesehenes Wiedersehen kreisten, schrak zusammen.

„Hast du lange mit Logo zusammen gearbeitet?"

Jenny warf einen Blick zur Seite und sah überrascht, dass die Wangen ihrer jungen Kollegin gerötet waren.

„Ja, schon. Mehr als fünfzehn Jahre."

„Er ist ... nett."

Jenny mochte Logo ausgesprochen gerne, nett war jedoch nicht der Ausdruck, der ihr als erstes eingefallen wäre, um ihn zu beschreiben.

„Er ist in Ordnung", sagte sie deshalb vorsichtig.

Sie fühlte, dass Britta gerne weiter gefragt hätte, sich aber nicht zu trauen schien.

„Logo scheint oft ein bisschen ruppig, hat aber ein großes Herz."

„Das merkt man sofort!", bestätigte Britta und bekräftigte die Aussage mit einem energischen Kopfnicken. „Man kann sich sicher auf ihn verlassen."

Im Gegensatz zu Wolny, vervollständigte Jenny in Gedanken den Satz und seufzte. Sie verstand die merkwürdige Anziehungskraft, die da zwischen Britta und Logo zu herrschen schien, nicht. Beide hatten genug eigene Probleme und Sorgen. Sie konnte sich nicht vorstellen, dass etwas Gutes daraus entstehen konnte, wenn sich zwischen ihnen eine Art Beziehung entwickeln würde. Andererseits ... erstens ging es sie nichts an und zweitens, wer wusste schon, was die Zukunft bringen würde.

Ihre Gedanken wanderten wieder zurück zu Michael Biederkopf. Ob es für sie noch eine gemeinsame Zukunft gab? Ihr wurde eiskalt. Ob es überhaupt noch eine Zukunft für ihn gab? Sie musste unbedingt mit ihm sprechen. Aber offensichtlich wollte er das nicht, war sogar vor ihr weggerannt, quasi geflüchtet. Wäre es anständiger, ihn in Ruhe zu lassen? Aber was, wenn ... Sie drehte sich im Kreis. Sie würde verrückt werden, wenn sie ihn nicht zumindest fragen würde, herausfinden, was hinter dem allen und besonders hinter seinem Verhalten ihr gegenüber steckte.

*

Sie verabschiedete sich am Präsidium von Britta und setzte sich in ihren eigenen Wagen. Es kostete sie alle Kraft, nicht den Weg nach Bad Soden einzuschlagen, sondern die A61 Richtung Badenhard.

Sie sah weder nach links noch nach rechts, als sie die Stufen zur Haustür hinuntereilte, sie öffnete und im Inneren gleich ihre Tasche fallen ließ. Neben dem Telefon in der Diele blieb sie stehen, streckte die Hand aus, hielt jedoch inne. Nervös leckte sie sich über die Lippen. Sie atmete tief ein und aus, zwang sich, ihren Blick vom Telefon abzuwenden und in die Küche zu gehen. Mit zitternder Hand nahm sie ein Glas aus dem Hängeschrank und füllte es mit Wasser. Durstig trank sie es halb leer, betrachtete es einen Moment, ohne es wirklich wahrzunehmen, und ging zurück in die Diele.

Diesmal nahm sie den Telefonhörer, trug ihn an die Brust gepresst ins Wohnzimmer und setzte sich auf die Couch.

Dann wählte sie.

Ihr Herz schlug ihr bis zum Hals, als es läutete. Einmal, zweimal ... Beim dritten Mal wurde abgehoben und sie hörte Biederkopfs tiefe Stimme. „Ja?"

Sie setzte zweimal zu sprechen an, doch es kam kein Ton.

„Hallo?", sagte Biederkopf. „Wer ist da?" Und dann: „Jenny?"

Sie atmete scharf ein. „Ja", sagte sie endlich. „Ich bin es. Und ich möchte sofort wissen, was los ist."

„Los?", antwortete er kurz. „Nichts ist los. Ich weiß nicht, was du meinst."

„Ich habe dich heute gesehen", sagte sie und war froh, dass ihre Stimme einigermaßen fest klang. „Also erzähl mir nicht, dass nichts los ist. Du sahst grauenhaft aus."

„Vielen Dank auch", antwortete er. „Das hört man doch gerne."

„Also, was ist mit dir?" , fragte Jenny. „Und erzähl mir keinen Mist. Das habe ich nicht verdient. Und wenn du dabei bist, mir die Wahrheit zu sagen, kannst du gleich damit weitermachen, mir zu erklären, warum du dich wirklich von mir getrennt hast."

Es blieb kurze Zeit still. In Jenny regte sich Ärger, der ihr half, ihre Angst zu unterdrücken. Als sie Michael gerade anblaffen wollte, begann er mit leiser Stimme zu sprechen. „Ich bin krank ... sehr krank. Ich wollte nicht, dass du das miterleben musst. Mehr gibt es dazu nicht zu sagen."

„Ich hätte dazu einiges zu sagen", setzte Jenny mit belegter Stimme an. „Aber meine Meinung zählt wohl nicht."

Ihr Herz verkrampfte sich, als sie die Antwort hörte, die sie erwartet und mehr noch, befürchtet hatte.

„Nein." Ohne ein weiteres Wort beendete er das Gespräch.

Jenny starrte noch eine Zeit lang auf den Hörer, dann legte sie wie in Zeitlupe auf. Widerstreitende Gefühle ließen sie wie gelähmt sitzenbleiben. Nach einer Minute, die ihr wie eine Ewigkeit vorkam, siegte der Ärger über den Schmerz.

„Vollidiot!" Sie sprang auf und lief hin und her. Was sollte sie bloß tun? Michael ... todkrank. Allein das war so schrecklich, dass ihr Verstand es kaum fassen konnte. Aber dass er sie wegstieß, anstatt den Kampf gegen die Krankheit mit ihr gemeinsam aufzunehmen, schmerzte unerträglich. Wie sollte sie ihn überzeugen, sich von ihr helfen zu lassen? Und sei es nur, dass ... Der Gedanke war zu schrecklich, um ihn fertig zu denken. Aber es war klar, dass er nicht davon ausging, jemals wieder gesund zu werden. Vielleicht musste sie ihm Zeit geben und dann noch einmal Kontakt aufnehmen. Zu ihm gehen. Ihn zwingen, ihr alles zu erzählen. Er würde sie wohl nicht aus dem Haus werfen. Oder doch? Sie seufzte. Sie würde verrückt werden, wenn sie weiter darüber nachdachte. Stattdessen suchte sie in einer Schublade nach einem Block und einem Kuli. Sie würde alle Eckpunkte und Fakten des aktuellen Falles aufschreiben. Auf dem Papier sah manches anders aus und die handschriftlichen Aufzeichnungen halfen ihr oft, Zusammenhänge neu zu sehen.

Lange hatten sie keinen derart merkwürdigen Fall auf dem Schreibtisch gehabt. Die Beziehungen der beteiligten Personen waren nebulös, und immer noch war kein konkretes Motiv, die Opfer auf so verrückte Weise zuzurichten, in Sicht.

Erst listete sie in den vier Ecken des Blattes die Opfer auf: Hirschhausen, Roth, Dittler-Zifurth, der Obdachlose, der noch immer nicht identifiziert werden konnte.

Dann zog sie da Linien, wo es Verbindungen gab. Die wenigsten führten zu dem Obdachlosen. Sie ging davon aus, dass er ein reines Zufallsopfer war, eine Art Ablenkungsmanöver. Trotzdem versah sie ihn mit einem Fragezeichen. Jeder der drei anderen hatte mit den jeweils anderen beiden in Verbindung gestanden. Immer war es um Chemotherapien gegangen. Doch niemand von ihnen hatte sie hergestellt. Hirschhausen hatte sie zwar angewandt, doch nur selten persönlich.

Sie setzte den Apotheker Rosenkranz in die Mitte. In Gedanken spielte sie ein mögliches Szenario durch.

Rosenkranz hatte Therapien verdünnt und sowohl an verschiedene Krankenhäuser als auch an Ärzte und Patienten direkt verkauft. Frau Dittler-Zifurth schöpfte Verdacht und informierte sowohl Roth als auch Hirschhausen. Roth erpresste Rosenkranz und wurde von diesem getötet. Um Mitwisser zu beseitigen, tötete Rosenkranz danach Hirschhausen und Dittler-Zifurth.

Sie sah einen Moment auf das Blatt, auf dem sich mittlerweile Linien wild kreuzten.

Im Prinzip wäre dieses Szenario so möglich, doch Jenny konnte sich den Apotheker nicht als perfiden Mörder vorstellen, der Köpfe vertauschte und zu diesem Zweck einen vermutlich unschuldigen Obdachlosen tötete. Andererseits erkannte man Psychopathen nur selten, wie Jenny zu gut wusste. Meist versteckten sie sich hinter der Fassade des Normalbürgers und hatten ihre Emotionen, wenn diese überhaupt vorhanden waren, auch bei Befragungen perfekt im Griff.

Ihr Telefon klingelte und sie schrak zusammen. Hatte er es sich anders überlegt? Sie meldete sich rasch und war enttäuscht, als eine andere Stimme ihr einen guten Abend wünschte.

„Dr. Wölter", sagte sie und versuchte nicht einmal, freudige Überraschung vorzutäuschen. „Was kann ich für Sie tun?"

„Ich wollte nur hören, wie Ihre Ermittlungen verlaufen", sagte er. „Und wie es Ihnen geht. So eine Mordermittlung geht Ihnen doch sicher an die Nieren. Oder gewöhnt man sich mit der Zeit daran?"

Das Letzte, das Jenny wollte, war, ihren Gemütszustand mit Wölter zu bereden. „Ich kann über laufende Ermittlungen nicht sprechen, und das wissen Sie sicher auch." Sie ließ ihre Stimme bewusst kühl klingen.

„Außerdem würde ich Sie gerne zum Abendessen ausführen", sprach er unbeirrt weiter.

„Mir ist heute leider nicht nach Ausgehen. Ein andermal vielleicht."

„Möglicherweise ist mir ja noch etwas eingefallen, was Ihnen helfen könnte." Er gab seiner Stimme einen flirtendem Unterton.

Jenny verdrehte genervt die Augen. „Dann heraus damit. Sie wollen bei etwas so Ernstem wie dem Tod Ihres Kollegen sicher keine Spiele spielen."

Das nahm ihm anscheinend den Wind aus den Segeln. „Ich habe von einem Frankfurter Kollegen erfahren, dass Professor Hirschhausen sich mit ihm in Verbindung gesetzt und merkwürdige Fragen gestellt hat", sagte er jetzt mit normaler Stimme.

Jenny zog Block und Stift heran. „Um welchen Kollegen handelt es sich?"

„Um Dr. Schmidt aus dem Sachsenhäuser Krankenhaus. Ich kann Ihnen seine Nummer geben."

Jenny notierte die Nummer, bedankte sich und verabschiedete Wölter knapp.

Dann wählte sie die Frankfurter Telefonnummer. Schmidt nahm den Anruf sofort entgegen. Er schien zu kauen und im Hintergrund waren die Geräusche von klapperndem Geschirr zu hören.

„Moment, ich gehe kurz nach draußen", sagte er, nachdem sie sich vorgestellt hatte.

Kurz darauf wurde es ruhiger. „Ja, Wölter hat mich angerufen. Wir sind Studienkollegen. Professor Hirschhausen hat vor etwa einer Woche nachgefragt, wie unsere Erfahrungen bei bestimmten Krebserkrankungen sind."

„War das ungewöhnlich?", fragte Jenny.

„Etwas schon. Ich meine, er ist eine Koryphäe auf dem Gebiet der Onkologie und hat überall, wenn sie den Ausdruck erlauben, die Finger drin, aber dass er mich persönlich anruft und so konkrete Fragen stellt, war schon ungewöhnlich."

„Was hat er denn genau gefragt?", wollte Jenny wissen.

„Welche Therapien wir einsetzen, wo sie hergestellt werden und wie die Erfolgsquote ist. Insbesondere wollte er wissen, ob sie schlechter geworden ist und ob vermehrt Nebenwirkungen aufgetreten sind."

„Und? Wie war Ihre Antwort?"

Er zögerte. „Wissen Sie, das ist schlecht zu sagen. Ob eine Therapie gut oder schlecht oder im schlimmsten Fall gar nicht anschlägt, hängt von derartig vielen Faktoren ab, dass es immer wieder Schwankungen gibt. Momentan haben wir recht viele Fälle, die nicht darauf ansprechen, aber das wechselt oft monatlich."

„Es gibt also keinerlei Anzeichen, dass etwas mit den Medikamenten nicht in Ordnung sein könnte?", sagte Jenny vorsichtig.

Am anderen Ende der Leitung herrschte lange Stille. Jenny wollte schon nachhaken, als er endlich antwortete. „Wie kommen Sie auf so etwas?" Seine Stimme war eisig. „Natürlich werden Medikamente vielfach überprüft. Es ist undenkbar, dass etwas mit ihnen nicht in Ordnung sein könnte."

Denkst du, dachte sie. „Ich wollte es nur ausschließen", beschwichtigte Jenny ihn. Sie stellte noch einige allgemeine Fragen und legte dann auf. Der Anruf hatte bestätigt, was sie bereits wussten. Hirschhausen hatte denselben Verdacht wie Roth und Dittler-Zifurth gehabt und war ihm offensichtlich nachgegangen. Wem war er dabei zu nahe gekommen? Rosenkranz, wie es momentan den Anschein hatte?

Sie gab in die Suchmaske ihres Browsers verschiedene Stichpunkte zum Thema ein, erhielt jedoch unzählige Suchergebnisse. Deshalb begrenzte sie die Suche, indem sie die Namen aller beteiligten Krankenhäuser hinzufügte.

Nachdem sie sich durch etliche Beiträge gearbeitet hatte, stieß sie auf einen, der sie überrascht innehalten ließ.

Kapitel 35

Als sie am nächsten Morgen das Büro betrat, brüteten Frank und Britta schon über dem Bericht des vorangegangenen Tages. „Alles deutet auf Rosenkranz hin", stellte Britta fest. „Aber es reicht einfach noch nicht, um ihn festzunehmen."

Jenny nickte nachdenklich. „Wir müssen irgendeinen Beweis finden. Wenn ich an die Opfer denke … Es wäre tragisch, wenn man im Nachhinein nicht mehr feststellen kann, welcher Kranke zu wenig Wirkstoff bekommen hat. Wir müssen die Krankenhäuser anweisen, alle Therapien, für die die Medikamente von Rosenkranz geliefert wurden, zu wiederholen. Falls das überhaupt geht." Ihr Blick wurde abwesend. Ob Michael auch … Sie musste ihn noch einmal anrufen. Und wenn er auflegte, würde sie zu ihm fahren und so lange an der Tür klingeln, bis er mit ihr redete. Nicht auszudenken, wenn er auch zu den Opfern zählen würde.

Schmidt musste ausgerufen werden, und Jenny wartete mehrere Minuten, bis er ans Telefon kam. Man hörte seiner Stimme an, dass er ärgerlich war, von seiner Arbeit weggeholt worden zu sein. Seine Antwort auf ihre Frage fiel dementsprechend knapp aus.

„Natürlich kann man Krebstherapien nicht einfach beliebig wiederholen. Patienten vertragen oft nicht einmal eine Anwendung."

„Und wenn der Verdacht bestünde, dass die Medikamente nicht ausreichend dosiert gewesen wären?"

Er schwieg lange. „Wie sollte das … Bei einigen Präparaten könnte man es noch mehrere Wochen am Blutspiegel nachweisen. Besteht denn ein solcher Verdacht?"

„Ja", sagte Jenny und setzte damit eine ganze Kette von Ereignissen in Gang. „Das könnte gut sein."

„Ich werde sofort die Medikamente überprüfen lassen", sagte er.

„Das wird nichts bringen. Wenn unser Verdacht richtig ist, sind die verdünnten Medikamente bis vor etwa zwei Wochen ausgeliefert worden. Soweit ich weiß, werden sie sofort verabreicht und es dürften keine mehr auf Lager sein."

„Im Prinzip ist das richtig, Frau Kommissarin", sagte Schmidt, „aber auf meiner Station sind zwei Patienten überraschend verstorben und ich weiß, dass ihre Medikamente noch auf der Station lagern, weil sie Standardmischungen enthalten und eventuell anderen Patienten verabreicht werden können."

„Sorgen Sie dafür, dass niemand sie anfasst! Ich schicke sofort jemanden, um sie sicherzustellen."

Sie rief Logo an, der sich umgehend darum kümmern wollte. Nachdem sie aufgelegt hatte, stieß sie die Faust in die Luft. „Jetzt haben wir ihn. Aus der Nummer kommt er nicht mehr raus! In wenigen Stunden müssten die Ergebnisse da sein."

Während sie redete, signalisierte ein Ton das Eingehen eines Faxes. Frank holte es, warf einen Blick darauf und zog scharf die Luft ein. Er trat zu Jenny und reichte es ihr. „Wir haben ihn so und so. Sowohl auf der Leiche Hirschhausens als auch auf der aus dem Teich befand sich Rosenkranz' DNA."

Jenny sah ihn überrascht an. „Wirklich? Natürlich hat er ein Motiv, aber ich hätte ihm diese kranke Vorgehensweise nicht zugetraut."

„Jemand, der Schwerkranken ihre Medikamente vorenthält, muss doch selbst krank im Kopf sein", stellte Frank fest.

„Ja, schon", sagte Jenny zweifelnd. „Ich rufe nochmal Logo an und lasse ihn festnehmen."

*

Während sie etwas später an ihrem Schreibtisch einen Schluck Kaffee trank, sah sie durch ihre Bürotür, wie Britta, die gerade telefonierte, aufsprang und anfing, ihr hektische Zeichen zu geben.

„Rosenkranz ist tot!", rief sie, sobald sie den Hörer hingelegt hatte.

„Was?", fragte Jenny perplex und ging zu ihren Kollegen ins Büro.

„Suizid", erklärte Britta etwas ruhiger. „Hat sich in seinem Labor erhängt. Wenn das kein Geständnis ist ..."

„Aber warum?", warf Frank mit blassem Gesicht ein. „Wir konnten ihm doch bis eben gar nichts nachweisen."

„Er konnte sich denken, dass es nicht lange dauern würde, bis wir Beweise finden", sagte Jenny nachdenklich. „Vor allem, wenn er so unvorsichtig war, DNA auf den Leichen zu hinterlassen."

„Bestimmt hatte er Schuldgefühle", sagte Britta.

„Eher Angst vor dem Gefängnis. War das Logo?", wollte Jenny wissen und begann bereits, zu wählen.

Belustigt sah sie, dass ihre junge Kollegin errötete. „Ja, aber dein anderer Kollege ist am Tatort, also am Ort des Leichenfundes, meine ich."

Jenny überlegte, ob sie schon wieder nach Frankfurt fahren sollte, sah aber keinen Grund, der das rechtfertigen würde. Es schien kein Hinweis auf ein Verbrechen vorzuliegen, und selbst dann hätte sie Sobottkis Okay gebraucht, um sich in die Ermittlungen dieses neuen Todesfalles einzuklinken. Außerdem wusste sie, dass Sascha den Todesfall kompetent untersuchen und sie auf dem Laufenden halten würde.

Widerwillig nahm sie deshalb erneut den Hörer auf und wählte Saschas Nummer.

„Hi Jenny", meldete er sich. „Ich wollte dich gerade anrufen."

„Handelt es sich wirklich um Selbstmord?", fragte sie.

„Sieht zumindest so aus. Der Prof ist gerade weg. Nach der Obduktion wissen wir mehr."

Jenny erzählte ihm von den DNA-Spuren.

„Das ist ja ein Ding", meinte er. „Auf Roths Leiche waren keinerlei Spuren, aber die war auch in so schlechtem Zustand, dass sie vermutlich durch das Feuer vernichtet worden sind. Oder er war da vorsichtiger."

„Ganz erschließt sich mir noch nicht, wie er es gemacht hat. Ich meine, Rosenkranz war nicht gerade athletisch gebaut. Vielleicht hat er die Opfer betäubt. Ist die Toxikologie von Roth schon fertig?"

„Morgen", antwortete Sascha. „Im Labor geht die Grippewelle um. Als Apotheker hatte er ja zu allem Zugang."

„Das ist wohl wahr", bestätigte Jenny. Sie erzählte ihm noch von den Medikamenten, die gerade im Sachsenhäuser Krankenhaus untersucht wurden, dann legte sie auf. Kurz darauf kam das Ergebnis der

Untersuchungen der zwei nicht eingesetzten Chemotherapien. Beide enthielten nur etwa ein Drittel der Wirkstoffmenge, die angegeben war.

„Jetzt hätten wir ihm den Betrug nachweisen können. Ich frage mich, welche Straftatbestände hier eigentlich vorliegen. Körperverletzung? Fahrlässige Tötung?"

„Für mich ist das vorsätzlicher Mord", sagte Britta. „Er wusste doch, dass die Therapie für viele Patienten über Leben und Tod entscheiden würde."

„Und niemand kann ihn jetzt noch zur Verantwortung ziehen", sagte Jenny frustriert. Sie instruierte ihre Kollegen, machte einen Abstecher zu Sobottki und informierte ihn über den Stand der Ermittlungen. Nachdem er ihr zur Überführung des Täters gratuliert hatte, überraschte sie ihn mit der Bitte um einen freien Nachmittag.

„Nun, auch wenn ich angenommen hätte, dass Sie mit Hochdruck am Zusammentragen von Beweisen gegen Rosenkranz arbeiten würden, steht Ihnen natürlich nach der hervorragenden Arbeit, die Sie und Ihr Team geleistet haben, ein freier Nachmittag zu." Neugierig sah er sie an, doch sie schwieg, dankte ihm freundlich und verabschiedete sich.

Eine dreiviertel Stunde später bog sie in die Bad Sodener Seitenstraße, in der Michael Biederkopfs Haus stand.

Sie wusste, dass sie, wenn sie nur eine Sekunde zögern würde, abdrehen und zurückfahren würde. So parkte sie direkt vor der Garage und stieg aus, bevor der Motor noch richtig zur Ruhe gekommen war. Ohne Umstände marschierte sie direkt zur Eingangstür und klingelte. Das Haus schien seltsam unbewohnt, der Blumenkübel neben der Tür war leer und zwischen den Platten kamen Unkrautsprösslinge hervor.

Einen Moment erfasste sie Angst, Michael könnte nicht da sein. Vielleicht hatte er ins Krankenhaus gemusst oder ... Doch da öffnete sich die Tür, und er stand vor ihr. Seine Miene war verschlossen und es war für sie nicht zu erkennen, ob er überrascht war oder ihr Erscheinen erwartet hatte.

Bevor sie etwas sagen konnte, öffnete er den Mund. „Geh bitte", sagte er tonlos.

Sie zuckte zusammen. Ein Teil von ihr wollte sich abwenden und diesen Mann, der sie so offensichtlich nicht an seiner Seite haben wollte, hinter sich lassen. Der Teil von ihr jedoch, der normalerweise siegte, hob trotzig den Kopf.

„Ich werde nicht gehen, bevor du mit mir geredet hast!" Sie funkelte ihn herausfordernd an.

In der langen Stille, die darauf folgte, musterte sie sein Gesicht. Es war eingefallen und grau. Alle Lebensfreude war daraus verschwunden.

Endlich öffnete er wortlos die Tür ein Stück, wandte sich ab und ging voran. Im Wohnzimmer blieb er stehen, drehte sich zu ihr um und sah sie scheinbar emotionslos an. „Also?"

Jenny, die ihm gefolgt war, musste jetzt plötzlich nach Worten suchen, obwohl sie sie schon unzählige Male in den letzten Stunden formuliert hatte.

Sie sah nach links und schluckte. Kurz verspürte sie den Impuls, einfach zu ihm zu gehen und sich in seine Arme zu werfen, aber sein eisiger Ausdruck hielt sie davon ab.

Statt der vielen emotionalen Erklärungen, die sie geplant hatte, fragte sie ebenso kühl. „Ich vermute, du hast Krebs? In welchem Krankenhaus hast du deine Chemotherapie bekommen?"

Biederkopf schien überrascht angesichts ihrer Frage. „Äh ... was?"

„Sagst du es mir?", hakte sie nach.

„Im Höchster Krankenhaus."

Sie atmete auf. „Wir bearbeiten einen Fall, in dem es um gepantschte Medikamente geht. Es scheint, als ob die meisten der in den letzten Monaten verabreichten Medikamente stark verdünnt gewesen wären. Sie konnten nicht wirken. Du musst dich sofort im Krankenhaus melden und fragen, ob die Therapie noch einmal wiederholt werden kann."

Er starrte sie verständnislos an. „Was sagst du da? Bist du deshalb hier?"

Sie hob die Schultern. „Du weißt, warum ich hier bin. Aber das ist wichtig. Vielleicht verbessert es deine Heilungschancen." Sie hörte, wie belegt ihre Stimme klang, fuhr aber trotzdem fort. „Und vielleicht lässt du mich dann wieder in dein Leben. Ich habe doch richtig verstanden, dass du mich nur wegen deiner Krankheit weggeschickt hast? Oder gab es andere Gründe? War sonst irgendetwas zwischen uns nicht in

Ordnung? Ich weiß, manches war schwierig ..." Ihre Stimme brach. Zu ihrem Entsetzen merkte sie, wie ihr Tränen in die Augen stiegen.

Die Zeit schien stillzustehen. Biederkopf war sichtlich überfordert mit der Situation, und sie ... sie versuchte krampfhaft, ihre Fassung wieder zu erlangen. Ihr kam es wie Stunden vor, aber wahrscheinlich waren nur Sekunden vergangen, als ein Ruck durch Biederkopf ging. Langsam setzte er einen Fuß nach vorne, dann den anderen, bis er direkt vor ihr stand. Mit einem tiefen Seufzen, das seinen ganzen Körper erschaudern ließ, öffnete er die Arme und zog sie an sich.

„Alles war in Ordnung", sagte er mit zittriger Stimme. „Mein Gott, ich hatte so lange gekämpft, mit dir zusammen sein zu können. Und dann kam die Diagnose. Zuerst war die Prognose gut, aber nach der ersten Behandlung ... Ich wollte dich beschützen, dir nicht noch mehr Leid zufügen. Du hast weiß Gott schon deinen Teil davon abbekommen. Aber du Sturkopf lässt dich ja nicht beschützen." Jetzt waren seine Augen ebenfalls feucht. „Ich habe dich so vermisst. Bitte bleib bei mir. Ich brauche dich."

Das waren die Worte, die Jenny hatte hören wollen ... hören müssen. Sie presste sich an ihn. „Ich bin da. Immer."

Einige Minuten später saßen sie eng umschlungen auf der Couch, und Jenny erzählte ihm detailliert von ihren Ermittlungen. Irgendwann rückte Biederkopf ein Stückchen von ihr ab. „Ich bin derartig wütend. Wenn du wüsstest, wie viel Leid ich in den letzten Wochen mitbekommen habe. Und dieser Typ ist schuld daran! Wenn er noch leben würde ..."

„Der Feigling hat sich davon gemacht und ich kann nur hoffen, dass sich im Nachhinein klären lässt, wer nicht richtig therapiert worden ist. Vielleicht kann man einigen noch helfen." Sie schwiegen einen Moment.

„Weißt du, ich könnte mich operieren lassen", sagte er dann. „Die Chemotherapie zuvor sollte die Grundlage schaffen, das hat aber nicht geklappt. Ich habe einen zweiten Versuch abgelehnt. Aber wenn jetzt ... Ich wage gar nicht, mir Hoffnung zu machen."

„Wir werden kämpfen", erklärte Jenny entschieden. „Du wirst wieder gesund werden!"

Er lachte, zog sie an sich und küsste sie. „Weißt du, was ich jetzt gerne würde?" Er knabberte an ihrem Hals.

Sie zog ihn ein Stück weg. „Erst, wenn du wieder gesund bist." Sie zwinkerte ihm zu. „Dann hast du gleich noch mehr Motivation!"

„Schläfst du trotzdem heute hier?" Sein Blick war hoffnungsvoll.

Kapitel 36

Sie hatten noch lange zusammen gesessen und geredet. Jenny hatte ihm von ihrem neuen Job, ihrem Häuschen und auch von der Geschichte mit Wolny erzählt. Sie hatte nicht vergessen, dass sie sich um ihn kümmern wollte, die Prioritäten hatten nur bisher bei ihrem Fall gelegen, doch jetzt, wo dieser gelöst zu sein schien, würde sie sich auch um andere anstehende Dinge kümmern können.

Sie stand um sechs Uhr auf, ohne Michael zu wecken, und um sieben befand sie sich schon auf der A3 Richtung Koblenz.

„Hi Jenny, wo warst du denn gestern?", begrüßte Frank sie, als sie um halb acht ins Büro kam.

„Ich hatte etwas Privates zu erledigen", erklärte sie. „Es tut mir leid, dass ich in der Phase des Falles weg musste, aber der Täter scheint festzustehen, und ich weiß, dass ich mich auf euch verlassen kann."

Frank straffte sich. „Natürlich. Britta ist heute Morgen beim Arzt", erklärte er auf ihren fragenden Blick zu dem leeren Stuhl. „Sie kommt etwas später. Es gibt eine Neuigkeit!"

„Welche denn?", fragte sie ungeduldig.

Frank genoss offenbar, der Überbringer zu sein. „Rosenkranz hat gestern, kurz bevor er Selbstmord begangen hat, seinen Sohn angerufen und ihm ein Geständnis aufs Band gesprochen."

Jenny ließ sich auf Brittas Stuhl fallen. „Das gibt's nicht. Und warum hat der Sohn sich nicht früher gemeldet? Hat er es nicht abgehört?"

„Er lebt in den USA. Andere Zeitzone. Rosenkranz hat sich verabschiedet, ihm erklärt, dass er Therapien verdünnt hat und sich entschuldigt. Angeblich habe er nicht erwartet, dass er damit Kranken nachhaltig schade. Er erklärt, er habe die Mischungen nur gering verdünnt und erwartet, dass sie höchstens etwas weniger wirken und wiederholt werden würden. Niemals hätte er gewollt, dass Menschen sterben."

„Ist ... besser war er so naiv oder versucht er, sich vor seinem Sohn in einem besseren Licht zu präsentieren? Wahrscheinlich das Zweite", beantwortete sie ihre Frage selbst. „Wahrscheinlich ist die Sache dann aus dem Ruder gelaufen, und er hat weiter getötet, um alles zu vertuschen. Eine Tat hat die nächste nachgezogen."

„Der Sohn hat keine sehr hohe Meinung von seinem Vater und hat ihn in den letzten Jahren auch kaum gesehen", erklärte Frank. „Sein Vater ist wohl nach dem frühen Tod der Ehefrau zu einem verbitterten Mann geworden, der seinen Sohn nicht gut behandelt hat. Er sagt zwar, dass er ihm keinen Mord zugetraut hätte, andererseits hat er ihn seit zehn Jahren kaum gesehen und nur selten gesprochen."

„Also gut", erklärte Jenny und stand auf. „Dann ist der Fall gelöst. Schwer zu glauben, was er alles getan hat, um seine Taten zu vertuschen. Aber offensichtlich war es so. Jetzt bleibt uns nur noch, hinter ihm aufzuräumen. Ich habe mich mit Dr. Schmidt in Verbindung gesetzt. Er wird mit Kollegen alle Fälle durchgehen und sich um jeden einzelnen Patienten kümmern."

Der Morgen verging mit Telefonaten mit der Gerichtsmedizin, den beteiligten Krankenhäusern, den Angehörigen der Opfer und des Täters und einem langen Termin bei Sobottki, den sie über jede Einzelheit aufklärte.

„Unfassbar", sagte er, als sie geendet hatte. „Kaum kommen Sie nach Koblenz, passieren hier die spektakulärsten Morde, und Sie lösen alle Fälle in Rekordzeit! Ich hoffe, Sie bleiben für immer hier. Nicht, dass ich mir mehr solcher Mordfälle wünsche", fügte er schnell hinzu.

Jenny lächelte. „Ich habe die Fälle ja nicht alleine gelöst. Die Kollegen haben fantastische Arbeit geleistet, und auch die Frankfurter Kollegen haben maßgeblich zur Lösung des Falles beigetragen."

Sobottki nickte zufrieden. „Ein Glück, dass wir dieses Projekt zur Förderung der Zusammenarbeit zwischen den Bundesländern haben. Sonst wäre es um einiges schwieriger geworden, die Genehmigung zu bekommen." Er sah sie prüfend über seine Brille hinweg an. „Allerdings bezweifle ich irgendwie, dass Sie sich hätten hindern lassen."

Jenny sah ihn unschuldig an und sagte gar nichts. Er winkte ab. „Schon gut. Ich will's gar nicht wissen. Dann legen wir die Sache ad acta. Nachher geben wir eine Pressekonferenz. Ich würde mich freuen, wenn Sie dort die Ergebnisse präsentieren würden."

Jenny verzog das Gesicht. „Nicht, wenn es nicht sein muss", erklärte sie. „Ich mache so etwas sehr ungern, und ich müsste heute auch noch einmal nach Frankfurt, um den Fall dort abzuschließen."

„So? Geht das nur persönlich?", fragte er misstrauisch.

„Ich fände es besser", sagte sie, „aber wenn Sie etwas dagegen haben ..."

„Nein, nein." Er hob abwehrend die Hand. „Machen Sie nur. Sie haben sich wahrlich etwas Freiheit verdient. Wenn Sie es für richtig halten."

„Wenn ich etwas vorschlagen darf", begann Jenny vorsichtig. „Frau Manger wird sicher ganz hervorragend die Aufklärung des Falles der Presse präsentieren können. Sie hat mein vollstes Vertrauen."

Sobottki sah sie überrascht an. „So? Ja, wenn Sie meinen. Dann macht das also Frau Manger. Sagen Sie ihr bitte Bescheid."

Jenny bedankte sich, und überbrachte Britta kurz darauf die Nachricht.

„Ich soll ... Vor der Presse?" Sie sah hilfesuchend zu Frank.

Jenny war gespannt, ob er so reagierte, wie sie erwartete. Und tatsächlich. Sein Lächeln war ehrlich, als er sagte: „Du wirst das ganz fantastisch machen!"

Kapitel 37

Gegen 14 Uhr kam Hauptkommissar Wolny vom Mittagessen in der Kantine zurück. Er machte einen Abstecher in den Hof, um eine Verdauungszigarette zu rauchen, und schrak zusammen, als Jenny plötzlich vor ihn trat. „Hallo Arschloch", sagte sie freundlich. „Ich will mit dir über Britta sprechen."

Wolny sah sich hektisch um. „Was ... Was soll das? Was wollen Sie von mir?"

Auch Jenny sah sich um. Dann griff sie den verdutzten Mann am Arm und zog ihn weg vom Eingang in eine Ecke hinter einen Container. Der danebenliegende Raum wurde renoviert und der Bauabfall konnte so direkt entsorgt werden.

Wolny hatte seine Fassung schnell wiedergefunden und machte sich energisch los. „Spinnst du? Was soll das hier?"

„Ich bin Jenny Becker, sagt dir das was? Ich habe deine Abteilung übernommen. Wurde übrigens Zeit, dass da mal jemand Ordnung reinbringt!"

Sein Blick flackerte hektisch hin und her. „Was wird das hier? Was hat die Schlampe über mich erzählt?"

„Die Wahrheit, würde ich vermuten. Im Gegensatz zu dem, was du so von dir gibst. Dass du sie geschwängert und dich dann davon gemacht hast." Jenny schubste ihn gegen die Schulter.

„So ein Quatsch!" Sein Gesicht war hochrot. „Die treibt es doch mit jedem! Das Kind ist niemals von mir. Und wenn sie so etwas behauptet ..."

„Was dann?", fragte Jenny und trat noch näher an ihn heran, bis sie seinen hektischen Atem auf ihrem Gesicht spürte. „Du kannst ihr gar nichts."

„Sie will mich abzocken. Und dich hat sie eingewickelt!" Er redete immer schneller und fuchtelte mit den Händen. „Ihr Weiber seid doch alle gleich! Aber ich mach sie fertig!"

Jenny verzog das Gesicht, als Speichel auf sie sprühte. „Du gibst also zu, dass du mit ihr geschlafen hast. Hast du so getan, als läge dir etwas an ihr? Ihr vielleicht sogar erzählt, dass du ihretwegen deine Frau verlassen würdest?"

„Und wenn?" Seine Stimme schnappte über und Speicheltropfen flogen bei jedem Wort durch die Luft.

„Selbst schuld, wenn sie so blöde ist, das zu glauben! Ich lass mir doch von der nicht mein Leben kaputtmachen!"

„Du weißt also, dass das Kind von dir ist", stellte Jenny ruhig fest und trat einen Schritt zurück. „Ich geb dir eine Chance, aus der Sache rauszukommen. Lass sie in Ruhe und zahl den Unterhalt für dein Kind."

„Ich denke gar nicht dran. Sie wird nie etwas gegen mich unternehmen. Dazu hat sie viel zu viel Angst. Ihre Karriere ist eh zu Ende. Vielleicht hat sie ja Glück und verliert es."

Jenny fühlte den Drang, ihn zu schlagen, nahm sich aber zusammen. „Das dürfte reichen", sagte sie laut.

Logo lehnte sich aus dem offenen Fenster neben ihnen, und Sascha trat hinter der Ecke des Containers hervor.

„Das glaube ich auch", sagte er ruhig und hielt sein Handy hoch. Er tippte darauf und Wolnys Stimme erklang.

Er starrte panisch von ihm zu Jenny. „Ihr habt mich reingelegt. Blöde ..."

„Achtung!", sagte Logo scharf und Wolny verstummte.

Jenny trat dicht vor ihn. „Ich sage dir, was jetzt passieren wird. Du wirst das Kind anerkennen und Unterhalt bezahlen. Dann wirst du deine erneute Versetzung beantragen und dich weder in Frankfurt noch in Koblenz noch einmal blicken lassen. Und dann und nur dann werden weder deine Frau noch deine Vorgesetzten diese Aufnahme zu hören bekommen. Und ab sofort lässt du dich krankschreiben. Es kann niemandem zugemutet werden, mit dir zu arbeiten." Sie wandte sich ab, drehte sich aber noch einmal zu ihm um. „Und wenn ich jemals höre, dass du nur ein böses oder abfälliges Wort über Britta sagst, komme ich persönlich und ziehe dich zur Rechenschaft. Und ich vermute, ich würde nicht alleine kommen."

Von Logo und Sascha kam Zustimmung. Logo, der inzwischen durch das Fenster zu ihnen geklettert war, legte noch einen drauf. Er trat ganz nah vor Wolny und knurrte. „Sag schön danke zu Jenny, dass sie uns gebeten hat, das hier zivilisiert über die Bühne gehen zu lassen. Wenn es nach mir gehen würden, dürftest du jetzt ein paar Tage in einem netten Bett im Streckverband verbringen. Wag es nicht, jemals wieder in Brittas Nähe zu kommen. Und ich kann für den Rest meines Lebens gerne darauf verzichten, deine Visage noch einmal zu sehen!"

Jenny legte ihm die Hand auf die Schulter, und er trat widerwillig einige Schritte zurück.

Sie wandte sich an Wolny. „Ich will heute noch eine handschriftliche Bestätigung von dir, dass du der Vater von Brittas Kind bist und dafür bezahlst. Wir gehen jetzt zusammen ins Büro, und du setzt sie auf. Und dann gehst du uns aus den Augen!"

*

„Diese Studie war eine einzige Katastrophe. Wir hätten nie nach Deutschland kommen sollen! Ich bedaure, dass ich mich von Ihnen habe überreden lassen!"

„Unsinn. Wir haben jetzt schon Millionen gespart, indem wir das neue Medikament ohne Wissen der Behörden getestet haben. Stellen Sie sich vor, wir hätten es offiziell testen lassen und die Patienten wären an Nierenversagen erkrankt oder gar gestorben. Wir hätten Millionen als Schmerzensgeld zahlen müssen! Die Daten, die Wölter geliefert hat, sind eindeutig. Fast zwei Drittel der Patienten erkrankt."

„Wir haben eine astronomische Summe ausgegeben, damit Mr. X verhindert, dass alles auffliegt. Mr. X, was ist das überhaupt für ein Name?"

„Es hat sich trotzdem gelohnt. Hätten wir die Studien offiziell durchführen lassen, hätten die Folgen ein Vielfaches gekostet. Wenn dieser Idiot von Apotheker nicht gepfuscht hätte, wäre alles glatt gegangen. Wie klein ist die Chance, dass ausgerechnet in einer der zwei Apotheken, in denen wir unsere Versuchsreihe gestartet haben, der Apotheker kriminell ist? Das hat niemand wissen können. Und das Geld für Wölter haben wir auch noch gespart, jetzt wo er einen Unfall hatte. Die Studienergebnisse hat er uns zum Glück rechtzeitig übermittelt."

„Sehen Sie zu, dass wir mit dem Rheumamittel weniger Ärger haben. Sehen Sie sich die Apotheken, über die wir das neue Medikament testen wollen, genau an. Die

Testphase kann gestartet werden, sobald Sie einen Arzt finden, der sich um die Studie kümmert."

„Ich fahre morgen nach Köln, um alles in die Wege zu leiten."

*

Seit einer gefühlten Ewigkeit lief Jenny in Biederkopfs Haus auf und ab. Immer wieder sah sie auf die Uhr. Sein Arzttermin wäre schon vor einer Stunde zu Ende gewesen. Warum bloß hatte er nicht gewollt, dass sie mitkäme?

Endlich hörte sie den Schlüssel im Türschloss.

Sie rannte ihm entgegen. Anstatt einer Begrüßung stieß sie hervor: „Und? Was hat er gesagt?"

Biederkopf lächelte und umarmte sie kurz. „Die Werte sind gut genug, dass sie mich operieren können. Zusammen mit einer weiteren Chemo stehen die Chancen gar nicht so schlecht."

Jenny traten Tränen in die Augen. „Ich weiß einfach, dass du wieder gesund wirst."

Er küsste sie. „Ziehst du wieder bei mir ein? Von hier nach Koblenz fährst du nicht mal eine Stunde."

Sie sah lächelnd zu ihm hoch. „Klar. Aber ich fahre nicht nach Koblenz sondern nach Frankfurt. Ich habe meinen alten Job wieder."

„Wirklich?", sagte er überrascht. „Das ist ja toll. Aber was sagen deine Kollegen dazu?"

„Die freuen sich beide. Sascha wollte die Stelle des Dienstgruppenleiters sowieso noch nicht, und Logo fühlt sich auch in der zweiten Position besser. Ich glaube übrigens, er hat ein Auge auf meine junge Koblenzer Kollegin geworfen. er hat mich nach ihrer Telefonnummer gefragt."

Biederkopf lächelte. „Ich freue mich, dass du wieder hier bei mir bist. Und wieder da, wo du hingehörst. Ins Frankfurter Präsidium."

Sie nickte. „Aber ich werde die nächsten Monate nur Teilzeit arbeiten. Und ich weiß einen schönen Platz, wo du dich nach der OP erholen kannst."

*

Er stand auf dem Eisernen Steg und sah ins Wasser. Eine gewisse Zufriedenheit erfüllte ihn, als er daran dachte, wie fantasievoll und zufriedenstellend er seinen Auftrag erfüllt hatte. Wölter hatte er auf eigene Kosten erledigt, und diesmal hatte er es wirklich wie einen Unfall aussehen lassen. Der Mann war zu ehrgeizig und zu viel hinter den Frauen her, um vertrauenswürdig zu sein. Irgendwann hätte er über die Finanzierer seiner Studie geredet, und einem aufmerksamen Zuhörer hätten die Zusammenhänge klar werden können. Die Polizei müsste seine Leiche heute Morgen gefunden haben. Jetzt war niemand mehr am Leben, der vom illegalen Test des Medikamentes wusste. Ein paar Patienten würden sterben, aber wenn die Zahlen sich wieder normalisierten, würde niemand mehr groß darüber nachdenken. Er lächelte. Ein perfider, menschenverachtender Plan, der auch von ihm hätte stammen können.

Heute Morgen war das restliche Geld eingegangen. Die ganze astronomische Summe. Nun ja, sie konnten es sich leisten. Er hatte sich über seine Auftraggeber kundig gemacht, wie immer, wenn er einen Auftrag annahm. Sie dachten, er könne ihre wahre Identität nicht herausfinden, aber für ihn war es ein Kinderspiel gewesen. Chinesische Pharmafirmen verdienten Milliarden mit ihren Machenschaften. Normalerweise wäre ihm das egal gewesen. Doch diesmal fühlte er sich persönlich berührt. Es gab wenige Menschen, die ihm etwas bedeuteten, doch seine alte Mutter gehörte dazu. Sie hatte ihn unter ärmlichsten Bedingungen großgezogen, und es mit drei Jobs geschafft, dass immer das Nötigste da war und es ihm an nichts Essentiellem fehlte. Als er den ersten Auftrag erfolgreich abgewickelt hatte, kaufte er ihr für das Geld ein Häuschen und sorgte dafür, dass sie niemals mehr arbeiten musste. Doch sie schien alle Energie in der Anstrengung, ihn ordentlich aufzuziehen, verbraucht zu haben. Bald war aus dem Häuschen ein teures Seniorenheim geworden, und vor wenigen Monaten war sie an Krebs erkrankt, hatte gleich nach der ersten Chemo ein Nierenversagen entwickelt und war mit einem Umweg über das Hospiz auf den Friedhof umgezogen. Er wusste es nicht, aber vielleicht war der Konzern auch an ihrem Tod schuld, und wenn nicht, dann doch an dem vieler andere Mütter. Er hatte Hochachtung vor Müttern. Nur ihrer Liebe konnte man sich immer sicher sein.

Er wandte sich vom Brückengeländer ab und ging langsam Richtung Innenstadt. Er würde jetzt einen Besuch bei einem bestimmten Pharmaunternehmen in Bad Homburg machen und zur Abwechslung einen Auftrag in eigenem Interesse erledigen. Und er würde sich besonders viel Mühe geben. Für sein Mütterchen.